ASK 독서법

ASK 독서법

초판 1쇄 인쇄 _ 2019년 3월 25일
초판 1쇄 발행 _ 2019년 3월 30일

지은이 _ 성남주

펴낸곳 _ 바이북스
펴낸이 _ 윤옥초
책임 편집 _ 김태윤
책임 디자인 _ 이민영

ISBN _ 979-11-5877-087-7 03810

등록 _ 2005. 7. 12 | 제 313-2005-000148호

서울시 영등포구 선유로49길 23 아이에스비즈타워2차 1005호
편집 02)333-0812 | 마케팅 02)333-9918 | 팩스 02)333-9960
이메일 postmaster@bybooks.co.kr
홈페이지 www.bybooks.co.kr

책값은 뒤표지에 있습니다.
책으로 아름다운 세상을 만듭니다. — 바이북스

꿈알 꿈을 구하고, 방법을 찾고, 이루게 하는 독서법

ASK 독서법

성남주 지음

바이북스
ByBooks

성공을 위하여 자기의 방식대로 노력하고 열정을 다하지만 원하
는 것을 달성하는 사람은 많지 않다. 성공한 인생은 어떤 것일까? 높
은 지위에 오르는 것이 성공일까? 아니면 돈을 많이 버는 것이 성공
일까? 어쩌면 돈을 많이 버는 것일 수 있다. 많은 사람들이 꿈꾸는 것
이기에. 또한 성공한 사람은 높은 자리에 있거나 재산이 많은 사람일
수 있다. 하지만 그렇다고 모두 성공했다고 볼 수 있는 것은 아니다.

옆에서 자기를 지지하고 응원해주는 사람이 많은 사람, 행복하기
를 응원해주는 사람이 많은 사람, 사람들의 마음을 많이 가진 사람
이 성공한 사람이라고 해야 하지 않을까? 하지만 그들이 그 위치에
있는 것은 행운만이 아니다. 다른 사람에게서 무엇을 얻으려면 무언
가를 주어야 한다. 여자에게 사랑을 얻으려면 헌신해야 한다. 친구에
게 우정을 얻으려면 신의를 주어야 한다. 세상에서 인기를 얻으려면
재능을 보여야 하고, 사업에서 성공을 이루려면 신용을 지켜야 한다.
유명해지고 싶다면 자신의 시간을 포기해야 하고, 성공한 사장이 되
고 싶다면 가족과 건강을 포기해야 할 수도 있다.

성공과 꿈을 이루는 데 《시크릿》이 위대한 책이라는 것에는 이견이
없다. 이 책은 전 세계 사람들에게 마음의 힘에 대한 새로운 전기를

열어준 책이기 때문이다. 사람들은 이 책을 통하여 내면의 힘과 일상 생활의 변화에 대해 관심을 갖기 시작했다. 하지만 긍정만을 말하는 것으로 기적을 가져 오지 않는다는 것도 알게 해주었다.

수억 명의 사람들에게 희망을 부여했다는 것만으로도 《시크릿》은 매우 큰 일을 한 것이지만 실행을 위한 방안을 제시하지 않았다는 지 적을 면치 못하였다.

사람들에게 꿈은 실현하고 싶은 희망이나 이상이다. 실현가능한 것, 현실적으로 이루어질 수 있는 것을 말한다. 그리고 '하고 싶은'이 란 뜻이 들어가 있다. 하고 싶다는 것은 무엇을 열망한다는 뜻이다. 자기 안에 뜨겁게 타오르는 열정을 자연스럽게 쏟아내는 것이다. 이 건 누가 시켜서 나오는 것이 아니다. 자기 스스로 그러한 열망이 생 기는 것이다. 꿈은 '내가 실현하고 싶고, 실현가능한 희망이나 이상' 이다. 마음 깊은 곳에서 간절히 원하는 것이면 무엇이든지 꿈이다. 이루어질지 아닐지 확실하지 않더라도 반드시 도달하고 싶은 목표 점이다. 만약 도달할 것이 확실하다면 우리는 더 이상 그것을 꿈이 라고 부르지 않는다.

"이루어지기만 한다면 무척이나 행복할 것 같은 일, 세상을 다 얻은 것 같은 느낌을 주는 일, 기뻐서 가슴이 뛰는 일, 자기가 살아 있는 이유라고 느껴지는 일, 그것을 이룬 사람을 보면 무척 부럽고 때론 질투까지 느껴지는 일, 바로 그것이 꿈이다."

희망은 사람에게 에너지를 주고 활력을 준다. 그렇기에 더 열정적으로 살아갈 수 있는 것이다. 꿈을 실현하려고 노력하고 있을 때 사람은 가장 열정적이고 아름다운 모습일 것이다. 바로 이러한 삶을 살기 위해 꿈은 꼭 필요한 것이다.

이러한 꿈을 이루는 방법으로 ASK 법칙이 있다. 여기에서 ASK는 Ask, Seek, Knock에서 나왔다. '꿈'과 '실행' 사이에 들어갈 '방법'을 찾아낸 것이다. 그렇다 바로 '방법'이 그 사이에 있어야 한다. 방법이 나쁘면 아무리 꿈이 좋고, 실행력이 좋아도 꿈을 이루기 어렵다. 여기에서 꿈Ask, 방법Seek, 실행Knock이라는 꿈의 법칙 ASK가 탄생되었다. 먼저 꿈을 구해야 한다. 그리고 꿈을 구했다면 그 꿈을 이룰 가장 좋은 '방법'을 찾아야 한다. 방법이 나왔다면 머뭇거리지 말고 '즉시' 그리고 '될 때까지' 두드려야 한다. 꿈과 방법과 실행, 이 세 가지는 꿈을 이루는 가장 단순하면서도 강력한 법칙이다.

'88만원 세대'부터 시작해 '민달팽이 세대', '삼포 세대', 'N포 세대'에 이어 '헬조선'까지 이어지는 신조어들은 경제문제를 넘어 사회 문제화되고 있음을 나타낸다. 고도의 경제성장의 시기를 거치면서 개인의 노력을 중시하는 사회 분위기였지만, 이제는 그렇지 않다는 인식이 팽배해지고 있다.

개인이 노력하면 성공할 수 있다는 자기계발의 신화가 사라지고 소위 '금수저'로 표현되는 서열 사회가 문제라는 인식이 청년층을 중심으로 강해지고 있다. 아무리 노력해도 정당한 대가를 받을 수 없고, 아무도 책임지지 않는 불공정한 사회라는 인식이 팽배해지면서 꿈을 잃어가는 청년층이 늘어나고 있다. '꿈'을 포기하는 사람이 늘어나고 있다는 것이 큰 문제이다. 이런 꿈이 없는 청년층은 물론 어린아이에서 어른까지 꿈을 구하고Ask, 꿈을 실현하는 방법을 찾고Seek, 꿈을 실행하기 위해 두드리는Knock 독서법 즉, ASK 독서법을 독자들에게 전해주고 싶어 이 책을 쓰게 되었다.

"금수저 위에 꿈수저가 있다"는 것을 알려주려 한다.

성남주

들어가는 글 • 4

chapter 1 **꿈의 방향을 찾는 독서**

01 오직 독서가 답이다 • 12
02 책 속에 있는 길 • 20
03 간절히 원하면 이루어진다 • 27
04 성공한 인생 • 34
05 다양성의 시대에 타고난 적성 • 41
06 지금 여기에서 행복하자 • 48
07 의지는 믿지 못한다 • 55

chapter 2 **꿈이 왜 필요한가**

01 꿈 없는 시대, 꿈 없는 세대 • 62
02 내가 창조된 이유 • 68
03 꿈의 공식 • 74
04 꿈 너머 꿈 • 79
05 가슴 뛰는 꿈 • 86
06 간절히 원한다면 다른 것은 포기해야 한다 • 93
07 꿈을 알리면 도움을 준다 • 100

chapter 3 **꿈을 찾는 독서**

01 삼 개월만 도서관으로 출근 • 108
02 닥치고 100권만 읽어라 • 115

03 꿈을 향한 자신만의 독서 • 122

04 꿈의 법칙 ASK • 129

05 책에서 도움 받은 타인의 경험 • 137

06 매일 읽는 습관 • 144

07 자신의 꿈을 구하라^{Ask} • 151

chapter 4 **꿈을 이루는 방법을 찾는 독서**

01 책 읽을 시간을 만들어라 • 158

02 요약하고 정리하는 독서일기 • 166

03 셀프코칭으로 독서를 즐겨라 • 174

04 독서경영은 자기경영 • 182

05 독서는 생각의 소재 • 189

06 생각하고 또 사색하라 • 196

07 꿈을 실행할 방법을 찾아라^{Seek} • 203

chapter 5 **꿈을 이루게 하는 실행 독서**

01 4차산업혁명의 비법 독서 • 210

02 실행이 답이다 • 217

03 습관의 힘 • 225

04 수불석권手不釋卷 • 232

05 자리이타와 메신저 • 239

06 실행될 때까지 두드려라^{Knock} • 246

07 꿈을 이루게 하는 기적의 꿈알 • 253

chapter

1

꿈의 방향을
찾는 독서

01   오직 독서가 답이다

책 쓰는 강좌에서는 세상의 사람들을 두 부류로 나눈다. 책을 쓰는 사람과 책을 쓰지 않는 사람으로 구분한다. 독서 강좌나 독서 모임에서는 또 다르게 사람을 두 부류로 나누는데 책을 읽는 사람과 책을 읽지 않는 사람으로 분류한다. 좀 더 구체적으로 들어가면 책을 읽는 사람을 또 나눌 수 있다. 책을 매일 읽으며 책의 내용대로 실천하려고 노력하며 살아가는 사람과 책을 거의 읽지 않거나 읽어도 대충 대충 보고서는 책을 읽었다고 말하는 사람이다. 어쨌든 두 부류의 사람들은 그래도 책을 읽는 사람으로 분류된다.

2016년 통계청의 데이터에 의하면 '한국인의 생활시간 변화' 보고서에 한국의 10세 이상 국민이 하루 평균 TV 시청 시간은 1시간 53분인데 반해, 독서 시간은 하루 6분에 불과하다고 한다. 게다가 3명 중 한 명은 1년에 책을 한 권도 읽지 않는다는 심각한 독서 후진국의 실상이 현실이다. 첨단 기술과 인터넷의 급속한 발달로 한국인의 독서량은 더 줄어들었다고 한다. 유엔 조사에 따르면 한국인의 독서량은 192개국 중 166위라는 것에 놀랄 수밖에 없다. 성인 10명 중 9명은 독서량이 하루 10분도 안 되고, 성인 3명 중 1명은 1년에 단 한 권의 책도 읽지 않는다는 충격적인 조사결과에 우리는 놀라지 않을 수 없다. 그런데다가 우리는 스마트폰에 빠져 살고 있다. 책 읽기의 매력에 빠진 독서삼매경이 아니라 습관적으로 정보를 찾는 검색삼매경에 빠져 사는 모습이다. 자가용을 운전하는 사람, 거리를 다니는 사람, 카페에 모여 앉은 사람들 모두 스마트폰에 얼굴을 처박고 있는 모습뿐이다.

저자는 한 달에 최소 10권의 책을 읽고 블로그에 포스팅하려는 계획으로 책을 읽는다. 어떤 달은 목표를 달성하지 못하는 경우도 있지만 대부분 목표한 책은 읽는다. 다 읽지 못했다면 그다음 달에 좀 더 분발하여 지연된 양의 책 읽기를 소화해낸다. 여러 가지의 업무를 함께하기에 책 읽기가 계획한 대로 되지 않는 경우도 생긴다. 하지만 읽어야겠다고 구입해 놓은 책들을 보면 손에서 책을 놓을 수가 없다. 한 달만 휴가 내어 도서관에서 밀려 있는 책을 읽었으면 좋겠다는 바람을 가질 때도 있다. 현실이 이러다 보니 책을 눈으로만 읽고 깊이 있게 내용을 음미하지 못하기도 한다. 다른 잡념에 사로잡혀 읽고 있는 책의 내용을 놓치는 경우도 있다. 책은 눈으로 읽지 말고 가슴을 느끼면서 읽어야 한다는 것을 알지만 그렇지 못하는 경우도 있다. 떠오르는 생각을 메모하며 읽어야 한다는 것과 책에서 읽은 내용을 실천하지 않는 녹서는 읽었다는 과시용 복서에 시나시 않는나는 섯을 알면서 그렇게 하지 못하는 나를 보며 반성도 많이 한다. 책은 작가의 생각과 고민 끝에 문제나 주제를 잡고, 관련된 자료를 모으고 분석해서 깨달은 내용을 쓴 결과물이다. 그 결과물 속에 담겨져 있는 의미를 그냥 대충 읽어서는 자신에게 다가오지 않는다. 책을 정독하여 읽으며 답을 찾기 위한 질문을 던지면서 깨닫는 시간을 가져야 하는 것이 진정한 독서이다. 하지만 처음부터 정독을 해야만 독서라고 주장하고 싶지 않다. 속독으로 읽으며, 읽고서 실천으로 옮기지 못하더라도 책을 읽지 않는 것보다는 훨씬 나은 것이다. 책을 계속 읽다 보면 책 읽는 것이 습관으로 몸에 배게 된다. 정독과 실천은 그때에 해도 늦지 않다는 것이 저자의 생각이다. 많은 책을 읽으면서 책을 쓴 작가가 살아온 삶과 생각을 간접 경험하는 것이 성공으로 가는 밑거름이 되기 때문이다.

우리가 책을 읽는 것은 다른 사람들의 경험을 직접 체험할 수 없기에 간접경험을 통해서 깨달음을 얻기 위해서이다. 책에는 작가의 경험적 깨달음이 고스란히 담겨 있는 삶의 한 단면이다. 책을 읽으면 지금 자신의 삶에 대한 반성과 어떻게 살겠노라는 결심을 하기도 한다.

사람들이 책을 읽는 또 다른 이유는 자신과 다른 세상에서 다른 꿈과 목적의식을 갖고 살아가는 사람들이 고뇌하고 해결해가는 흔적을 배울 수 있기 때문이다. 책을 통하여 내가 미처 생각조차 못했던 생각과 결단으로 세상의 어려움을 헤쳐나온 다른 사람의 경험을 간접적으로 체험할 수 있다. 당연하다고 생각하고 아무런 의심 없이 세상을 살다가도 많은 사람이 고민하는 문제에 대해 자기 이외의 다른 사람은 어떻게 생각하는지를 알 수 있다.

시대의 변화와 정보화 시대로 접어들어 SNS를 통한 단편적인 정보, 흥미와 자극적인 영상과 이미지에 익숙해져 가고 있다. 깊은 생각을 통해 정보의 의미를 분석하고 그것이 자기에게 주는 메시지가 무엇인지를 해석하는 시간과 능력이 자꾸만 없어져 간다.

4차산업혁명의 시대로 접어들어 기계는 발전하여 인간의 지능을 능가할 정도로 인공지능이 발달하고 있다. 인간의 지식마저도 기계로 대체하는 세상으로 변해가고 있다. 책은 다른 사람들은 어떻게 생각하고 행동하며 살아가고 있는지를 알 수 있는 소중한 경험의 창고다. 같은 사물이나 현상이라도 다르게 볼 수 있는 안목을 다른 사람의 경험을 통해 깨닫는 지혜와 세상을 다르게 바라볼 수 있는 안목과 통찰력을 갖게 해주는 것이 독서이다.

사람들은 살아가며 매일 밥을 먹는 것처럼 매일 책을 읽어야 마음의 양식이 만들어진다. 배가 고프면 음식을 먹지만 마음이 고파도 공부하거나 책을 읽지 않는다. 사람들의 배는 시간만 지나면 늘 고파오지만, 뇌는 지식이 고프다는 인식을 하지 못하기 때문이다. 우리의 뇌는 자신의 안전에 관한 것 이외에는 천성적으로 관심을 갖지 않으려한다. 이것저것 생각하면서 힘들어하지 않으려는 게으름뱅이가 우리의 뇌다. 편안하게 쉬고 싶어 하는 우리의 뇌에 지적인 충격을 주어서 뇌를 힘들게 만드는 것이 책 읽기나. 편안하게 쉬고 있는 상태를 깨뜨려서 뇌를 배고프게 만드는 것도 책 읽기다. 배고픈 뇌, 힘든 뇌에게 줄 수 있는 최상의 처방전도 역시 바로 독서이다. 독서를 하지 않고도 세상을 얼마든지 두 눈으로 볼 수 있다. 하지만 책을 읽지 않고서는 직접 경험하지 않은 부분을 볼 수 있는 시각과 관점은 절대 가질 수 없다. 책을 읽지 않고도 상식을 지지하는 지식을 쌓을 수 있다. 그렇지만 책을 읽지 않고서는 자신만의 독창적인 색깔을 보여주는 자신만의 지식을 습득하지 못한다.

책을 읽는 것은 그 책을 쓴 저자가 세상을 어떻게 보고 느꼈으며, 그것을 어떻게 표현하는지를 읽는 것이다. 같은 사회적인 이슈라도 저자에 따라 다르게 보고 다르게 해석할 수 있다. 동일한 이슈를 다르게 읽어내는 방법을 습득하기 위해서는 우선 낯선 분야의 사람들이 쓴 책을 읽는 것도 도움이 된다.

책을 읽는 방법도 책을 읽는 독자마다 자신이 선호하는 독서법이 따로 있다. 어찌했든 책을 많이 읽어내는 다독과 빠르게 읽는 속독, 책의 내용을 좀 더 뇌에 오래 저장하기 위해 소리 내서 읽는 낭독, 천천히 저자의 생각을 읽어내려고 문구를 곱씹어 생각하며 읽는 정독, 자기계발서를 비롯하여 소설, 에세이, 인문학, 역사책 등 아무 책이나 마구 읽는 난독이나 남독 등 독서법도 정말 다양하다. 좋은 책 읽기란 정답이 없다. 책을 읽는 개인의 취향에 따라 읽으면 된다. 1년에 책을 한 권도 읽지 않는 사람이 세 사람 중의 한 사람인 나라에서 어떻게 읽어야 한다고 정의할 필요는 없다. 잡지면 어떻고 만화책이면 어떠랴! 우선은 속독이든 난독이든 구분하지 말고 책을 읽는 분위기를 만들어가는 것이 먼저다. 단지 책을 통해 저자의 생각을 읽어내고 책을 통하여 무엇인가의 변화를 생각하는 책 읽기는 달라야 한다.

실행을 위한 책 읽기는 책을 빠르게 읽는 다독과 속독으로는 어렵다. 한 권의 책을 읽더라도 읽은 내용을 내 삶에 어떻게 적용할 것인지를 곰곰이 따져보고 고민하면서 읽는 정독과 숙독이 필요하다. 많은 사람은 책을 읽는 데 급급한 나머지 자신의 관점과 생각으로 재정리해서 자신의 삶에 적용하려는 노력을 하지 않는다. 독서는 궁극적으로 저자의 메시지를 자신의 견해에서 재해석하고 그것을 통해 자신의 삶을 변화시켜 나가는 주체적 실천과정이 필요하다. 책 읽는 것에만 너무 빠진 나머지 읽으면서 자신의 관점으로 재해석하며 정리하고 자신의 것으로 만드는 노력을 하지 않으면 읽어도 읽는 효과를 만들지 못한다. 하지만 정독을 해야 한다고 책 읽기를 멀리 해서는 안 된다. 책 읽기의 습관이 몸에 배야 정독과 숙독도 가능해지기 때문이다.

"한 권의 책을 제대로 다 읽었다고 말할 수 있는 시점은 책의 마지막 장을 넘길 때가 아니라 독후감으로 주변 사람들과 소통이 끝나는 시점이다. 독후감이 부담스러운 이유는 감동이 없는 책에 대해서도 억지로 독후감을 쓰게 만들기 때문이다"라고 《책의 정신》 강창래 작가는 말했다. 우리는 보통 책을 읽을 때 마지막 장을 넘길 때 완독했다고 한다. 좀 더 나아간다고 하더라도 독서 노트로 기록하거나 블로그에 포스팅하면 완료했다고 하지만, 진정한 독서의 끝은 다른 사람들은 어떻게 이해했는지를 소통하여 잘못된 해석이 있다면 바로잡은 이후에야 제대로 읽었다고 보아야 한다는 것이다.

"나는 독서하는 방법을 배우기 위해서 80년이라는 세월을 바쳤는데도 아직까지 그것을 잘 배웠다고 말할 수 없다"라고 괴테가 말했다고 한다. 우리는 쉽게 책을 읽는다거나 독서한다고 하지만 제대로 된 독서는 어떻게 하는 것이 효과적인지를 누구도 명확하게 정의를 내리지 못함을 일컫는 말이다. "기억은 짧고 기록은 길다. 읽기는 쉽고 쓰기는 어렵다. 독서 후에 남은 짧은 기억을 오랫동안 기억하기 위해서는 읽으면서 감동한 느낌이나 깨달은 교훈을 적지 않으면 기억은 휘발성이 강해서 금방 사라진다. 읽었지만 뭘 읽었는지 기억에 남지 않는 읽기는 과시용 책 읽기의 전형적인 본보기다"라고 《책벌레와 메모광》에서 정민 작가는 책을 읽고 정리하는 것의 중요함에 대해 말하고 있다.

책을 읽는 목적의식이 뚜렷하면 그 어떤 책도 목적달성에 도움이 된다. 책이 자신에게 도움이 되지 않는 이유는 책이 유용하지 않아서가 아니라 자신이 책을 보는 눈이 비뚤어져 있기 때문이다. 책이 자신을 위한 등불이나 나침반이 되려면 자신이 지금 심각하게 방황하거나 딜레마에 빠져서 절치부심 중이어야 한다. 어디로 가야 할지 모르는 상태에서 심각한 고민에 빠져 있을 때 우연히 잡아든 책 한 권이 자신의 인생을 송두리째 바꿔놓는 경우가 있기 때문이다.

세상이 정보와 지식이 넘쳐나지만 자신의 지식과 지혜로 탈바꿈

시키지 못하고 있다. 쓰레기 같은 정보는 기하급수적으로 증가하지만 깊은 사색을 요구하는 지식과 지혜는 반대로 현격히 감소하고 있다. 정보와 지식 그리고 지식과 지혜 사이에는 엄청난 거리가 생기고 있다. 이러한 따라잡을 수 없을 정도의 거리를 해소하기 위해서는 독서가 필요하다. 세계에서 독서 최빈국의 오명을 벗어나야 혼란스러움에 종지부를 찍고 새롭게 도약할 수 있는 꿈을 가지게 될 것이다. 오로지 읽기만 하는 독서일지라도 읽지 않는 것과는 비교할 수 없기 때문이다. 책을 쓴 작가들이 말한 독서에 대한 정의가 틀린 말은 아니다. 하지만 책을 읽고 실천하지 않더라도 책을 읽지 않는 것과는 비교할 수 없는 이익이 있기에 우선 책을 손에 들고 읽는 것부터 시작하자.

02 책 속에 있는 길

책을 읽으면 다른 삶을 살아가는 사람의 경험을 알 수 있다. 독서를 통해 자기와 다른 사람을 만나고 자기 생각의 깊이와 넓이를 심화시키고 확산시켜 나갈 수 있다. 똑같은 책도 읽는 사람에 따라 다르게 해석할 수 있다. 혼자 읽고 끝내면 자신만의 해석에 치우쳐서 왜곡될 수 있는 것이 독서이다. 다른 사람과 함께 읽고 느낀 점을 공유하면 전혀 다른 생각을 만날 수 있다. 그뿐만 아니라 다른 세계와의 지속적인 만남을 계속 이어갈 수 있게 된다. 깊이 사색하면서 읽지 않는 독서는 오히려 독자에게 독이 될 수도 있다. 독서를 통해서 복잡한 마음을 정리하고 생채기 난 마음을 치유하려면 천천히 그리고 깊이 사색하면서 읽어야 한다. 한마디로 말해서 정독해야 하고 숙독해야 함을 강조하는 말이다. 우리가 필요한 책 읽기는 엄밀히 말해서 자신이 하기 나름이다. 책 읽기의 특별함이 아니라 책을 읽고 느낀 점을 어떻게 내 삶에 적용하는지의 문제다. 우리는 책을 읽으면서 책을 쓰거나 강연할 때 인용할 문장을 메모해 놓는다. 지금 쓰고 있는 글의 해당 파일에 출처와 함께 메모하기도 한다. 그리고 강연 주제별로 인용하고 싶은 관련 주제나 주요 내용을 간략하게 정리해 두기도 한다. 책을 통하여 저자가 걸어간 길을 경험해볼 수 있기에 저자가 간 길을 그대로 따라갈 것인지, 그렇지 않으면 돌아가거나 질러갈 것인지는 자신이 스스로 결정할 일이다.

책도 잘못 읽으면 독자에게 독이 될 수 있다. 몸이 아프면 병원에 가서 의사에게 진료를 받게 되는데 의사의 진료가 잘못되면 큰 의료사고로 이어지는 경우도 있다. 흔히 이러한 것을 오진이라고 하는데, 책 읽기에도 오독을 할 수 있다. 그러기에 작가가 전달하고자 하는 정확한 메시지를 찾아내는 독서를 해야 한다.

기업의 경영시스템 심사를 할 때가 있다. 심사를 수행하다 보면 시스템의 변경이나 좀 더 나은 방향으로 개선이 필요한 것이 눈에 보이기도 한다. 그럴 때 지적 및 자문을 하는 잘못을 저지르는 경우가 있다. 기업에서 해결과 개선 방안에 대하여 조언을 요구하는 경우도 있다. 하지만 심사원의 기본 수칙 중에는 심사 중에 자문을 못 하도록 하고 있다. 아무리 좋은 대안이라도 짧은 시간의 진단으로 명확한 해결책을 내놓기 어렵기 때문이다. 기업의 조직은 비슷해 보여도 나름의 다른 특성들을 갖고 있기에 통상적인 내용으로 자문을 했다가는 기업에 큰 손실을 입힐 수 있다. 그러기에 심사원은 절대 자문을 해서는 안 된다는 조항이 만들어진 것이다.

책 읽기도 의사의 치료나 컨설턴트의 신난과 유사하나. 어떻게 읽느냐에 따라 저자가 전달하려고 했던 메시지를 제대로 받아들일 수 있고, 저자의 고민을 못 알아차릴 수도 있다. 오독으로 인하여 힘들어지는 일도 있지만, 그럼에도 책을 읽는 것은 읽지 않는 것과는 비교할 수 없을 정도의 이점이 있기에 독서를 권하게 된다.

책을 읽다 보면 공감하는 내용과 자신이 동의하는 내용만 만나지는 않는다. 때로는 자기 생각과 전혀 다른 생각의 글을 만나 갈등을 겪거나 사고의 충돌이 일어나기도 한다. 이런 주장의 책을 만나면 과연 그럴까 하는 의구심을 넘어 기존에 가진 자기의 생각에 의문의 물음표를 던지게 된다. 곰곰이 생각해보면서 자기 생각의 타당성과 정당성을 따져보기도 한다. 순간 불편한 생각에서의 충돌이 일어나면 자기의 주장이 틀릴 수도 있다는 생각을 해봐야 한다. 작가가 걸어온 길도 마찬가지이다. 책 속의 내용은 작가가 걸어오면서 느끼고 겪었던 경험을 바탕으로 하여 쓰여진 글이다. 작가가 경험하면서 걸어왔던 길이 자신이 생활하는 길과 유사할 수도 있고, 자신이 이해할 수도 있지만 모두가 그렇지는 않을 수 있다. 이러한 충돌 때문에 작가가 밟았던 길을 자신이 가야 할지에 대해서는 갈등에 빠지게 된다. 결국 독서의 완성은 책과 자신의 몸이 뒤섞여서 하나가 될 때이다. 깊은 사색을 통해 책의 메시지가 던져주는 의미심장함을 자신의 머리가 이해해야 하고, 객관적 분석이 가능해야 그 책의 내용은 자신의 것이 될 수 있다.

책은 작가의 생각이 정리된 사상체계를 바탕으로 쓴 것이지만 그 사상체계도 현실 속에서 작가가 경험을 통하여 깨달은 진실이다. 책은 읽는 힘든 과정을 온몸으로 체험한 사람에게만 선물을 가져다준다. 책을 읽지 않으면 책을 읽으면서 느끼게 되는 깨달음과 만날 수 있는 선물을 얻을 수 없다. 책을 몸으로 읽는 고통의 산물이 있어야 뜻밖의 행운으로 의외의 선물도 만날 수 있다. 그런 부산물이 주산물보다 더 의미심장한 깨달음을 전해주는 즐거움이야말로 독서가 던져주는 뜻밖의 선물이다. 그러기에 독서를 통하여 작가가 경험한 길을 읽고서 자신이 걸어가야 할 길인지를 판단해야 한다. 책 속의 작가가 간 길이라고 해서 모든 길을 자신이 작가처럼 갈 수 있는 길은 아니다. 작가가 걸었던 책 속의 길을 자신의 삶과 연결해서 끄집어낼 때 자신에게 의미 있는 길이 만들어진다.

"책 속에 길이 있다고들 그러는데, 내가 보니까 책 속에 길이 없어요. 길은 세상에 있는 것이지. 그러니까 책을 읽더라도 책 속에 있다는 그 길을 세상의 길과 연결해서 책 속의 길을 세상의 길로 뻗어 나오게끔 하지 않는다면 그 독서는 무의미한 거라고 생각해요"라고 김훈 작가는 말했다. 책 속에서 찾은 길은 자신의 길이 아니라 작가가 갔던 길이다. 그 길은 자기가 걸어갈 길이 아니라 작가가 걸어간 길이다. 작가가 걸어갔던 길을 자기의 길로 만들려면 자기가 그 길을 자신의 삶으로 연결해야 한다. 작가가 왜 그런 길을 갈 수밖에 없었는지, 그 길을 걸어가면서 보고 느낀 점이 무엇인지, 그래서 작가는 그 길 위에서 어떻게 자신의 삶을 성상시켜 왔는지를 배워야 한다.

고 신영복 교수는 "길은 앞에 있지 않고 뒤로 생긴다"는 말씀을 남겼다. 누군가 걸어간 길의 끝에서 새로 자신만의 길을 걸어갈 때 그 뒤로 생기는 것이 길이다. 그렇게 되면 책은 책으로 머물지 않고 삶의 지침서로 우리 곁에서 살아 숨 쉬게 되는 것이다. 책에 친 밑줄이 책에서 나의 삶으로 연결될 때 책은 책으로 머물지 않고 삶을 변화시키는 실천의 출발점이 된다. 책을 읽고 나서 그냥 두지 않고 읽은 내용을 내 삶에 비추어 본다. 책이 던져주는 메시지가 심상치 않다면 그냥 있을 수 없다. 그러기에 책에서 읽은 삶의 내용을 그냥 내 머릿속에 저장만 해둘 수 없다. 폭발적으로 표현하고 싶은 욕구가 꿈틀거리기 시작한다. 글로 옮겨서 쓰고 그대로 실천으로 옮기려는 혁명의 욕망이 꿈틀거리기 시작한다. 책을 읽고 덮어 두는 것이 아니라 책대로 살고 싶어서 삶에 적용하고 싶어진다. 그 삶의 결과로 생긴 내 생각을 다시 삶에 적용하는 선순환이 독서가 삶을 혁명적으로 바꾸는 원동력이 되는 과정이다.

"생각하는 대로 살지 않으면 사는 대로 생각하게 된다"는 프랑스 문학가 폴 브루제의 말은 이런 점에서 최고의 명언이다. 왜냐하면 사람은 생각하는 대로 살기보다는 사는 대로 생각하면서 사는 경우가 더 많기 때문이다. 생각하는 삶을 살아가기 위해서는 독서로 생각의 폭을 넓혀 나가야 한다.

"말은 사람의 입에서 태어났다가 사람의 귀에서 죽는다. 하지만 어떤 말들은 죽지 않고 사람의 마음속으로 들어가 살아남는다"고《운다고 달라지는 일은 아무것도 없지만》의 박준 시인은 말했다.

밑줄은 책에만 긋는 것이 아니다. 오히려 책이 아닌 세상에 밑줄 그을 곳이 많다. 어떤 사람은 책을 속아서 샀다고 불평하면서 건질 게 하나도 없다고 투덜거리는 사람도 있다. 어떤 사람은 별 내용도 없는데 어떻게 이런 책이 베스트셀러가 되었는지 사기라고 주장하는 사람도 있다. 이 세상에 나쁜 책은 없다. 책을 바라보는 사람의 나쁜 마음만 존재할 뿐이다. 설령 어떠한 것에든 속아서 샀다고 할지라도 어떻게 그 책이 나를 속였는지 밑줄을 그을 수 있다. 사람들의 마음을 훔치는 마케팅 방법을 배우고 거기에 밑줄을 그을 수 있다. 책에 밑줄을 그을 곳이 없다면 책 밖에 밑줄 그을 곳을 찾아보면 된다. 잘 팔리는 책은 저마다의 이유가 있다. 책 내용이 좋든지, 출판하는 시기를 잘 맞추었든, 탁월하게 제목이 좋아서 사람의 구미를 당겼든 간에 사람들이 많이 찾는 이유를 찾아보고 그 이유를 배우면 된다.

책이 도끼인 이유는 자기가 옳다고 생각하고, 당연하다고 생각했던 진리를 사정없이 깨부수기 때문이다. 책이 죽비인 이유는 느슨해지거나 나태해진 정신에 일격을 가하여 정신을 바짝 차리게 만들기 때문이다. 어찌 되었든 책은 고정관념이나 타성을 깨부수고 그 위에 새로운 집을 건설하게 만드는 정신적인 각성제이다. 현실에 안주해서 적당히 살아가려는 안이한 마음에 일격을 가하는 죽비이자 졸고 있는 정신을 흔들어 깨우는 한 바가지의 찬물이다. 이런 도끼와 죽비의 충격을 거부하면 책에서 길을 찾을 수가 없다. 자기의 신념을 깨부수고 나태해진 정신을 바짝 차려서 자기가 가고 싶은 길을 찾아야 책 속에서 길이 보이게 된다. 어쩌면 그 길은 자기가 꿈꾸는 길이며 자기가 평생토록 이루고 싶어 하는 길이다. 이러한 길은 그냥 책 속에 있는 것이 아니라 책 속에서 작가가 걸어갔던 길을 자기가 찾아서 자신의 삶에 어떻게 적용할 것인가를 고민하는 것은 독서를 통해서만 가능한 일이다.

03 간절히 원하면 이루어진다

　한때 전 세계가 "간절히 원하면 이루어진다"라는 시크릿의 열풍에 휩싸였던 적이 있다. 호주 방송인 론다 번의《시크릿》은 2006년 영화와 책으로 동시에 시장에 나왔다. 두 가지 모두 경이적인 성공을 거두어 DVD는 200만 장 이상, 책은 400만 권 이상 판매되었다.《시크릿》은 46개국 언어로 번역되어 1,900만 부 이상 팔려나감으로써 전 세계에 걸쳐 '시크릿 열풍'을 불러일으켰다.《시크릿》은 한국에서도 엄청난 선풍을 불러일으켰다.

　시크릿의 법칙은 알고 있겠지만 정리해보면 다음과 같다.

　첫 번째, 생각을 조심하라. 생각은 실체화된다. 좋은 생각을 하면 좋은 일이 생기고, 나쁜 생각을 하면 나쁜 일이 끌려온다는 것이 시크릿의 핵심 내용이다.

　두 번째, 대부분 사람은 자신이 원하지 않는 것을 생각한다. 생각이 실체화되기 때문에 자신이 원하지 않는 것을 계속 생각하면 좋은 일이 생기지 않는다. 좋은 생각이든 나쁜 생각이든 '끌어당김의 법칙' 은 가리지 않는다는 것이다.

세 번째, 원하는 것이 달성되었을 때의 감정을 만들어라. '원하는 것'이 달성될 때를 가정하여 생생하게 오감을 통하여 그려보고 느껴 보라는 것이다.

네 번째, 감사하는 것에 대한 목록을 만들어라. 감사는 생각을 전환하는 데 도움을 준다. 먼저 좋아하는 모든 것에 감사하는 마음을 가져라. 항상 어떤 것에 감사하고 그것을 생각하면 감사할 일이 커진다.

다섯 번째, 자신만의 감사 아이템을 만들어라. 그것이 무엇이든지 항상 지니고 다니면서 눈에 보일 때마다 감사하라고 한다.

여섯 번째, 시각화 훈련으로 생각을 실체화시켜라. 생각을 시각 화하면 실체화된다. 유인력을 만드는 건 단순한 생각이 아니라 느낌 과 감정이라는 법칙으로 간절히 원하는 것에 적용하면 꿈이 이루어 진다는 것이다.

우리는 "간절하게 원하면 이루어진다"라는 문구가 익숙했던 때가 있었다. 이러한 문구는 여러 곳에서 자주 볼 수 있는데, 특히 2002년 월드컵 때 많이 보았다. 월드컵 경기장마다 걸려 있던 현수막에서 이 글귀를 처음에 봤을 때는 설마 간절히 원한다고 이루어지겠냐는 의 구심을 가졌었다. 차츰 경기가 진행되면서 정말로 그렇게 된다는 것 을 우리 국민은 생생하게 체험했었다. 간절하게 원하면 이루어진다는 것을, 간절히 원함의 대단한 위력을 느껴보았다.

대한민국 모든 국민이 한마음이 되어서 응원을 했었다. 누가 시키지 않았는데도 모든 국민이 붉은색 티셔츠를 사 입고, 길거리로 나와 밤을 새워 응원했던 기억이 아직도 생생하다. 온 국민이 간절하게 원했기에 우리나라는 목표 이상의 성과를 거두었다. 16강 진입이 목표였는데, 4강까지 진출하여 세계 4위를 했으니 말이다. 원하는 것보다 훨씬 좋은 성과를 보면서 운동장에 걸려 있던 현수막의 문구가 욕심만이 아니었다는 것을 알았다. 진심으로 간절히 원하면 이루어지는구나 하는 것을 처음으로 느꼈었던 계기였다.

과연 간절히 원하기만 한다고 이끌림의 법칙에 따라 이루어졌을까? 온 국민의 간절함이 있었던 것은 사실이었다. 하지만 국민이 간절하게 원하기만 했다면 우리 선수들이 그렇게 좋은 성적을 낼 수 있었다고 생각하지 않는다. 간절함이 있었기에 스스로 길거리로 뛰쳐나와서 온 마음을 다해 응원했기에 가능했다고 생각한다. 국민의 간절함을 담은 열렬한 응원에 우리 선수들은 반응하였고, 기운을 받아서 자신의 능력 이상의 결과를 만들어냈다.

《시크릿》의 주요 비판자들은 그 책을 먼저 읽은 사람들이 영화가 선풍적인 인기를 끌 무렵 비판을 가하기 시작했다. "실제로 돈 번 사람들은 작가와 출판사밖에 없다"라고 비판했다. 우리가 사는 한국에서도 여기저기서 불평들이 터져 나오기 시작했고 냉소적인 반응들이 생겨났다. 선풍적인 열풍이 불었는데 왜 그러한 비판을 받게 되

있을까? 《시크릿》의 내용에는 진실이 들어 있다. 《시크릿》의 내용이 허구는 아니다. 그럼 《시크릿》은 대체 무엇을 의도적으로 조작함으로써 그 법칙대로 실천한 사람들이 실망만 느끼고 돌아서게 했을까?

《시크릿》에는 많은 논리적 모순과 함정이 존재하는데 다음과 같은 중요한 문제들을 지적한다. 먼저 《시크릿》을 구입하는 사람들은 '나도 이제 부자가 되고 싶다'라며 그 책을 산다. 이것이 바로 함정이다. 독자는 이미 자신이 부자가 아니라는 사실을 알고 있다. 어쩌면 아예 가능성이 별로 없다고 느끼고 있었는데 누군가가 돈 만 원 남짓한 돈이면 알아서 해준다고 해서, '이 정도면 거의 공짜네' 하며 책을 사면서부터 시작되었다. 책을 읽으며 내용에서 흥분하기 시작한다. 그 안에는 '참'이 들어 있다. 뭔가 자신을 살아 넘치게 하는 힘이 있다. 책 덕분에 읽는 동안은 기분이 좋아진다. 부자처럼 상상하고 행동해본다. 이렇게 있다 보면 언젠가는 돈벼락이 쏟아지겠지 하고 기대를 하게 된다. 진지한 독자라면 열성을 다 바쳐 긍정적으로 생각한다. 하지만 시간이 지나도 무언가 변하는 것을 느끼지 못하면서 《시크릿》을 원망하기 시작한다. 그래도 마음을 다잡아 긍정적 사고를 하려고 노력하지만 아무 소용이 없다. 사실 이 책을 산 사람은 처음부터 끝까지 철저하게 '환상' 속에 있기 때문이다. 실제 현실은 자신이 가난하다는 증거들로 가득 차 있다. 그것을 자신도 알고 있다. 하지만 그것을 외면하려고 한다. 실제로 현실을 바꾼 것이 아니라 '현실을 가려 버린' 것이다. 우리가 신념과 경험, 현실과 환상을 논할 때 반드시 기억해야 할 사실은 인간은 자신을 기만하는 거의 무한한 능력을 갖춘다는 것이다.

"인생이란 제한된 시간 동안 책의 힘을 최대한으로 활용하고 싶다.""자신의 꿈을 이루고 행복해지기 위해 책을 좀 더 제대로 소화하고 싶다"라고《꿈을 이루는 독서법》의 이토 마코토 작가는 말했다.

책은 생각할 소재를 만들어주는 그 자체이다. 자신에게 책은 자기의 생각을 보강하거나 새로운 관점을 배우게 하고 떠오른 생각을 더 깊이 연구할 수 있게 하는 소재이다. 자신과 의견이 다른 작가의 책은 세상의 일을 새로운 관점에서 보거나 자기 생각의 약점을 보완하는 데 큰 도움이 되기도 한다. 자신과 같은 생각을 하는 작가가 전문가나 권위 있는 사람이면, 자기 생각의 근거가 더 명확해진다. 또한 '전문가도 이렇게 말했으니 역시 내 생각이 옳아' 하는 자신감도 생기게 한다. 사색하고 생각하여 감동하는 뇌를 만들려면 뇌에 공백 부분이 있어야 한다. 빈틈은 마음의 여백을 만들고, 거기에는 생각하지도 못했던 놀라움의 발견과 감동을 느낄 수 있게 한다. 또한 책을 읽으면서 인간의 본질이란 차원에서 서로가 같은 목표를 보고 있다는 것을 느낄 수 있다. 이러한 것을 인간 본질의 다양성이라 한다.

간절히 원하기만 해서는 꿈이 이루어지는 것이 아니라는데 꿈을 달성하기 위해서는 어떻게 해야 할까?

간절히 원하는 것을 달성하려면 여러 가지 방법이 있지만 그중에서 독서가 제일이다. 어떤 책을 읽어야 할지 고민하기도 한다. 자신이 간절히 원하는 꿈을 이루는 데 필요한 책의 선택은 다음과 같이 한다.

첫째, 자신이 설정한 꿈의 업종에 종사하는 사람이 쓴 책을 읽으면서 직업에 대한 이미지를 구체화한다.

둘째, 꿈을 이루는 방법을 알기 위해 성공담을 읽으며 실제 노하우를 배운다. 이른바 비법서나 노하우에 관련한 책을 찾아서 읽으며 벤치마킹한다.

셋째, 좀 더 추상적인 삶의 방식에 관한 책을 읽고 꿈을 이룬 뒤 자신이 어떻게 살고 싶은지 혹은 노력하는 과정을 통해 어떤 인간이 되어갈지 생생하며 그려본다. 특정 주제로 무언가를 공부할 때는 관련된 책을 보통 한꺼번에 많이 사는 것도 방법이다. 해당 주제에 찬성하는 사람, 반대하는 사람, 중립인 사람의 책을 한데 모아서 읽는다. 어딘가 한 줄이라도 도움이 되어 '이 책을 읽은 덕분에 이 한 줄을 발견할 수 있었으니 정말 다행이야' 하고 생각한다면 그 책은 자신에게 꼭 필요한 책이었다고 받아들이면 된다.

자신이 아무리 받아들이고 싶지 않은, 끔찍하고 절망적인 현실일지라도 그 안에는 보물이 숨어 있을 수 있다. 또한 돈과 풍요로운 삶은 자기의 꿈과 다른 것일 수 있다. 사람은 자신이 진정으로 원하는 삶만을 창조해 나가려 한다. 즉, 우리는 각자가 자신이 진정으로 바라는 삶을 '현재' 살고 있다는 것이다. 지금 이 모습에서 먼저 내면의 평화와 만족을 발견하게 되면 그다음 자신이 가야 할 길을 갈 수 있다. 그때는 아마도 선언, 시각화, 기도, 직관에 의해 행동하는 삶 등 어떤 '테크닉'이라도 활용할 수 있을 것이다. 자신이 바라는 삶을 현재 살고 있다는 얘기는, 그 삶에 만족하고 언제까지나 그렇게 살아가는 편이 낫다는 의미는 아니다. 싯다르타가 안락한 생활에 의문을 던지고 더 큰 갈증을 해결하기 위해 나서듯, 모세가 불평하는 이스라엘 민족을 이끌고 '더 큰 민족'이 되게 하려고 이집트에서 탈출해 나오듯 과감하게 모험하는 용기가 필요하다. 큰 사랑과 꿈을 이루기 위해 현재 삶에서 벗어나서 생생한 꿈을 달성하기 위해 간절함을 뛰어넘어 실행할 수 있도록 자신의 변화가 필요하다. 간절하게 원하기만 한다고 해서 꿈이 이루어지는 것은 아니라는 것을 인식해야 한다.

04 성공한 인생

성공한 인생은 어떤 것일까? 돈을 많이 벌게 되는 것이 성공일까? 어쩌면 그것이 맞다. 대부분의 사람이 생각하는 꿈일 수도 있다. 돈이 절대 나쁜 것은 아니기 때문이다. 돈이 없어서 고통을 당하는 사람들에게 돈은 상당한 큰 의미를 가진다. 돈으로 먹을 것을 해결할 수 있고, 아픈 것도 치료받을 수 있으며, 이슬이나 비를 맞지 않는 보금자리도 마련할 수 있다. "돈으로 행복을 살 수 없다"고 말하는 사람들이 있다. 이들은 이미 스스로 부자가 될 수 없을 거라고 단정 지은 사람들이다. 돈이 없는 사람들의 입에서 회자하는 말로서 많은 사람들의 가난의 불씨가 되었다. 사실 이 주장에는 행복의 진짜 적이 무엇인지를 놓치고 있다. 돈에 대한 노예화, 즉 돈으로 인하여 자유를 잃는다는 것이다. 역설적으로 '더 많은 돈'을 벌수록 더 많은 자유를 얻는 것이 아니라 잃는다. 많은 돈은 생활 태도의 노예가 되게 하여 오히려 자유에 해가 된다. 따라서 많은 부자가 불행하고 고독한 생활을 겪고 있지만 돈 때문이 아니다. 자유를 잃었기 때문에 불행한 것이다. 그들이 돈을 가진 것이 아니라 돈이 그들을 쥐고 있는 것이다. 그러기에 돈이란 것은 잘못 사용하는 사람에게는 결코 행복을 가져다주지 않는다. 돈으로 자유 대신 구속을 사는 꼴이 되기 때문이다. '행복'과 '부'를 같은 의미로 보는 경우가 많다. 부의 의미가 올바르게 정의되었을 경우에만 그렇다. 우리 사회는 부가 '물질'적인 것이라고 보는 것이 문제이다. 바로 이 잘못된 정의 때문에 부와 행복을 잇는 다리가 무너져 버리곤 한다. 돈은 적어도 자유를 누릴 수 있도록 보장해준다. 그리고 이로 인해 부의 다른 요소인 건강과 관계를 지키기가 더 쉬워진다. 그러기에 돈을 많이 번 것이 성공이 아니라고 할 수는 없다.

이 세상에서 가장 성공한 사람은 높은 자리에 있거나 재산이 많은 사람이라고 할 수 있다. 하지만 그렇다고 모두 성공했다고 볼 수는 없을 것이다. 곁에서 지지하고 응원해주는 사람이 많은 사람, 행복하기를 응원해주는 사람이 많은 사람, 사람들의 마음을 가장 많이 가진 사람이 성공한 사람이라고 할 수 있지 않을까? 그렇다고 그들이 그 위치에 있는 것이 행운만이 아닌 것은 확실하다. 다른 사람에게서 무엇을 얻으려면 무엇인가를 주어야 한다. 여자에게 사랑을 얻으려면 헌신해야 한다. 친구에게 우정을 얻으려면 신의를 주어야 한다. 세상에서 인기를 얻으려면 재능을 보여야 하고, 사업에서 성공을 이루려면 신용을 주어야 한다. 유명해지고 싶다면 자신의 시간을 포기해야 하고, 성공한 사장이 되고 싶다면 가족과 건강을 포기해야 할 수도 있다. 세상에는 공짜가 없다. 공짜는 가장 비싼 것을 가져가기 위해 숨겨진 반대급부이다. 그러니 원하는 것이 있다면 무엇을 포기해야 할지를 결정하는 것이 먼저다. 원하는 것을 얻기 위해 아무것도 포기하지 않고 얻으려 하면 안 된다. 결코 얻을 수 없을뿐더러 공짜처럼 얻은 것은 결국에는 혹독한 대가를 요구하게 된다. 그러기에 성공은 처음부터 성실해야 하고 신용을 갖춰야 하며 노력하고 끊임없이 공부해야 한다. 이 세상에 완벽한 공짜는 없다고 한다. 구걸로 살아가는 거지도 자존심이나 동정을 팔아 생존할 수 있다. 설령 복권에 당첨된다 해도 언젠가 자신에게서 무엇인가를 갈취해 간다는 것을 알아야 한다.

돈을 벌 수 있는 비법을 적어 놓은 책을 보고 부자가 되는 사람은 많지 않다. 돈 버는 비법의 책을 쓴 저자만 더욱 부자로 만들어줄 뿐이다. 자신에게 아무런 이득 없이 독자에게 돈을 벌게 해줄 사람은 이 세상에 아무도 없음을 항상 상기해야 한다. 사람이란 남의 이익보다 자신의 이익을 먼저 추구하며 산다. 그를 나무라지도 못하는 것이, 그 누구도 자신의 아내나 자식보다 독자를 더 보살필 사람은 이세상에 없기 때문이다. 그것이 비록 형제나 부모일지라도 그렇다. 돈이 없는 사람들이 흔히 돈에 대한 정의를 좋지 않게 하는 경우가 많다. 그런데도 돈에 예속된 생활을 하고, 돈과 시간에 자유롭지 못한생활을 한다.

성공을 말하려면 돈에 대한 명확한 정의를 내려야 한다. '돈은 시간에서 자유로워지게 해줄 수 있는 것'이다. '부'가 '행복'과 직결되고, 성공과 바로 연결되는 것은 아니라도 '부'로써 자신의 삶에 대한 시간을 여유롭게 가질 수 있다. 사람마다 차이는 있겠지만 저자는 아주 작은 바람을 갖고 있다. 풍성한 '부'는 아닐지라도 시간적인 여유를 가지고 싶다. 넉넉잡고 한 달만 쉬면서 시간에 쫓기지 않고 책 읽는 것이 희망사항이다. 하지만 그렇게 하지 못하는 현실 때문에 안타까워하고 희망사항으로 말한다. 결론적으로 시간에서 자유로울 수 있는 '부'를 만들어 놓지 못했기 때문이다.

성공한 사람들의 가장 일반적인 습관은 독서라고 토머스 콜리가 자신의 저서 《부자 되는 습관》에 조사한 내용을 공개하고 있다. 무려 88% 이상이 하루에 30분 이상의 독서를 즐긴다. 반면에 가난한 사람은 2%만이 독서를 한다고 한다. 성공한 사람들은 가까운 곳에 항상 책을 둔다. 가방, 사무실 책상, 침대 옆, 자동차 등 어디에도 책을 둔 것을 볼 수 있다. 책을 한 권 다 읽고 나서 준비된 책이 없으면 두려움이 밀려올 때도 있다고 한다. 그래서 성공한 사람들은 86%가 평생교육의 힘을 믿고 실천에 옮기는 사람들이다. 가난한 사람들의 5%에 비하면 많은 차이를 볼 수 있다. 그래서 부자들은 86%가 책을 좋아하지만, 가난한 사람은 책을 좋아하는 사람이 26%에 그친다고 한다. 그리고 매일매일 했던 일을 기록하는 습관, 정기적으로 운동하는 습관 등으로 정신과 몸이 서로 유기적으로 연결되어 있음을 잘 이해하고 있는 사람이 성공한다는 결과를 말한다. 《생각의 비밀》의 김승로 믹기는 성공한 투자늘의 세 가지 공통점을 다음과 같이 말한다.

첫째, 부채에 대한 인식이 확연히 다르다. 그들은 은행 이자나 기준금리의 변동에 강한 반응을 보이며 대책을 마련한다. 하지만 가난한 사람은 신용카드 이자나 마이너스 통장 대출이자가 몇 %인지도 모른다.

두 번째로는 문제를 보는 방식이 확연하게 다르다. 성공한 사람들은 문제를 객관적인 기준에 의해서 바라본다.

세 번째 공통점은 사건과 사물의 부정적인 측면보다 긍정적인 측면에 관심이 많다는 것이다. 바보 같은 아이디어에도 관심을 보이고 사고가 발생하면 사고 이면에 어떤 좋은 점이 있을지 찾아본다. 쉽게 기가 죽지도 않으며 포기하지 않는 성향을 갖고 있다.

또한 성공은 아이디어가 아닌 실행에 있다. 기회라는 것이 엄청난 발명품에 의한 것은 많지 않다. 충족시키지 못하는 불편함의 개선이나 적절하게 충족되지 못한 욕구를 해결하는 간단한 것이다. 기회는 불편함을 해결해주는 것에 있고, 단순화에 있다. 기회는 편리함의 추구에 있고, 더 나은 서비스이며 불편함을 해소하는 것이다. 또한 기회란 경쟁력 없는 사업을 없애는 것이기도 한다. 아이디어를 실행하는 사람이 성공하게 된다. 최고의 사업계획은 실행 실적이다. 성공을 위해서는 머릿속에 담겨있는 아이디어만으로는 불가능하며 그것을 실행하여 불편함이나 어려움을 해결하는 것이 비결이다.

김승호 작가의 《생각의 비밀》에서 저자는 꿈을 계획한 목표를 이루기 위해 포스터를 인쇄하여 사무실 문마다 붙이고, 그것을 하루에 100번씩, 100일 동안 중얼거리고 기록하면서 목표를 명확하고 구체적으로 만드는 것이 성공의 지름길이라고 한다. 또한 실패하지 않았다는 것 역시 자랑이 아니다. 실패를 맛보지 않고서는 성공의 기쁨을 누릴 수 없기 때문이다. 그러니 실패를 부끄러워할 이유가 전혀 없다. 오히려 실패하지 않았음을 염려해야 한다. 실패를 통해서 교훈을 얻기만 한다면 어떤 실패든 성공의 가치를 지닌다고 여겨야 한다. 실패를 두려워하지 말라. 성공은 사실 굉장히 간단한 원리를 따른다. 계속 실패해도 계속 도전하면 성공하게 된다. 그러다 보면 언젠가 성공해 있는 자신을 보게 될 것이다.

우리 집 가훈이 "봄 같은 정성, 가을 같은 마음"이다. 그럴듯하게 보이지만, 실상은 공짜는 없다는 말을 포장해 놓은 것이다. 세상에는 절대 공짜는 없다는 진리를 알고 있기에 공짜를 바라지도 않는다. 앞으로도 변함이 없을 것이다. 그런데도 저자가 모르고 지내왔던 것이 있다. 착하게 열심히 노력하면 성공할 수 있을 것이라는 보통사람들의 기대를 저자도 갖고 있었다는 것이다. 새벽부터 서둘러서 밤 늦게까지 정신없이 일을 쫓아다녔다. 그런데도 원하는 목표를 달성하지 못하여 전전긍긍한다. 읽고 싶은 책이 쌓여만 가는데도 시간의 여유를 갖지 못한다.

"입 밖으로 나오기 전에는 자신이 말을 통제하지만, 입 밖으로 나은 말은 말이 자신을 통제한다"는 말이 있듯이 원하는 것이 있다는 것을 명확하게 하고, 그것을 하루에 100번씩 그것도 100일 동안 외치라는 것이다. 그렇게 함으로써 원하는 것이 명확하게 자신의 뇌에 각인이 되며, 그것을 달성하려는 방안을 찾아내도록 우주는 도움을 준다고 한다.

저자가 쓴 두 번째 책인 《냄비보다 뚝배기의 삶》에도 원하는 것을 명확하게 하라는 공식은 들어있다. 하지만 그것을 매일 100번씩 100일 동안 써야 성공한다는 강렬한 메시지는 넣지를 못했다. 고객의 성공과 성장을 돕고, 그것으로 비즈니스를 하겠다는 '백만장자 메신저'가 저자의 원대한 꿈이다. 그러기 위해서는 메신저가 성공한 경험을 가져야 한다. 그 성공한 경험을 고객들에게 나누어 줄 때 그 신뢰는 더 커지게 될 것이기 때문이다. 성공한 인생을 만들기 위해서는 성공한 사람들의 경험을 배우면 쉽다. 성공한 경험을 배우려면 책을 통하는 것이 가장 쉬운 방법이다.

05 다양성의 시대에 타고난 적성

급속하게 성장을 거듭하며 세계의 이목을 받아왔던 우리나라가 심각한 혼란에 빠져들고 있다. 정치적인 소용돌이와 경제적인 문제로 일자리가 줄어들어 더 어려움을 느낀다. 성장세가 둔화하고 일자리가 줄어들어서 젊은이들의 고통은 심하다. 열심히 공부해서 대학까지 졸업했는데 능력을 펼쳐볼 곳이 없다. 일자리가 없어서 취업은 엄두도 못 낸다. 능력이 있고 없고는 취업해서 실전에 투입되어봐야 판단할 수 있는데 그 기회조차 만들기 어렵다는 것이 문제다.

문제의 심각성을 알고 정부에서는 여러 가지 정책을 내놓고 있지만 효과로 나타나지 않고 있다. 사회적 경제정책으로 치우쳐 곳간의 재원을 나눠주는 방식은 오래가지 못한다. 쉽게 말해서 은행 돈 빌려서 월급이나 수당을 주는 것은 한계가 있다. 언젠가 회복되겠지 하는 기대에 빌려서 버텨보지만, 기대했던 결과를 얻지 못하면 기업은 살아갈 수 없다. 자의든 타의든 청산 절차를 거치거나 문을 닫을 수밖에 없는 것이 기업의 생리다. 순진하게도 대기업에서 세금을 더 거두면 된다는 논리로 아무런 문제없다는 국민과 정치인도 있다.

"세금이 높은 나라에서 당신 같으면 기업을 하겠는가?"라고 질문해보고 싶다. 설령 세금을 올려서 당장 발등의 불을 끌 수는 있을지 몰라도 성장 없는 경제에서 계속 세금만 올릴 수는 없다. 그러면 결국 그 부담은 지금 청년들이 짊어질 수밖에 없게 된다. 성장이 없는 분배는 분명히 누군가가 그 부담을 떠안을 수밖에 없는 것이다. 죽도록 공부해 대학에 들어가서 열심히 노력해 좋은 학점 따고, 스펙을 쌓아 졸업해도 앞날이 암담한 젊은이들의 심정이 백번 이해가 간다. 그러니 젊은이들이 고통을 받지 않을 수 없다. 그렇다고 뚜렷한 대안이 있는 것도 아니다. 정부에서도 대안이 없기에 우선 어려움을 조금씩 나눠보자고 해서 나눠주는 정책을 쓰는 것이다. 젊은이들도 모를 리가 없다. 대학졸업을 할 때쯤은 자신의 판단력이 자리 잡을 때이다. 그런데도 별다른 대안이 나오지 않으니 나눠주는 것 받고 보자는 포기하는 심정이 아닐까 싶어 더 안타깝다.

이제는 완전히 생각을 바꿀 때가 되었다. 왜 모두 대학을 가야 하는 것일까? 대학을 졸업해야만 일자리를 마련할 수 있는 것인가를 따져 봐야 한다. 그렇지 않다는 것은 삼척동자도 다 아는 일이다. 기업에 따라서 차이는 있겠지만 제조업 기준으로 봤을 때 관리직, 생산직 중 어느 곳에 일자리가 더 많을까? 회사에 취직해 보지 않아도 생산 현장에 기술을 가진 사람이 더 많이 필요하다는 것을 모를 리가 없다.

기업을 모른다면 자주 가는 식당을 보자. 카운터 보면서 직원들 관리하는 매니저보다 주방에서 조리하는 조리사와 홀에서 서빙하는 사람이 훨씬 많다는 것을 볼 수 있다. 그런데도 우리 국민은 대학을 졸업하여 매니저를 하겠다니 취직하기가 어려울 수밖에 없다. 직업에는 귀천이 없다고 배우고 가르친다. 그런데도 정작 자신에게는 또는 자신의 자식에게는 적용하고 싶지 않은 모양이다. 주방의 조리사가, 산업 현장에서의 기술자가 천한 직업일까?

우리나라의 학구열은 계속되어 왔는데 왜 이제 와서 더 어렵냐고 물을 수 있다. 답은 명확하다. 일단은 경제성장의 둔화가 첫 번째 이유이고, 두 번째는 4차산업혁명 시대에 접어들어 사람이 할 일을 기계가 대신하게 되는 것이고, 마지막으로 기업이 부담하기 어려울 정도의 임금 상승으로 중소기업이 살아남기 위해 자동화로 사람의 일자를 줄여나가는 것이 이유다.

기업이 살아남기 위한 피땀 흘리는 자구책을 마련하지 못하게 할 수 없다. 못하게 한다면 경영을 하지 말라는 말이다. 너나 할 것 없이 대학을 나와야만 사회에 진출할 수 있다는 생각이 문제다. 이것이 결정적인 잘못이다. 자신이 결정한 것도 있겠지만 부모의 욕심이 더 큰 화를 자초한 것일 수도 있다. 결국 이러한 선택에서 사회경제의 파탄을 예고했다고 해도 과언이 아니다.

일자리를 늘리려는 정책에서 정부의 어려움을 읽을 수 있다. 주 52시간 근무제 시행만 봐도 그렇다. 물론 OECD 국가 중 근로시간이 가장 길기 때문인 것도 있다. 하지만 다른 면에서 일자리를 더 만들어내야겠다는 계획임을 알 수 있다. 내부분 관리직보다는 생산직에 해당이 된다. 하지만 생각하지 못한 문제가 생긴다. 필요한 일자리에 지원하는 사람이 없다. "대학까지 졸업했는데 내가 현장 가서 일할 수 없다"라는 생각이다. 더 큰 문제는 그동안 현장의 일을 외국인 근로자가 대신해 왔다. 주 52시간은 외국인 근로자에게도 똑같이 적용된다. 300인 이하의 소기업에도 적용되는 시점에는 본국으로 돌아가겠다는 외국인 근로자가 많아졌다고 한다. 외국인 근로자는 좀 힘들어도 빠른 기간에 많이 벌어 돌아가는 것이 목적이기 때문이다. 근무시간 줄여서 일자리는 늘렸는데 정작 일할 사람이 없어지면 큰일이다. 중소기업은 법을 지키지 못하든지 그렇지 않으면 문을 닫을 수밖에 없는 상황으로 갈 수도 있다.

청년 실업상태가 장기화되면 될수록 심각한 손실이 일어난다. 빨리 자신의 타고난 적성을 찾아서 거기에 맞는 일자리를 찾도록 해야 한다. 대학교에서 전공했던 것에 너무 집착하지 말고 자신이 잘하는 것과 원하는 것이 무엇인지를 찾으면 된다. 아직도 자신의 적성은 무시한 채 안정된 직장만 찾는다면 문제 해결의 실마리를 찾을 수 없다. 늦었지만 지금이라도 생각을 바꾸어 나가야 한다.

사람은 모두 다르게 태어났다. 생긴 모습은 물론이거니와 마음의 씀씀이와 생각도 모두 다르다. 사람마다 지문이 다르고, 눈동자도 다르고 목소리도 다르다. 사람은 각각의 다른 재주를 갖고 태어난다. 세계의 70억이 넘는 사람 중에 똑같은 사람은 한 사람도 없다. 먼저

이 세상을 떠난 사람들까지 합해도 똑같은 사람은 없다. 그만큼 '나'라는 존재는 소중하고 가치 있는 사람이다.

그런데도 우리는 곧잘 사람들은 모두 다르다는 생각을 망각하는 잘못을 저지른다. 사람들은 비슷한 신체적인 구조로 되어 있다. 얼굴과 몸, 팔과 다리로 된 신체에, 얼굴에는 눈, 코, 입이 달려 있다. 그러기에 사람들을 쉽게 같은 존재로 인식하는 잘못을 저지르게 된다. 사람들은 누구나 똑같은 생각을 하고 있고 같은 목표를 향해서 간다고 생각한다. 돈을 더 많이 벌기를 원한다고 생각하고, 더 많은 명예와 인기를 누리며, 더 큰 출세를 하는 것이 성공이라고 생각하며 살고 있다고 여긴다.

하지만 외모가 똑같은 사람이 한 사람도 없듯이 생각도 똑같은 사람은 한 명도 없다. 그러기에 비슷해 보이지만 자신만의 자존감을 통해서 다양성을 찾아야 한다. 사람은 다양성의 존재이고 다름의 존재라는 것을 알아야 한다. 우리는 다양성을 발견하는 순간 세상이 달리 보이게 된다. 어떤 일마다 다른 사람과 비교하는 것을 없애야 한다. 다름에 대해 인정하고 존중하는 마음이 필요하다. 동일성 안에서 다양성을 발견하는 것이 동일성과 다양성의 조화를 추구하게 된다.

《세상 어딘가에 내가 미칠 일이 있다》에 의하면 적성에 맞으면 마법처럼 기적이 다음과 같이 일어난다고 한다.

첫째로 신바람이 난다. 똑같은 방 청소를 하더라도 자신이 하고 싶어서 하는 것과 엄마가 시켜서 하는 것에는 차이가 극명하다. 자신이 필요해서 스스로 하면 신나서 콧노래 불러가며 할 수 있는데, 시켜서 하면 입이 튀어나와서 불만 가득한 모습으로 한다.

둘째, 생각보다 성취도가 크게 나타난다. 신바람이 나서 하는 일은 더 높은 성과를 내기 마련이다. 성취가 커지면 행복해지고, 행복해지니까 성취는 점점 더 커지게 된다.

셋째, 요즘 시대에 필요한 창의성과 상상력은 저절로 나온다. 최근에 와서 창의성과 상상력이 무척 강조되고 있는데, 창의성이나 상상력도 적성의 문제이다.

넷째, 딴생각을 하지 않게 된다. 적성에 맞는 일을 찾아 신바람이 나서 열심히 몰두하다 보면 딴생각을 할 시간이 나지 않을뿐더러, 아예 딴생각 자체가 나지 않는다.

다섯째, 가장 중요한 효과인 하고 싶은 일을 지금 마음껏 하고 있으므로 '나는 행복한 사람'이라고 생각하게 된다. 남들이 뭐라 하든 어떤 성과를 거두든 상관이 없다. 남들과 비교할 필요가 없다. 자존감이 높아지고 자긍심이 생기게 된다.

우리는 상대를 인정하지 않는 못된 습성이 있다. 상대가 잘하는 것을 칭찬하고 응원할 줄 모른다. 설령 잘한 것이 있다 하더라도 잘못하고 있는 것으로 나쁨으로 만들어버리는 재주를 갖고 있다. 모든 사람이 다르게 태어났고 생각이 다를 수밖에 없음에도 다름이라 말하지 않고 틀리다고 말한다. 틀리다는 것은 인정하지 않고 배척의 대상으로 본다. 세상은 혼자서 살아갈 수 없도록 조물주가 만들었다. 자유민주주의는 자유와 평등이 함께 상존해야 하고, 진보와 보수가 함께해야 자유민주주의이다. 경쟁의 대상은 맞지만, 퇴출의 대상은 아니라는 것이다.

어느 한쪽이 무너지면 독재가 되고, 사회주의로 갈 수 있다. 복싱의 상대 선수도 없애야 할 대상은 아니다. 상대 선수가 있어야 게임이 성사된다. 함께 경쟁하면서 성장해 나가야 하는 대상이다. 그러기 위해서는 상대를 인정해줄 줄 알아야 한다. 잘하는 것은 잘한다고 칭찬하고 응원할 줄 알아야 한다. 상대가 나보다 더 탁월하다고 생각되면 선의의 경쟁을 하면 된다. 시기 질투의 대상이 아니라 자신을 성장시켜 주는 협력자이자 동반자로 여길 줄 알아야 한다. 그러기 위해서는 자신이 잘하는 적성을 찾아서 강화해 나가면 된다. 교육 시스템이 잘못되었다고 욕할 이유는 없다. 잘못되었다면 지금부터 바꾸어 나가면 된다.

지금이라도 자신의 적성을 찾아본다면 늦은 것이 아니다. 회사에서 사장이 되어야만 성공한 것은 아니다. 대학교에서 총장이 되어야만 성공한 것은 아니다. 사람은 모두 적재적소에 자기의 능력을 발휘할 곳이 있다. 그 능력을 찾는 것이 적성을 찾는 것이다. 옛날과 비교하지 말고, 다른 사람과 비교하지 않으며 오로지 자신의 적성을 찾아 최적화해가는 것이 필요한 시기이다.

06 지금 여기에서 행복하자

06   지금 여기에서 행복하자

사람들은 세상을 살면서 경쟁하며 살아간다. 태어났을 때부터 비교되기 시작하여 유치원과 초등학교에 입학하면 성적으로 경쟁을 하고 비교를 당한다. 학년이 올라가면 갈수록 더 심해져서, 학교를 졸업하고 사회에 나오면 치열한 경쟁하에서 살아야 한다. 얼마나 심했으면 사회를 총, 칼 없는 전쟁터라고 이야기하겠는가. 물론 자유민주주의하에서 경쟁은 있을 수밖에 없다. 유토피아가 아니고서는 경쟁은 필수다. 그러기에 요즘 세상을 무한경쟁 시대라고 부르기도 한다. 경쟁에는 역기능도 있지만, 순기능도 함께 있다. 경쟁으로 인하여 피폐해지고 지쳐가는 역기능에 비하여, 좋은 경쟁은 협동이고 상생이다. 우리는 살아가면서 좋은 경쟁을 해야 한다. 경쟁자를 협력자로 생각하는 아름다운 경쟁을 할 필요가 있다. 그런 의미에서 인생은 다른 사람과의 경쟁이 아니다. 오히려 자신과의 외로운 싸움일 뿐이다. 자신의 내면에 있는 긍정의 자아와 부정의 자아가 맞붙어 싸운다. 부정의 자아라고 해서 무조건 잘못된 것 같으면 긍정의 상태로 마음먹으면 되지만 결정하는 데 어려움이 있다. 부정의 자아란 놈은 자신의 안전과 건강을 생각하는 영역이기에 자신의 마음을 마음대로 할 수 없는 이유이다.

우리의 뇌는 근본적으로 자신 몸의 안전에 관계된 것 아니면 일하기 싫어하는 습성이 있다. 게으름뱅이라고 하는 것이 맞겠다. 그런데 긍정의 자아는 자신의 꿈을 위해 몸을 혹사해야 달성의 행복을 맛볼 수 있기 때문이다. 그러기에 자신의 내면에 있는 긍정의 자아와 부정의 자아가 겨루는 싸움의 경쟁이다. 자신이 원하는 꿈을 향해 과정의 힘든 것을 참을 것인지, 그렇지 않으면 현재의 안위를 위하여 포기하고 편안하게 쉴 것인지를 결정하게 된다. 이런 어려운 결정을 하루에도 수십 번씩 갈등을 느끼고 선택의 결정을 해야만 한다. 이제는 더 이상 '무한경쟁 시대'라는 말을 쓰지 않는 것이 좋겠다. 오히려 '무한협력 시대' '무한상생 시대'라는 말이 적절하다. 경쟁을 협력과 상생으로 인식하는 세상을 만들어야 한다.

칭기즈칸은 "성을 쌓는 자는 망하고, 길을 내는 자는 흥한다"고 했다. 프로스트는 〈아무도 가지 않은 길〉을 노래했다. 수많은 사람이 지나간 길, 많은 사람이 다녀서 익숙해진 길, 대중들이 이용하기에 안정된 길, 그리고 그곳에 쌓아놓은 성, 익숙해진 성, 대중을 위한 안정된 성은 이미 자신의 길, 자신의 성이 아니다. 자신만의 길을 내야 한다. 아무도 가지 않은 그곳에 길을 내야 한다. 그것이 자신만의 정신이고 자신만의 실은 바이웨이이다. 그러면 세상의 모든 사람이 나 자신만의 다른 길을 걷게 된다. 세상에서 유일한 자신만의 길이 만들어진다.

숲에는 길이 많다. 사람들의 삶은 숲속에서 아무도 가지 않은 길을 혼자서 헤쳐가는 것과 같다. 숲속에는 잘 닦인 길이 있는가 하면, 사람의 왕래가 적어 풀이 무성한 길도 있다. 그런가 하면 길인지 아닌지 구분도 되지 않아 스스로 헤쳐가며 나가야 하는 길도 있다. 어느 길을 갈 것인가를 자신의 길을 잘 선택한 사람은 행복하고, 그렇지 못한 사람은 불행하다. 순간순간 어떤 길이 옳은 길인지를 판단해야 한다. 거기에는 선택의 지혜가 필요하다. 설사 실수나 실패가 있었다 하더라도 그것은 경험을 안겨주어 지혜를 쌓아준다. 잘못 간 길이라고 낙담할 일은 아니다. 인생은 지혜로 판단하며, 인생은 자신의 적성에 따라 쉬지 않고 끈기 있게 걸어가는 자신만의 길이다. 세상살이가 그런 여정이 쌓여가는 것이다. 자신이 가보지 않은 길이기에 새롭게 개척하는 길이 올바른 선택인지 알 수가 없기 때문이다. 어떤 길이 자신을 성공으로 인도해줄 길인지를 스스로 판단할 수밖에 없다.

아무도 가지 않은 길을 만들며 간다는 것은 어려운 일이다. 많은 사람이 지나가며 잘 만들어놓은 길을 가는 것이 훨씬 쉽다. 만들어진 길은 많은 사람이 이용을 한다. 그러기에 치열한 경쟁이 있을 수밖에 없다. 앞서가는 사람을 앞질러가야 자신의 목표를 달성할 수도 있다. 많은 사람이 갔던 길을 그대로 걷는다면 자신이 원하는 곳으로 가기가 힘들기에 사람들은 자신만의 길을 힘들지만 만들며 가려

한다. 개척해가는 일은 꿈이 없거나 꿈이 명확하지 않은 사람은 힘들어할 수 있다. 힘들어 지쳐서 괴로워하고 힘들어하면 지금이 불행하다. 사람들의 인생 여정은 살아가는 과정에서 행복을 찾는 것이다. 꿈을 향해서 모든 것을 희생해야 하는 인고의 수행을 요구하지 않는다. 힘들어한다는 것은 희망이건 꿈이든 소중하게 여기는 것이 명확하지 못하여 일어난다.

우리는 대체로 자신에게 가장 소중하다고 생각되는 희망사항을 꿈이라고 한다. 그리고 그것을 이루기 위해 자신의 열정을 바쳐서 노력한다. 꿈이란 말이 다양하게 쓰이는 이유이다. 그것들은 모두 개개인에게 훌륭한 꿈일 수 있다. 다만 그 다양한 꿈들도 꿈이지만 우리의 삶에 있어서 '궁극적 꿈'이 무엇인가가 가장 먼저 설정되어야 한다. '궁극적인 꿈'은 우리 삶의 '궁극적인 목표'이기 때문이다. 그 궁극적인 꿈이 우리가 지구에 온 이유이기도 한 것이다. 우리가 왜 살아가는지에 대한 해답이기도 하다. 그 궁극적인 꿈이 '행복'이라고 선각자들은 말했다. 그것도 나중에 달성되었을 때의 행복이 아니라, 지금 여기에서의 행복이다. 꿈을 향해가는 과정에서의 행복이란 그 과정을 즐기지 않고서는 느낄 수 없다. 과정을 즐기며 항상 '행복'하게 진행하려면 그 꿈이 자신의 생명과도 같은 것이어야 한다. 그러한 꿈은 자기가 어떤 일을 할 때 가슴이 뛰고, 신이 나며, 시간 가는 줄 모를 정도의 것이다.

어떤 일을 할 때 사람들이 "넌 이 일에 소질이 있는 것 같아"라고 말해주는 일, 이 일을 하게 되면 세상 어떤 어려움이나 난관이 있어도 극복할 자신이 있는 일이다. 이런 꿈을 이루기 위해서는 배수진의 마음가짐이 필요하다. 자신이 세운 꿈을 이루지 못하면 '오늘 죽어도 좋다'는 각오로 이를 악무는 악바리 근성이 있어야 한다. 이루고자 하는 꿈이 자신의 목숨과도 바꿀 만큼 소중하다면 말이다. 바꾸어 말하면 자신이 세운 궁극적인 꿈이라면 목숨과 바꿀 수 있다는 생각을 할 정도로 가치 있고 중요해야 한다는 뜻이다.

이런 꿈을 만들기 위해서는 자신을 사랑하는 것에서 시작해야 한다. 자신을 사랑하지 않는 상태의 꿈이란 목숨과 바꿀 수 있을 정도가 아니다. 자신을 사랑한다는 것도 입으로 사랑한다고 말함이 아니다. 지금의 자신을 있는 그대로 사랑하는 것이다. 자신이 가지지 못한 것까지 모두 사랑해야 한다. 자신을 사랑한다는 것은 바로 부족한 자신을 사랑하는 것을 말한다. 자기 자신을 있는 그대로 사랑하는 것을 말한다. 자기 자신의 여러 가지 어려운 사정까지도 있는 그대로 사랑하는 것이다. 자신이 장애를 가지고 있다면 그 장애까지도 사랑하는 것이다. 내가 앞으로 잘 되었으면 좋겠다는 뜻에서 나를 사랑한다면 그것은 자신의 막연한 희망사항을 말하는 것에 불과하다. 자신을 사랑하는 것을 도산 안창호 선생님의 '애기애타'로 표현을 했다. 그 내용을 정리해보면 다음과 같다.

첫째, 나를 사랑하고 남을 사랑해야 한다.
둘째, 나를 사랑하지 않는 상태에서 남을 사랑할 수 있으나, 거기에는 나에 대한 사랑이 빠져 있어, 남에 대한 사랑도 불완전하다.

셋째, 나를 진정으로 사랑하면 남에 대한 사랑은 저절로 나타난다. 즉, 나를 자학하지 아니하고 상처를 극복하고 욕망을 내려놓으면 그만큼 사랑과 자비가 충만하고 남도 사랑하게 된다.

넷째, 나를 사랑하는 것은 이기적인 것이 아니라 그 자체가 이미 남을 사랑하는 것이다.

자기 자신을 사랑하지 않고 남을 사랑한다는 것은 위선일 수 있다는 말씀이다. 자신을 진정하게 사랑을 해야 남을 사랑할 수 있는 마음의 여유가 생긴다. 너무나 겸손하여 자신을 심하게 낮추고 하는 배려는 상대를 힘들게 할 수 있으며, 자신을 사랑하지 않고 베푸는 사랑으로 보일 수 있기에 피해야 한다.

우리 삶의 가장 궁극적인 꿈, 궁극적인 목표는 무엇일까? 강지원 작가는 삶의 궁극적인 목표를 '행복'이라고 했다. 아리스토텔레스를 비롯해 수많은 철학자도 이구동성으로 그렇게 말했다. 삶의 최고선은 행복이라고, 비록 표현은 다를지언정 수많은 종교 역시 사람들에게 행복을 가르쳐 왔다. 역설적이게도 사람들은 행복해지기가 어렵기 때문이다. 행복도 그냥 행복이 아니다. '지금 여기'의 행복이다. '지금'의 행복이란 앞으로 다가올 모든 순간의 행복이 포함된다. '여기'의 행복이란 자신이 처하게 될 모든 상황에서의 행복이다. 그렇게 모든 순간, 모든 상황에서 행복해야 한다. 그래서 우리에게 "삶의 궁극적인 꿈이 무엇이냐"고 묻는다면 한마디로 '행복'이라고 말할 수 있어야 한다. 그저 눈앞에 보이는 욕구나 성취, 직업이나 소유물들을 궁극적인 꿈이라고 착각해서는 안 된다.

우리는 의식하든 안 하든 행복을 꿈꾸고 있다. 다양한 꿈들도 꿈이지만, 그중에서 가장 궁극적인 꿈은 '행복'임을 늘 신념처럼 가슴에 새겨야 한다. 오늘이 행복해야 내일도, 미래에도 행복하다. 내일 부자가 되기 위해 오늘 열심히 일하며 근검절약하는 것은 미덕이다. 그런데 그것을 행복한 마음으로 하는 사람과 행복하지 않은 마음으로 하는 사람 사이에는 큰 차이가 있다. 진정으로 내일 부자가 되려면, 지금, 이 순간 여기에서부터 행복한 마음으로 일해야 한다. 그래야 오늘 이 순간 행복한 사람은 내일도 행복하다. 그런데도 오늘 힘들고 짜증나고 괴로운 마음으로 일하고 괴로운 마음으로 절약하는 사람에게는 내일의 행복도 도망쳐 버린다. 행복은 자신이 불러오는 것이다. 오늘 행복한 사람이 내일도 행복하다. 지금 이 순간부터 행복해지자. 행복은 '습관'이기 때문이다.

07 의지는 믿지 못한다

새해 첫날 세우는 계획 중에 금주 금연이 가장 많지만, 다음으로 독서를 하겠다는 계획을 많이 세운다. 사실 일상적으로 사회생활을 하면서 술을 멀리하기는 어려운 노릇이고, 금연의 경우에도 필요성이 절박하지 않은 이상 어렵다. 하지만 책을 읽는 독서는 무엇인가 하고 있는 것을 하지 않겠다는 것이 아니라, 무엇인가를 새롭게 하겠다는 계획이다. 하지만 보통은 마음먹은 게 사흘을 못 가서 흐지부지되고 만다. 이러한 것을 가리켜 작심삼일이라고 한다. 하려고 마음을 다잡고 계획을 만들어 실행해도 지속하기가 어렵다. 사람의 신념은 쉽게 변하지 않지만, 사람의 마음은 수시로 변한다. 변하는 마음은 좋은 뜻에서는 상황에 적응하는 능력이라 할 수 있다. 자신이 즐겨야 할 유희를 포기하고 독서를 한다는 것이 당장 재미있지 않을 수 있다. 그런데도 독서의 중요성을 이해하고, 독서를 해야겠다는 다짐을 하는 것은 독서의 유익함을 알기 때문이다. 유익한 것임에도 계속아서 못하는 것은 습관화되지 않았고, 자신의 신념으로 만들어지 지 않아서 그렇다.

오상아吾喪我 란 '나를 장사 지낸다' 또는 '내가 나를 잃는다'라는 뜻 이다. 이때의 오吾는 '진정한 나'를 말하며, 아我는 내가 나로 잘못 알 고 있는 '가짜 나Ego'를 말한다. 오吾와 아我를 구분하지 못하면, 과거 에서 이어온 내 삶의 선상에서 형성된 '가짜 나'가 주인행세를 하게 된다. 《장자》의 〈재물론〉에 나오는 말이다.

자신의 내면에는 두 개의 자아가 있다. '진정한 나'와 '가짜 나'가 있어서 새로운 것을 시작할 때 언제나 갈등을 일으킨다. 그동안 "안 하고도 잘살았는데 왜 하려고 하니"의 '가짜의 나'와 "독서를 통해 발전하고 싶어"라고 하는 '진정한 나'가 싸우게 된다. 하지 않던 것을 새롭게 시작하는 데는 분명 힘이 든다. 그러기에 오랫동안 유지하지 못하며 사흘도 채우지 못하고 그만두게 된다. 이는 그 사람의 의지에 문제가 있다. 하려고 하는 마음은 대단한데, 신념으로 자리 잡지 못 하여 의지가 흔들리기 때문이다. 그러기에 "사람은 믿어도 의지는 믿 지 못한다"라는 말이 나오게 된 것이다.

우리는 보통 부자를 돈 많은 사람이라고 생각한다. 그리고 자산을 돈과 동일시하는 경우가 많다. 하지만 진짜 부자들은 그렇게 생각하 지 않는다. 그들은 자산이라는 단어 속에 있는 무형의 가치에 중점 을 둔다. 또한 성공이라는 수식어를 돈과는 관계없는 목표의 달성으로 평가받기를 원한다.

지금은 고인이 된 스티브 잡스가 어떤 인터뷰에서 "소크라테스와 함께 식사할 수 있다면 우리 회사의 모든 기술을 내놓겠다"라고 말했다. 자신이 이룩해 놓은 기술의 가치보다 소크라테스와의 대화를 통한 깨달음의 가치가 더 크다는 것을 의미한다. 이와 비슷한 사례는 다른 성공한 사람들의 책에서도 많이 볼 수 있다. 성공한 사람들은 많은 돈을 가졌기 때문에 돈에서 해방된 것이 아니다. 성공의 방법에 대한 깨달음을 얻었기에 돈은 필요하면 벌 수 있다는 마인드를 가지게 된 것이다. 그래서 "돈을 좇으면 돈이 멀리 달아난다"라는 옛 속담도 나오게 된 것이다. 그러면 부자들은 어떻게 이런 마인드를 가질 수 있었을까?

익히 우리가 알고 있는 성공한 사람들은 엄청난 독서광들이다. 마이크로소프트의 빌 게이츠, 투자의 귀재인 워런 버핏과 같은 세계 1, 2위의 부자들도 독서광으로 유명하다. 그들은 "평생 책만 읽고 살았으면 좋겠다"라고 말하고 다닐 정도로 책을 좋아한다. 심지어 어떤 인터뷰에서 가장 가지고 싶은 초능력이 무엇이냐고 물었을 때 빌 게이츠는 "책을 빨리 읽는 능력"이라고 대답했다. 워런 버핏도 역시 이 말에 동조했다. 저자도 책만 읽고 살 수 있으면 좋겠다는 생각을 하고 있기에 성공할 수 있는 마인드는 마련되어 있고, 성공의 밑바탕을 깔았다고 자만해본다.

우리는 성공한 사람들의 경험을 통하여 부자가 되는 법을 배울 수 있다. 부자가 되는 방법이 책에 나오기 때문이나. 부사가 뇌기를 원한다면 지금 당장 책을 읽어야 한다. 세계의 성공한 부자들은 모두 독서에 미쳐 있다는 것을 알아차려야 한다. 지금 다양한 분야에서 돈을 부를 축적하고 있는 새로 등장하는 부자들 역시 대단한 독서광들이다. 지금, 이 순간은 나에게 가장 젊은 시간이다. 내 삶의 가장 젊은 지금, 이 순간에 책에 빠져드는 것이 가장 빨리 부자가 되는 방법이다. 가장 빨리 인생에 성공하는 길이다. 잊지 말아야 한다. 부자의 첫 번째 조건은 바로 독서에 미치는 것이라는 것을 잊지 말아야 한다.

하지만 바빠서 책 읽을 시간이 없다고 핑계를 대는 사람이 많다. "바빠서 미칠 지경이다"라고 말하는 사람치고 진짜 바쁜 사람 없다. 이런 사람은 바빠서 그런 것이 아니라 마음이 바쁜 것이다. 마음이 바쁘면 일을 제대로 처리하지 못하고 실수를 하게 된다. 실수하지 않으려면 몸은 바빠도 마음은 느긋하게 먹어야 실수를 줄일 수 있다. 일이 겹쳐서 바빠지면 마음이 먼저 바빠진다. 해야 할 것이 너무 많아서 허겁지겁하다 보면, 하나도 제대로 하지 못하고 시간만 허비하는 경우가 많다. 결국 바빠서 못한다는 것은 자신의 내면에 신념으로 자리 잡지 못했기 때문이다. 신념으로 군건하게 뿌리를 내리지 못하였기에 의지가 흔들리게 된다. '독서한다고 정말 성공할 수 있을까?' 하는 생각이 의지를 흔들기 때문이다.

목표를 설정했다면 그 목표가 이루어진 것을 생생하게 그려보고 상상하라. 목표가 달성되었을 때 축하해주고, 응원해주는 모습을 오감을 통해서 느껴보는 것이 필요하다. 그러면 우리의 뇌는 그것이 현실인 것으로 인식하게 된다. 뇌는 가상과 현실을 구별하지 못하기 때문이다. 그리고 계속 확장해가는 질문을 하게 되면 더 큰 목적으로 생각이 확장되고, 그 확장이 삶의 본질적인 의미와 가치와 연결된다. 그렇게 함으로써 안 보이던 것이 보이게 되고, 안 들렸던 것이 들리게 되고, 못 느끼던 것을 느끼게 된다. 인생의 성공은 조건이나 환경에 의한 것이 아니고, 자기 생각과 비전에 따라 결정된다.

누구에게나 인생의 전환점은 온다. 특히 정년퇴직을 앞둔 세대에게는 턱밑에 와 있는 이야기다. 후반기의 인생을 어떻게 살아가야 할지에 대한 고민을 하게 된다. 그런데도 제2의 인생을 설계하는 사람들이 겪는 가장 큰 걸림돌이 있다. 말로는 새로운 인생을 이야기하지만 실제로는 살아온 자신이 속해 있던 범주에서 크게 벗어나지 못한다는 것이다. 과거의 문턱을 넘어서야 새로운 문이 열릴 터인데 생각과 집착을 놓지 못한 상태에서 새로운 삶을 찾으려고 노력하다 보니 난관에 봉착하기 마련이다. 과거에 사로잡혀 있는 생각과 시각을 전략적으로 내려놓아야만 새로운 삶을 설계할 수 있다.

대부분의 사람은 평범하게 산다. 하지만 이 평범함은 얼마든지 비범함으로 바꿀 수 있는 능력을 갖추고 있다. 이유는 끈기가 있기 때문이다. 세상에서 가장 무서운 사람이 포기하지 않는 사람이라고 했다. 결국 포기하지 않으면 이루어낼 수 있기 때문이다. 책 읽기도 마찬가지다. 결국에는 포기하지 않고 꾸준히 읽으면 된다. 읽다 보면 자신이 변한다. 쓰는 말이 변하고, 생각이 변하고, 행동이 변한다. 본인은 변한 것을 인식하지 못하더라도 주변에서 변화를 먼저 알아본다.

또한 자신이 무엇을 원하는지의 물음에 대한 답은 항상 가까운 데 있다. 질문에 대한 답은 자신 내면에서 나온다. 생각은 먼 데가 아니라 가까이에서부터 구체적으로 해야 한다. 자신의 내면에는 무한한 가능성을 품고 있는 자원이 모여 잠재된 파워를 형성하고 있다. 그것들을 활용하면 해결하지 못할 문제가 없다. 절실한 질문을 하면 '생생하게 상상하고, 간절히 소망하는 것'을 찾을 수 있고, 잠재된 내면의 자원을 바탕으로 매번 부딪치는 일상의 상황을 생각하면 효과적인 해결책을 찾을 수 있다.

해결책을 찾기 위해 자신의 강점을 찾으라고 하면 힘들어한다. 자신이 가진 강점이 무엇인지 고민해보지도, 생각해보지 않았기에 자신이 가진 강점을 잘 알지 못한다. 무한한 잠재력을 지니고 있는 사람이기에 문제의 해결책도 자신의 내면에 무한히 갖고 있다. 단지 자신의 내면에 가진 능력을 끄집어내지 못해서 문제를 해결하는 데 사용하지 못한다. 그 해결책을 끄집어내기 위해서는 절실하게 질문을 하여야 한다. 질문을 통하여 자신이 스스로 할 수 있는 대안을 찾는다. 그 대안은 스스로 할 수 있는 의지가 들어있다. 강한 의지에 의해 자신의 신념화 된사람은 흔들림 없다. 그럼에도 사람이기 때문에 흔들릴 수 있다. 흔들리는 의지를 바로잡기 위해서는 누군가의 도움이 필요하다. 이러한 것에 도움을 주는 역할을 하는 사람이 코치이다. 사람을 믿지 못하는 것이 아니라 사람의 의지를 믿지 못하기 때문에 하지 않던 것을 시작하려면 누군가의 도움이 필요하다.

chapter
2

꿈이 왜 필요한가

01 꿈 없는 시대, 꿈 없는 세대

우리나라에만 유행하는 단어가 많다. 그중에서도 근래의 N포세대가 젊은이들의 어려움을 대변하는 신조어다. N포세대란 주거·취업·결혼·출산 등 인생의 많은 것을 포기하는 20~30대 청년층을 일컫는다. '88만원 세대'나 '민달팽이 세대'처럼 경제적·사회적 압박으로 인해 불안정한 청년 세대의 상황을 보여주는 신조어다. 특히 한국에서는 극심한 취업난과 함께 노력해도 안정적인 삶을 살 수 없다는 인식이 확산하면서 심각한 사회문제로 대두했다.

N포세대는 연애와 결혼, 출산을 포기한 청년층을 뜻하는 '삼포세대三抛世代'에서 유래했다. 삼포세대는 2010년 이후 청년실업 증가와 과도한 삶의 비용으로 인해 등장한 20~30대 청년 세대다. 취업과 내집 마련을 포기한 '오포세대五抛世代', 인간관계나 미래에 대한 희망을 포기한 '칠포세대七抛世代' 등의 신조어도 나타났다. N포세대는 해당 신조어들을 포괄하는 의미로 쓰이고 있다.

N포세대의 원인으로는 높은 주거비용과 교육비, 낮은 임금 상승률, 불안정한 고용시장 등이 꼽힌다. 학자금 대출이나 높은 주거비용에 시달리면서도 임금 상승률이 낮아 경제적 부담이 커졌기 때문이다. 경기 침체로 실업률이 증가해 취업 경쟁이 치열해지고, 비정규직 등 불안정한 고용 형태가 늘어난 것도 N포세대 등장에 영향을 미쳤다. 사회 안전망과 복지 부재 역시 N포세대를 만드는 문제로 지목된다. 결혼한 청년층의 경우 출산 휴가나 경력 단절 문제, 사교육비 등으로 부담을 느껴 출산을 미루거나 피하는 현상도 늘고 있어서 심각한 사회적 문제로 대두되고 있다.

헬조선은 삼포세대, N포세대 등으로 대변되는 청년층이 한국을 자조하며 일컫는 말이다. 지옥Hell과 조선朝鮮을 합성한 신조어로 말 그대로 '지옥 같은 대한민국'이란 뜻이다. 현실에 대한 청년층의 불안과 절망, 분노가 드러난 단어로 인터넷에서 시작되어 최근에는 언론에서도 사용하고 있다. 헬조선이 단순한 신조어를 넘어 사회문제를 내포하고 있다는 점에서 주목된다. 헬조선으로 표현되는 청년층의 절망적 현실 인식이 계속될 경우, 혐오주의 등 사회문제로 발전하게 된다. 특히 헬조선이 한국의 사회 구조적 문제들과 얽혀 있다는 점에서 이와 관련된 문제 해결이 필요하다. 그런데 헬조선의 진짜 뜻은 지금의 지옥 같은 한국이란 뜻이 아니고 지옥 같은 조선시대를 뜻하는 것이었다. 그런 지옥 같은 조선이 미국의 도움으로 회생하여 박정희가 세계 10위 국가로 만들어 놓았다는 데서 유래되었는데 왜

곡되어 사용되고 있다.

고도의 경제 발전 시기를 거치면서 개인의 노력을 중시하는 사회 분위기는 여전하지만 현실은 그렇지 않다는 인식이 팽배하고 있다. 개인이 노력하면 성공할 수 있다는 자기계발의 신화가 사라지고 소위 '금수저'로 표현되는 서열 사회에 대한 인식이 청년층을 중심으로 강해지고 있다. 헬조선과 함께 쓰이는 '노오력', '탈조선' 등의 신조어들도 이런 시선과 관계가 있다. '노오력'은 사회 구조적 모순을 개인의 노력 부족으로 돌리는 것을 냉소적으로 비꼰 말이다. '탈조선'은 미래가 보이지 않는 한국을 탈출해 외국으로 떠나는 것을 말한다. 즉, 한국 사회가 노력해도 정당한 대가를 받을 수 없고, 아무도 책임지지 않는 불공정한 사회라는 청년층의 인식을 배경으로 헬조선이 등장한 것이다.

우리나라의 산업발전은 늦게 시작하여 짧은 기간에 급성장하였기에 1, 2차 산업혁명은 경험조차 하지 못했다. 먹고살기 힘들었던 후진국에서 국가 주도의 경제성장 정책을 대대적으로 전개하여 짧은 기간에 선진국을 따라잡는 한강의 기적을 만들어 냈다. 이렇게 급성장한 시기가 3차 산업혁명시대이다. 국가와 국민이 혼연일체가 되어 세계 경제 대국 10위권 내에 진입할 정도의 급속한 발전을 해왔다. 문제는 4차산업혁명에 대한 대응력이다. 산업혁명이란 기술 혁신으로 산업뿐만 아니라 구조적, 사회. 문화적, 경제적, 제도적 변혁이 인류의 생활을 포함해 사회 전반에 걸쳐 일어나는 상황을 말한다. 지금까지 인류는 세 차례에 걸친 산업혁명을 경험했다.

이제 다시 한 번 세상을 뒤바꿀 4차산업혁명이 닥쳐왔다. 4차산업혁명 시대를 슬기롭게 준비하고 대응하지 못하면 지금보다 나은 삶은 기대하기 어렵다. 다시 따라잡는다는 것은 거의 불가능한 상황이 되었다. 개인정보보호 정책에 의해 한 발짝도 나가지 못하고 있는 규제를 탈피하지 않고서는 대안이 없다. 벌써 미국, 독일, 중국, 일본은 국가적인 차원에서 전략을 수립해 해당 분야에서 세계를 점령해 나가고 있다. 온라인상의 생태계 창조자는 대부분 미국 업체가 점령을 했다. 또한 한국과 미국 간의 장단기 금리 역전이 현실로 다가왔다. 금리 역전이 반드시 경기 침체를 의미하는 것은 아니라고 하지만 계속해서 금리를 올릴 경우, 한국에 투자한 외국자본이 빠져나가면 심각한 경제난에 빠지게 된다.

몇몇 대기업의 실적으로 경기지표가 나아졌다고 하지만 실제상황은 그렇지 않다. 중소기업들은 어려움에 부닥치어 숨조차 쉬기 어렵다고 아우성이다. 조선 산업이 어려워진 지 오래 되었고, 세계적인 경기의 침체에 따른 공작기계의 수요 감소, 거기에다 새 정부 들어서 포기한 원자력 관련 산업의 중단, 몇십 년간 성장세를 거듭해오던 자동차 시장마저도 내리막길에 들었다. 여기에다 소득주도 성장정책으로 최저임금이 큰 폭으로 인상되어 중소기업의 부담은 가중되었다, 주당 근로시간마저도 52시간 이내로 한정되면서 중소기업의 어려움은 극에 달하고 있다. 대학을 졸업하는 학생들은 중소기업 입사를 꺼

린다. 집에 쉬더라도 중소기업에는 취직하시 않겠냐고 한다. 젊은이
들의 부모도 같은 생각이다.

　대학까지 졸업해서 중소기업에 취업할 바에야 차라리 쉬라고 하
는 부모도 많다. 을의 전성시대라는 유행어가 나올 정도다. 갑은 무
조건 잘못한 것으로 매도되는 것에 중소기업 대표들은 분통을 터뜨
린다. 사실 우리나라를 이렇게 발전시켜온 데는 중소기업 대표들의
공이 크다. 이익이 남지 않아도 차입 금융에 의존하여 유지해온 기업
도 많다. 사실상 중소기업 대표를 애국자라고 불러야 하는데 갑으로
분류해서 갑질한다고 뭇매를 때릴 대상은 아니다. 중소기업이 어려
워지면 자연스럽게 대기업도 힘들어진다. 기업이 힘들어지면 일자리
를 줄인다. 경쟁력이 없으면 생산기지를 외국으로 옮길 수밖에 없게
된다. 애국을 떠나서 기업을 살리는 것이 첫 번째 기업윤리다. 기업
이 살아야 종업원의 일자리도 없어지지 않는다. 그렇게 되면 젊은이
들이 취직할 일자리는 더 줄어들 수밖에 없다.

　언론에서 아무런 거리낌 없이 신조어를 사용하는 것을 자중해야
한다. 언론에서 사용하면 그렇게 되기를 부추기는 현상으로 보인다.
답이 없다고 경제를 발전시켜온 선배들을 무조건 꼰대들이라며 세
대 간의 갈등을 부추겨도 안 된다. 그리고 젊은이들도 꿈을 포기해
서는 안 된다. 어떠한 일이 있더라도 꿈을 포기해서는 안 된다. 자신
이 전공한 분야의 일자리는 어려울지 몰라도 마음만 먹으면 일자리
는 많다. 당장 자신이 원하는 만큼의 눈높이가 되지 않아 마음이 내

키지 않을 수 있다. 대기업에 입사하는 것이 꿈이 아닐 것이다. 공무원에 합격하는 것이 꿈이 아닐 것이다. 직업에 대한 것은 꿈이 아니라 꿈을 이루는 과정에 필요한 선택의 과정이다. 꿈이 있다면 꿈을 이루어가는 목표일 수는 있다. 명확한 자신의 꿈이 있다면 중소기업이라도 선택할 수 있다. 어쩌면 자신의 꿈을 달성하는 데 좋은 경험으로 밑거름이 된다. 설령 우리나라에 일자리가 없으면 자신의 능력을 필요로 하는 곳으로 나가는 것도 나쁘지 않다. 그렇다고 한국 사람이 아닌 것은 아니다. 외국에 나가서 생활한다고 자신의 꿈이 없어지는 것은 아니다.

금수저, 흙수저 논란에 어이가 없을 뻔했다. 가만히 분석해보면 부모를 잘못 타고났다고 부모를 욕하는 것일 수도 있다. 문제는 비교하는 것에서 생긴다. 다른 사람과 비교하는 순간 행복이라는 놈은 날아가 버린다. 비교하게 되는 것은 꿈이 없기 때문이다. 꿈이 있다면 자신의 꿈과 비교하지, 절대 다른 사람과 비교하지 않는다. 금수저 부러워 말고, 흙수저라 한탄하지 말고, 금수저 위에 꿈수저가 있다는 것을 깨우쳐야 한다.

02 내가 창조된 이유

두유노클럽은 한국의 기자들이 외국인에게 질문하는 형식, 두유노 Do you know ○○○? 이러한 '두유노' 드립 중에 자주 언급되는 그 사람들을 묶어서 '두유노클럽'이라고 말한다.

지난 평창 올림픽 때 어느 기자가 북한 응원단에게 김연아를 아느냐고 물었다. 북한 응원단의 대답인 '몰라요'에 SNS를 통해 전달된 댓글이 장난이 아니었다. "어떻게 김연아를 모르나"로 시작해서, "개념 없다" "북한스럽다" 등등 정말 개념 없는 반응이었다. 외국인이나 북한 사람들이 한국의 유명한 사람을 꼭 알아야 할 이유는 없다. 모른다고 해서 개념 없다고 하는 것은 정당한 표현이 아니다. 한국 사람으로 자부심은 있을지 모르나, 자존감이 없어서 이러한 현상이 나타난다. 두유노클럽의 멤버와 자신을 동일시하는 데서 생기는 현상이다. 유명인을 안다고 해서 자신의 위상이 높아지는 것은 아니다. 자신을 존중하는 자존감이 없어 생기는 현상이다. 이 세상에서 자신이 가장 귀한 존재임을 몰라서 나오는 반응이다.

저자의 지인 중에 꽤 유능한 강사가 있다. 그 사람은 자신의 실력만으로도 상당한 능력을 갖추고 있다. 그런데도 꼭 다른 사람과 비교를 한다. 비교라기보다는 다른 사람 강의를 자기 잣대로 평가한다. 피드백이 아니라 상대와 비교해서 자신의 우월함을 내세운다. 그 강사가 자주 쓰는 단어가 하나 있다. "내가 누구 누구를 잘 안다"이다. 누구를 잘 안다는 것은 그 사람과 자신을 동일시하고 싶다는 표현이다. 못나도 너무 못난 표현법이다. 다른 사람과의 비교 때문에 능력 있어도 좋은 평을 받지 못한다. 좋은 장점을 갖고 있으면서도 비교심이 강하여 사람들이 자기 옆을 떠나게 만든다.

우리나라 국민들의 행복지수가 턱없이 낮은 것은 삶의 질이 낮아서라기보다는 비교하는 것 때문이다. 비교해서 우월해지려는 것은 자신의 존재를 귀하게 여기지 못해서 그렇다. 이러한 것은 자존감의 상실이고 자신이 왜 살고 있는지에 대해 고민하지 않아서 그렇다. 자신의 꿈이 무엇인지를 생각해보고, 이 세상에 남겨야 할 것이 무엇인지 몰라서 나타나는 현상이다.

우리는 신이 아닌 사람이기에 욕심을 버리라고 하기는 쉽지 않다. 많은 사람과 어울려 살다 보면 나보다 나은 사람, 나보다 풍족한 사람과 비교하는 일이 생긴다. 그러는 순간부터 몸과 마음은 힘들어진다. 진정한 나를 쳐다보는 안목을 가져야 한다. 내가 해야 할 명제를 찾아야 한다. 내가 남기고 갈 그 무엇인가를 알아내야 한다. 우리는 흔히 그런 삿을 '꿈'이라고 말한다. '행복'하게 사는 것이 궁극적인 꿈인데 비교심, 상대심을 내려놓고, 자신의 행복을 차버리는 일을 없애야 한다.

"왜 삽니까?" "꿈이 무엇입니까?"라는 질문을 받기도 하고 할 때도 있다. 그러면 "모르겠는데요" 하거나 "꿈이 없는데요" 하는 사람이 많다. 꿈에 대해 생각해보지 않는 것이다. 꿈이란 어떤 것이어야 하는지에 대해서도 생각해보지 않은 것이다. 진정 나는 왜 사는 것일까? 내가 바라는 것은 무엇이며, 내가 추구하는 꿈은 무엇인지를 명확하게 정의해놓고 사는 사람이 많지 않다. 왜 사는지도 제대로 생각해볼 여유조차 없이 바쁘게 살아가는 것이 현대인의 삶이다.

"무엇을 위해서 그렇게 열심히 사십니까?"라고 질문을 하면 그냥 "사는 것이 이런 것 아닌가요?"라는 답을 많이 듣는다. 앞에서 언급했었지만 궁극적인 꿈은 '행복'이다. '행복'하게 사는 것, 매 순간에 행복을 느끼며 사는 것이 궁극적인 목적이다. 꿈을 달성했을 때의 '행복'만을 말하는 것은 아니다. 그 꿈을 만들어가는 순간마다 '행복' 해야 한다는 것이 궁극적인 꿈이기는 하다. 궁극적인 꿈은 그렇다고 치자. 과연 자기만 '행복'하게 살다 오라고 자기를 이 세상에 보냈을까? 그것만은 아닐 것이다. 분명히 자신이 이 지구상에 태어나서 하고 가야 할 과제가 있을 것이다. 그게 무엇인지를 찾아야 한다. 세상에 태어난 이유를 찾는 것이 자신의 진정한 꿈이다. 자신의 진정한 꿈은 원대해야 한다. 자신만을 위한 꿈이 아닌 원대한 꿈, 자신을 뛰어넘어 인류에 기여하는 꿈을 만들어야 한다. 이 지구에 와서 아웅다웅하다가 갔노라가 아닌, 자기의 흔적을 남기고 갈 자신을 뛰어넘는 꿈을 만들어야 한다. 이것이 세상에 태어난 이유인 것이다.

　다른 사람이 당신을 좋아하기를 바란다면, 진실로 우정으로 그 사람을 도와주고 싶다면, 상대방에게 순수한 마음으로 마음을 열어주어야 한다. 말보다 행동이 더 설득력이 있다. 미소는 "나는 당신을 좋아해요. 당신은 나를 행복하게 만들어줍니다. 뵙게 되어 반갑습니다" 하고 말하는 것과 같다. 이름은 개개인을 차별화시켜주며, 많은 사람 중에서 독특한 존재로 만들어준다. 개개인의 이름을 사용하게 되면 우리가 전달하고자 하는 정보나 우리의 요구사항들이 특별한 의미를 지니게 된다. 그리고 말주변이 있는 사람이 되기 위해서는 우선 경청을 해야 한다. 자신에게 흥미를 느끼게 하려면 먼저 상대에 대한 흥미를 느껴야 한다. 당신이 이야기하고 있는 사람은 당신이 생각하는 것보다 몇백 배 그들 자신의 소망과 문제에 대해 관심을 갖고 있다는 것을 알아야 한다.
　그리고 대부분의 사람은 자기 자신이 타인보다 어떤 점에서 뛰어나다고 생각한다. 그러기에 마음을 확실히 사로잡는 방법은 당신이 그들의 중요성을 알고 있다는 것을 은연중에 그들에게 알려주고 성실하게 그들의 중요성을 인정하는 것이다.
　상대방을 설득한다는 것은 절대 쉬운 일은 아니다. 먼저 자기를 내려놓고 온전히 상대방의 입장에서 경청하는 것이 필요하다. 그리고 설득을 위해서는 자신에게 있는 무엇인가를 내놓을 마음의 자세가 되어 있어야 가능하다. 상대방을 인정해주면서 우호적인 태도를 보여야 하며, 논쟁은 절대 피하는 것이 좋다. 설령 논쟁에서 이기더라도 그것은 이긴 것이 아니다. 상대방의 가슴에는 상처로 남아 있기 때문에 설득에서는 진 것이나 마찬가지다. 상대방을 인정하면서 자기를 내려놓는 일부터 시작해야 한다.

사람들은 대부분 자신의 잘못에 관대하다. 아무리 나쁜 짓을 했더라도 자신의 행위에 대해 잘못을 뉘우치기보다는 다른 사람에게 그 책임을 전가하는 경향이 있다. 사람들을 비난하기 이전에 그들을 이해하려고 노력해야 하지 않는다. 그들이 "왜 그런 행동을 했을까?" 하고 생각을 먼저 해보아야 함에도 그렇게 할 여유를 갖지 못한다. 그것은 비판보다 훨씬 유익하고 우애를 길러줄 것이라는 것을 알면서도 그렇게 하지 못하는 것이 세상사는 사람들의 단면이다.

자기의 마음을 자신이 다스린다는 것이 쉬운 일은 아니다. 하지만 자신의 마음에 귀를 기울여봐야 한다. 자신의 내면에서 울부짖는 소리를 듣기 위해 자신에게 귀 기울여야 한다. 자신의 삶에 대해 생각하고 사색하는 시간을 가져야 한다. 상대방이 하는 이야기를 경청하고, 상대방의 말을 들어주는 것도 중요하지만, 자신의 마음속 이야기를 들어주는 것이 더 중요하다.

자기가 세상에 태어난 이유가 분명히 있다. 그냥 아무 생각 없이 일생을 허송하다가 오라고 지구에 보내지는 않았을 것이다. 자신의 내면에 귀를 기울이는 것은 그것이 무엇인지를 찾아보는 것이다. 우리는 그것을 꿈을 찾는 것이라고 한다. 자기가 지구에 태어난 이유가 정말 자신이 하고 싶은 일을 하는 것, 생각만 해도 가슴 뛰게 하는 일, 자기의 꿈을 뛰어넘는 꿈 넘어 꿈을 찾는 것이다. 그 꿈을 찾는 것이 자신이 세상에 창조된 이유가 아닐까?

03 꿈의 공식

"생생하게 꿈꾸고 글로 적으면 현실이 된다"라는 말은 고대부터 전해 내려오는 말이다. 꿈의 공식을 이지성 작가가 《꿈꾸는 다락방》에서 인용하여 베스트셀러가 되었기에 이지성 작가가 만든 것으로 잘못 이해하고 있는 독자들이 많지만 그렇지 않다. 이지성 작가는 감사의 말에 소프라노 김정원 씨의 말에서 따왔다고 기록하고 있지만, 김정원 씨도 옛날부터 내려오던 말을 인용했던 것이어서 누가 꿈의 공식을 만든 것인지는 아무도 모른다. 그럼에도 꿈이라 하면 꿈의 공식을 떠올릴 정도로 공식화되었기에 옮겨본다.

> 꿈의 공식 R = VD
>
> (생생하게vivid 꿈꾸면dream 이루어진다realization)

이지성 작가의 《꿈꾸는 다락방》에는 5가지의 생생하게 꿈꾸는 VD

기법이 나온다.

첫 번째, 사진 VD이다. 이 VD는 자신이 원하는 직장, 물건, 꿈, 배우자의 사진을 찍어 자신이 가장 잘 보는 곳에 붙여두거나 혹은 그 사진을 가지고 다니면서 수시로 꿈을 이루고 배우자와 연애를 하는 것을 생생하게 상상하는 기법이다.

두 번째, 동영상 VD이다. 말 그대로 동영상으로 VD를 하는 것인데 사진으로 하는 것보다 더욱 강력한 효과를 발휘한다. 타이거 우즈와 우리나라 양궁선수들이 자주 사용했다고 한다. 양궁선수가 양궁 경기장에서 시원하게 10점 과녁에 맞추는 장면을 본다. 타이거 우즈는 홀인원 하는 동영상을 보면서 자신이 그렇게 하는 상상을 하는 것이다.

세 번째, 장소 VD이다. 이건 자신이 원하는 곳에 가서 VD하는 것이다 예를 들어 자신이 은행원이 되고 싶다면 은행에 가서 앉아 마치 자기가 은행원이 된 것처럼 장소 VD를 한다.

네 번째, 소리 내어 VD하기이다. 말로 소리 내서 VD하는 것이다. 짐 캐리는 무명배우 시절 할리우드 언덕에 올라가 이렇게 소리쳤다고 한다. "이 도시의 모든 사람이 나와 일하고 싶어 한다!" "나는 좋은 배우다. 정말로, 정말로 좋은 배우다!" "나는 최고의 감독들이 메가폰을 쥔 온갖 장르의 영화에 출연요청을 받고 있다"라고 소리 내어 VD를 실천한 것이다.

마지막 글로 VD하기이다. 노트에다가 글을 쓰면서 VD하는 방법이다. 꿈의 노트에 꿈을 적는다. 적으면서 또는 이미 적은 내용을 소리 내어 읽으면서 꿈이 이루어진 모습을 생생하게 그리는 방법이다.

《꿈꾸는 다락방》도 근거가 없고 이치에 맞지 않는 것을 억지로 끼워 맞추었다는 지적을 받는다. "오직 생생하게 꿈만 꾸면 모든 소망이 이루어진다"는 주장만 강조하고 있다. 힘들이지 않고 꿈만 꾸면서 성공을 바란다면 병든 로또 심리나 마찬가지이다. 《꿈꾸는 다락방》의 저자가 제기하고 있듯이 "희망과 꿈을 늘 상기하면서 자신의 성취 욕구를 달성해 나가자"는 것에는 전적으로 공감을 한다. 하지만 "꿈꾸기보다는 행동을 취할 것이다"는 것을 상기할 필요가 있다. 《꿈꾸는 다락방》에서 일관되게 내세우고 있는 주술적인 '생생한 꿈'은 '성취하겠다는 액션'이 빠지면 어느 것 하나 이루어낼 수 없는 공허한 주장이 되고 만다는 지적을 받고 있다.

저자의 두 번째 책인 《냄비보다 뚝배기의 삶》에서 성공으로 가는 길을 다음과 같이 정리해놓았다.

첫 번째, 운이 있다고 믿어라. 운이 좋다고 느끼고 원하는 것을 명확하게 하면, 성공할 기회는 항상 존재한다. 운이 있다고 믿고, 원하는 것을 명확하게 알고 있을 때 기회가 눈에 보이고 기회를 잡아서 성공하게 된다.

두 번째, 원하는 것을 명확하게 하라. 원하는 것이 무엇인지 모르고는 성공하지 못한다. 원하는 것을 명확하게 했다고 무조건 달성되는 것은 아니다. 원하는 것을 명확하게 하였다면 그다음은 실행으로 옮겨야 한다. 어느 곳으로 발걸음을 옮겨야 할지 알 수 있게 해준다.

세 번째, 꾸준히 지속하되 한 방법에 집착하지 마라. 실행하는 방법을 새로운 시각에서 창조적으로 생각해볼 필요가 있다. 한길만 고집스럽게 집착할 이유는 없다. 융합의 시대에서 더 좋은 길, 더 좋은 방법이 있는지를 인내심을 갖고 찾아봐야 한다.

네 번째, 평생학습 태도를 가져라. 4차산업혁명의 시대를 살아가려면 평생 학습하는 태도를 가지지 않고서는 살아가기 힘든 세상이 되었다.

다섯 번째, 자신의 직관을 믿어라. 자신의 내면에서 들려주는 직관에 귀 기울여야 한다. 자신의 직관을 믿고 그것을 행동으로 옮겨야만 성공으로 갈 수 있다.

여섯 번째, 성공할 수 있다고 믿어라. 성공할 수 있다고 믿고, 성공의 공식을 따라야 한다. 자신의 목표를 알고, 행동으로 옮겨야 하며, 취한 행동이 어떤 방향으로 가고 있는지 점검을 해야 하고, 원하는 것을 얻을 때까지 전략을 바꿔갈 수 있는 유연성을 가져야 한다.

마지막으로 인내와 끈기를 가져라. 인내와 끈기는 인간이 겪어야 할 최고의 가치이다. 인내와 끈기를 가진 사람들은 무엇이든 해낼 수 있다. 안 된다는 생각 없이 무심하게 목표를 향해 실행해가면 성공할 수 있다.

《꿈꾸는 다락방》과 《시크릿》은 비슷한 점이 많다. 《꿈꾸는 다락방》은 보이지 않는 것을 생생하게 상상하므로 우리의 뇌를 깨워준다. 우리 눈에 안 보이는 물질들이 생생하게 꿈꾸므로 물질이 되어 나타나게 해주기에 생생하게 꿈꾸는 것을 강조한다.

또한 《시크릿》은 심상화, 긍정적인 생각, 끌어당김의 법칙이 핵심이다. 하지만 가장 중요한 무엇인가가 빠져 있다. 희망을 이루기 위해 필요한 열쇠를 어떻게 얻을 수 있는지는 말하지 않았다. 수억 명의 사람들에게 희망을 부여했다는 것만으로도 큰일을 한 것이기는 하지만, 시크릿을 통해서 성공한 사람이 2%밖에 안 된다는 것이다. 아무리 생생하게 꿈꾸고 간절히 원한다고 해도 우리가 원하는 것은 이루어지지 않는다. 간절히 원하는 것을 생생하게 상상하되, 목표에 이르는 방법을 찾아야 한다. 방법을 찾았다면 실행으로 옮겨야만 원하는 꿈은 달성이 된다. 생생하게 그리던 희망의 목적지에 도달할 수 있게 된다. 실행하지 않고서 달성할 수 있는 것은 세상 어디에도 없다. 생생하게 꿈꾸고, 그것을 심상화하고, 긍정적으로 생각하는 것이 중요하지 않다는 것은 아니다. 하지만 이것만으로는 원하는 곳에 갈 수 없으므로 그곳으로 가려면 실행이라는 행동으로 옮겨야만 가능하다.

04 꿈 너머 꿈

우리는 꿈을 가져야 한다는 말을 많이 한다. 하지만 "꿈이 있나요?" "어떤 꿈을 갖고 계시나요?"라는 질문을 하면 열 명 중 아홉은 즉답을 못 한다. 어린이나 청소년에게는 "꿈을 가지라!" 하면서 어른들은 왜 꿈을 갖고 있지 않을까? 그것도 큰 꿈을, 원대한 꿈을 가져야 한다고 하면서 정작 어른들, 부모들은 꿈을 만들지 못한 사람이 대부분이다. 왜 그런가를 알아보기 위해 '꿈이란 무엇일까?'라는 질문을 던져보게 된다.

꿈은 실현하고 싶은 희망이나 이상이다. 덧붙이자면 실현 가능한 것, 현실적으로 이루어질 수 있는 것을 말한다. 그리고 '하고 싶은'이란 말이 들어가 있다. 하고 싶다는 것은 무엇을 열망한다는 뜻이다. 자기 안에 뜨겁게 타오르는 열정이 자연스럽게 솟아난다는 것이다. 이건 누가 시켜서 나오는 것이 아니다. 자기 스스로가 그러한 열망이 생기는 것이다. 그리고 꿈을 이루고 싶어 하는 사람은 꿈을 가진 '나'

이므로, 주어는 '나'가 될 것이다. 이러한 것을 합하여 풀어보면 '내가 실현하고 싶고, 실현가능한 희망이나 이상'이다. 마음 깊은 곳에서 간절히 원하는 것이면 무엇이든지 꿈이다. 이루어질지 아닐지 확실하지 않더라도 반드시 도달하고 싶은 목표 지점이다. "이루어지기만 한다면 무척이나 행복할 것 같은 일, 세상을 다 얻은 것 같은 느낌을 주는 일, 기뻐서 가슴이 뛰는 일, 내가 살아 있는 이유라고 느껴지는 일, 그것을 이룬 사람을 보면 무척 부럽고 때론 질투까지 느껴지는 일, 바로 그것이 꿈이다."

꿈을 실현하려고 노력하고 있을 때 사람은 가장 열정적이고 아름다운 모습일 것이다. 바로 이러한 삶을 살기 위해 꿈은 꼭 필요한 것이다.

"꿈을 놓치지 마라. 꿈이 없는 새는 아무리 튼튼한 날개가 있어도 날지 못하지만, 꿈이 있는 새는 깃털 하나만 가지고도 하늘을 날 수 있다. 지금 내가 열정적으로 활동할 수 있는 이유는 내 몸이 튼튼하거나 내 나이가 젊어서가 아니다. 놓치고 싶지 않은 꿈을 가지고 있기에 나를 미치게 만드는 꿈을 가지고 있기에 깃털 하나만으로도 무대 위에서 날아다닐 수 있는 것이다"고 강수진은 자서전에서 꿈의 중요함을 말했다. 열정은 내 꿈을 실현하기 위해 꼭 필요한 엔진이다. 모든 것을 다 버리더라도 열정 하나만큼은 버려서는 안 된다.

"꿈꾸는 것이 가능하면 그 꿈을 실현하는 것도 가능하다. 이 모든 것이 작은 생쥐 하나로 시작되었다는 것을 기억하라. 우리의 모든 꿈은 이루어질 것이다"라고 디즈니는 말했다. 상상력은 꿈의 문턱을 넘나드는 바람과 같다. 상상력이 없으면 꿈을 꿀 수도 없고, 꿈이 없으면 상상력도 생기지 않는다. 당신의 상상력이 자도록 내버려두지 마라.

"작은 꿈 대신 큰 꿈을 꾸어라. 우리가 생각을 변화시킬 때만 다른 것들이 나타나기 시작한다. 황금은 땅속에서보다 인간의 생각 속에서 더 많이 채굴된다"고 나폴레온 힐은 말했다.

"위대한 생각을 길러라. 우리는 어떤 일이 있더라도 생각보다 높은 곳으로 오르지 못한다." 벤저민 디즈레일리 전 영국 총리의 말이다. 작은 생각만큼 성취를 제한하는 것은 없다. 큰 생각이 큰 결과를 만든다. 위대한 생각이 나를 위대하게 만들어준다. 작은 꿈 대신 큰 꿈을 꾸자.

하지만 큰 꿈을 가진 사람에게는 큰 벽이 나타난다. 꿈이나 목표를 가지면 반드시 벽이 나타난다. 그 꿈을 갖지 않았다면 벽이라고 느끼는 일 없이 살았을 것이다. 큰 꿈을 가진 사람에게는 당연히 큰 벽이 나타난다. 꿈이 커질수록 벽이 커진다. 수월하게 넘을 정도의 벽이라면 꿈이 충분히 크지 않은 것이다. 그러나 큰 비전에 의해 생기는 큰 벽은 그 비전의 힘으로 신나게 타고 넘을 수 있다. 그 벽을 넘으면 가슴 떨리는 꿈이 현실이 된다.

그러기에 꿈을 이루기 위해서는 배수진의 마음가짐이 필요하다. 자신이 세운 꿈을 이루지 못하면 "오늘 죽어도 좋다"는 각오로 이를 악부는 악바리 근성이 있어야 한다. 이루고자 하는 꿈이 당신의 목숨과도 바꿀 만큼 소중하다면 말이다. 바꾸어 말하면 자신이 세운 꿈이라면 목숨과 바꿀 수 있다는 생각을 할 정도로 가치 있고 중요해야 한다는 뜻이다.

꿈을 이루지 못하게 만드는 것은 오직 하나, 실패할지도 모른다는 두려움이다. 바꾸어 말하면 꿈을 이루게 하는 유일한 방법은 실패에 대한 두려움을 자신의 마음속에서 지워버리는 것이다. 꿈을 만들어가는 과정에 라이벌이 생길 수 있다. 라이벌에도 여러 종류가 있다. 같은 꿈을 향해 달려가며 서로 경쟁하는 라이벌, 진심으로 존경하는 라이벌도 있다. 또한 마음에 들지 않지만, 도저히 이길 수 없다고 인정하는 라이벌도 있다. 이런 라이벌 관계를 만드는 것은 자신의 꿈을 이루는 길에서 매우 중요하다. 만약 자신에게 라이벌이 없다면 지금이라도 당장 라이벌을 만들어라. 그리고 그와 정정당당한 레이스를 펼쳐라. 라이벌은 나의 경쟁자이자 내 꿈을 이루어주는 조력자라는 사실을 잊지 말아야 한다.

옛날 중국 한나라 때 한신이라는 장군이 있었다. 그는 젊었을 때부터 어지러운 나라를 구하겠다는 꿈을 가지고 있었으며 언제나 위풍당당했다. 그러나 동네 건달들은 평소에 한신이 잘난 척이 심하다며 다리를 쫙 벌리고 밑으로 지나가면 살려주겠다고 하였다. 인간적으로 큰 모욕이었다. 그러나 한신은 큰 꿈이 있었기에 지금 싸우다 죽으면 큰 꿈을 이룰 수 없다고 생각했다. 그래서 한신은 무릎으로 다리 밑을 지나갔다. 그러면서 더 큰 결심을 했다. 나는 기어이 큰일을 하겠노라. 나라를 살리는 일을. 정말로 큰 사람은 꿈을 위해 자기 자신을 버릴 수 있는 사람이다. 조그만 자존심 때문에 인간관계를 망치거나 비전을 버리는 것은 큰 사람이 아니다. 사람들은 큰 꿈이 없을 때는 습관으로 살게 된다. 그러면 맘은 편하겠지만 기적은 일어나지 않는다. 큰 꿈을 이루기 위해 자신의 변화가 필요하다. 그것은 선택에 의해 이루어진다. 그리고 계속 훈련도 해야 한다. 이럴 때 기적이 일어난다.

꿈이 있는 사람에게는 공통점이 있다. 세상 어딘가에서 '내가 미칠 일'을 찾은 것이다. 그 미칠 일이 나를 '평생 미치도록 행복하게' 만들어주는 것이다. 그러기에 많은 인생 선배들이 주문한다. "꿈을 찾아라." 그것도 "큰 꿈을 찾아라." "네가 좋아하는 일을 선택해라"라고 말한다. 그러나 그것이 무엇인지 도무지 모른다. 자신이 좋아하는 일이 무엇인지, 자신이 뭘 잘할 수 있는지, 어떻게 하면 그것을 찾을 수 있는지를 아무도 가르쳐주는 사람이 없다. 오히려 인생 선배의 조언이 꿈을 찾아야 한다는 강박감에 시달리게 할 수 있다. 모두가 가능하도록 위험을 감수할 용기가 부족한 것도 사실이다.

꿈이란 매우 다양하게 쓰이기도 하고, 나이에 따라 꿈을 보는 시각이 다르기도 하다. 어린이들에게 꿈에 대해 물으면 대체로 직업과 관련된 대답이 많다. 유명 연예인이나 선생님 등이 대표적인 어린이들의 꿈이다. 조금 더 성장을 해도 조금은 차원이 높아지기는 해도 직업이나 하는 일과 관련된 것들이 많다. 다만 거기에 의미와 가치를 부여했다는 것이 다를 뿐이다. 사람들의 꿈이 시점에 따라 나뉠 수도 있다. 물론 성장하면서 꿈이 바뀔 수도 있다. 바로 눈앞에 닥친 일을 꿈이라고 이야기하는 경우도 있다. 물론 꿈이라는 것은 먼 미래의 꿈만이 꿈은 아니다. 꿈은 고정되어 있는 것이 아니라 살아가면서 바뀌거나 사라지거나 발전하게 된다.

큰 꿈을 찾을 때 자신이 어떤 일을 할 때 가슴이 뛰고, 신이 나며, 시간 가는 줄 모르는 일인지를 봐야 한다. 어떤 일을 할 때 사람들이 "넌 이 일에 소질이 있는 것 같아"라고 말해주는지 염두하라. 이 일을 하게 되면 세상 어떤 어려움이나 난관이 있어도 극복할 자신이 있는지 판단해 봐야 한다.

꿈의 크기를 말할 때 적절한 사례가 있다. 일본에는 코이라는 이름의 잉어가 있다. 코이는 작은 어항에 넣어두면 5cm밖에 자라지 않는다. 연못에 넣어두면 10cm까지 자라고, 커다란 강에 풀어 놓으면 20cm까지 자란다. 꿈도 마찬가지이다. 큰 꿈을 이루기 위해서는 먼저 생각과 환경을 자신에게 유리하게 만드는 지혜가 필요하다. 큰 꿈은 자신의 행복과 관련된 것을 뛰어넘는 무엇인가가 필요하다. 자신이 이 세상에 오게 된 사명 같은 것이라 할까? 자신의 행복이나 이익을 넘어선 더 큰 발자국을 남기는 것일 수 있다. 큰 꿈을 이루려면 변화가 필요하다. 참된 변화는 내면에서부터 시작된다. 나뭇잎을 솎아주는 것과 같은 방법으로 태도와 행동을 바꿀 수 없다. 큰 꿈을 이루기 위한 변화는 뿌리, 즉 사고의 바탕이자 기본인 패러다임을 바꾸어야 가능하다. 이 패러다임은 자신의 성품을 결정하고, 우리가 세상을 보는 관점의 렌즈이다. 나쁜 습관이 부끄러운 것이 아니라 나쁜 습관을 고치지 못하는 것이 더 부끄러운 일이다. 나쁜 습관을 무리해서 끊기보다는 기존의 습관을 새로운 습관으로 교체하려는 지혜가 필요하다.

비가 새는 지하 방에서 새우잠을 잔다고 해도 꿈은 대양을 헤엄쳐 나가는 고래처럼 원대하고 커야 한다. 그리고 이런 생각을 가슴에 품어야 한다. "나는 앞으로 고래가 되어 대양을 헤엄칠 것이다. 고래는 좁은 어항 속에서 살 수 없다"라는 원대하고 큰 꿈을 가져야 한다.

원대한 꿈, 큰 꿈을 꿈 너머 꿈이라고 한다.

05 가슴 뛰는 꿈

우리가 살아가면서 똑같이 꿈을 꾸어도 어떤 사람은 꿈을 이루어 가고, 어떤 사람은 계속 꿈만 꾸며 사는 경우가 많다. 꿈을 이루려면 긍정적으로 생각만 바꾼다고 되는 것은 아니다. 생각에 따라 행동이 바뀌어야 가능하다. 꿈을 이루는 데 방해되는 습관은 버려야 한다. 꿈을 이루는 데 도움 되는 습관으로 바꿔야 한다. 생각만으로는 행동이 잘 바뀌지 않는다. 하지만 가슴이 뛰면 이야기가 달라진다. 가슴이 가만히 있도록 내버려 두지 않는다. 머리는 가만히 진정하고 있으라고 주문해도 가슴이 뛰면 몸이 움직인다. 가슴이 뛰면 그 자체가 몸이 움직여야 하는 강력한 동기 역할을 하기 때문이다. 그렇게 행동이 변하면 꿈을 이루기도 그만큼 쉬워진다.

물론 가슴이 뛴다고 꼭 그 꿈이 이루어진다는 보장은 없다. 하지만 가슴이 뛰지 않는다면 꿈이 이루어질 가능성은 더 작아진다. 가슴이 뛰어야 꿈을 이루는 데 필요한 모습으로 자신을 바꿀 수 있다. 그러기에 꿈을 찾기 위한 질문을 자신에게 던지며 꼭 확인해야 한다. 어떤 대답을 할 때 자신의 가슴이 뛰는지, 어떤 모습을 상상할 때 가슴이 가장 뛰는지. 가슴 뛰게 하는 그 일이 바로 그토록 애타게 찾던 자신의 진짜 꿈이다.

살아가면서 우리는 꿈만 꾸어도 행복할 수 있다. 꿈을 이룬 자신의 모습을 상상만 해도 가슴이 설레고 기분이 좋아지기도 한다. 하지만 꿈을 이룰 수 없다고 생각하면 더 이상 꿈꾸는 것이 행복하지 않다. 그래서 나이가 들면 꿈을 꾸지 않으려 하는 것 같다. 나이가 들면 할 수 있는 것도 없고, 자신을 필요로 하는 곳도 없는데 괜히 혼자 꿈을 꾸다 상처만 입기가 싫어 차라리 꿈꾸기를 포기하는 경우가 많다.

우리가 살아가면서 하고 싶은 일, 이루고 싶은 일이 있는데 여건이 허락하지 않아 할 수 없는 경우라면 차라리 다행이다. 하지만 자신이 어떤 꿈을 꾸고 싶어 하는지 모르는 사람들이 의외로 많다. 간절하게 무언가를 꿈꾸면서 열심히 살아보고 싶은데 자신이 어떤 꿈을 꾸고 싶어 하는지 몰라 답답해한다. 자신의 꿈은 아무도 대신 찾아줄 수 없다. 스스로 꿈을 찾은 다음 그 꿈을 이루는 데 다른 사람이 도움을 줄 수 있어도 자신의 꿈만은 스스로 찾아야 한다. 그래야 간절하게 꿈을 꾸고 이룰 수 있다.

꿈을 찾으려면 먼저 자기가 누구인지부터 알아야 한다. 처음부터 다짜고짜 "내 꿈이 뭐지?"라고 물으면 쉽게 답을 찾을 수 없다. 자신을 알기 위한 질문부터 해야 한다. 내가 무엇을 좋아하고, 어떤 일을 할 때 행복하고 신나는지를 스스로 자문자답하면서 자신이 원하는 것이 무엇인지를 찾아내야 한다. 자신에게 스스로 묻고 스스로 답하면 꿈을 찾아가는 방법이 셀프 코칭이다. 이 셀프 코칭은 다음의 질문을 통하여 자신이 가장 원하는 꿈이 무엇인지를 스스로 찾아갈 수 있다. 코칭에 대해 깊은 지식이 없어도 가능하다. 필요하다면 멘토나 코치에게 조언을 받아 진행하면 더 효과적이다.

- 내가 가장 좋아하는 것은 뭘까?
- 나는 어떤 일을 할 때 제일 즐겁고 신나는가?
- 나는 무엇을 할 때 잠이 안 올 만큼 설레고 흥분되는가?
- 내가 가장 행복할 때는 언제인가?

매일 틈날 때마다 자신에게 묻고 답하다 보면 자기가 누구인지, 무엇을 꿈꾸는지 알 수 있다. 특히 잠들기 전에 침대 위에서 매일 자문자답하는 것도 좋은 방법이다. 하지만 그것만으로 확신하기 어렵다면 다른 사람에게 도움을 요청하는 것도 괜찮다. 자신이 스스로 찾은 답과 다른 사람들이 나를 볼 때 느꼈던 내용을 함께 검토하여 정하는 방법도 좋다. 다른 사람에게 요청은 다음의 질문을 통해서 한다.

- 내가 무엇을 할 때 제일 신나고 재미있어 보이나요?
- 내가 무엇을 할 때 제일 행복해 보이나요?

자신의 꿈을 찾으려면 끊임없이 자신에게 질문해야 한다. 질문에 답하려면 많은 생각을 하게 된다. 조용히 자신을 돌아보며 자신이 무엇을 좋아하는지, 어떤 일을 할 때 즐겁고 신이 나는지를 생각해보는 것이 중요하다. 하지만 진짜 꿈은 머리보다 가슴이 먼저 반응한다. 머리로는 정말 자신이 그런 꿈을 꾸고 싶어 하는지 확신이 서지 않는데 가슴부터 뛴다. 미치도록 가슴이 뛰지 않는다면 아직 진짜 꿈을 찾지 못한 것이나 마찬가지이다.

저자는 강연할 때, 종종 수강생들에게 가슴이 뛰어본 적이 있느냐고 묻는다. 대부분 고개를 절레절레 흔든다. 가슴 뛰지 않는 일은 자신이 찾고자 하는 간절한 꿈이 아니다. 머리로는 꿈이라고 정리를 해놓았더라도 진정한 자신의 꿈이 아닐 확률이 높다. 가슴은 뛰지 않는데 생각은 많다.

특히 취업을 앞둔 학생들은 가슴이 뛰기보다 빨리 원하는 직장에 취업해야 한다. 취업해서 부모님의 부담을 덜어드리고 싶어 한다. 여기서 원하는 직장은 가슴보다 머리가 말하는 직장이다. 연봉이 얼마이며, 근무 조건은 어떻게 되는지를 따져 안정된 미래를 보장할 수 있는 직장에 취업하기를 꿈꾼다. 직장을 구하는 것이 자신이 간절히 원하는 꿈은 아니다. 그 꿈을 만들고 이루어가는 데 필요한 수단일 수는 있지만 꿈이 아니다. 그것이 꿈이라면 자신의 사명은 일하는 것이다. 우리가 지구에 온 사명이 일하러 온 것은 아니다. 무엇인가 사명, 즉 꿈을 가지고 왔는데, 그 꿈은 자신의 가슴을 뛰게 하는 것이기에 끊임없이 질문하면서 찾아야 한다.

꿈이 있다 하더라도 꿈을 이루지 못하는 이유는 많다. 꿈을 이루기 위해 최선을 다하지 않았기 때문일 수도 있다. 아니면 꿈 자체가 너무 커서 평생을 노력해도 이루지 못할 수도 있다. 꿈을 크게 꾸는 것이 잘못된 것은 아니다. 하지만 꿈의 크기가 현실적으로 도저히 감당하기 어려운 정도라면 문제가 된다. 현실과는 거리가 먼 허황되고 황당한 꿈은 이룰 수 없기 때문이다.

저자는 꿈을 찾는 사람들에게 허황된 꿈을 꾸지 못하게 한다. 이룰 수 없는 허황된 꿈을 꾸면 삶을 변화시키기는커녕 이루지 못해 상처만 남게 되기 때문이다. 그래서 허황된 꿈을 버리고 충분히 이룰 수 있는 현실적인 꿈을 꿀 것을 조언한다. 허황된 꿈은 꿈이 아니라 망상이다. 실현할 방법이 없는 허황된 꿈을 우리는 개꿈이라고 한다.

현실에 뿌리를 둔 실현이 가능한 꿈이 진짜 꿈이다. 하지만 현재 능력으로도 충분하게 할 수 있는 것은 꿈이라기보다는 그냥 현실이다. 현실과 꿈은 다르다. 적어도 현실에는 없는 한 가지가 더해져야 꿈이라고 할 수 있다. 더 많은 것을 더해도 이룰 수 있는 사람도 있겠지만 무리해서는 안 된다. 심하면 이룰 수 없는 개꿈이 된다. 욕심 부리지 말고 한 가지를 더해 꿈을 이루어보는 것이 중요하다.

한번 꿈을 이룬 사람은 꿈을 이루었을 때의 짜릿함과 성취감을 기억한다. 그렇기 때문에 또 다른 꿈을 꾸고 이루기를 쉽게 한다. 그렇게 하나씩을 더해가며 꿈을 꾸고 이루기를 계속하면 삶이 훨씬 더 풍요롭고 행복해진다.

　꿈을 만드는 방법에는 롤 모델을 통해 꿈을 찾는 방법도 있다. 하지만 자신이 직접 보고 듣고 경험한 것 외에 믿지 않으려는 사람들이 많다. 사람이 다른 동물과 구별되는 가장 큰 차이는 간접경험으로도 충분히 학습할 수 있다는 점이다. 동물들은 직접경험하지 않고서는 깨닫거나 학습할 수 없지만, 사람은 가능하다. 그런데도 직접경험하지 않고서는 아무것도 믿지 않으려는 사람들이 안타깝다. 간접경험으로도 충분하게 학습하면서 꿈을 만들어 갈 수 있음을 인식해야 한다. 이 간접경험의 방법이 여러 가지 있지만 대표적인 방법이 멘토를 찾는 것이고 독서를 통한 것이다. 멘토를 찾는다는 것은 롤 모델을 통해 꿈을 만들어가는 방법이다. 독서는 저자의 삶을 살아보지 않고서도 저자의 삶을 책을 읽는 독자가 간접경험할 수 좋은 방법이다. 꿈을 찾고 꿈을 만들어가는 방법을 독서를 통해 알아보려고 한다.

　꿈은 변하고 진화한다. 어릴 때의 꿈을 그대로 가져가기는 쉽지 않다. 성장하면서 보고, 듣고, 경험한 것이 많을수록 예전에는 생각하지도 못했던 꿈을 꾸게 된다. 꿈의 크기가 달라진다. 저자가 메신저를 꿈꾸게 된 것은 창업이나 경영의 어려움을 겪는 사람을 만났기에 가능했다. 오랜 기간 동안 경영컨설턴트로 활동을 해왔기에 더 큰 꿈으로 만들 수 있었다. 더 넓은 세상을 경험하면서 새로운 꿈이 만들어졌는데 군이 예전의 꿈을 고수해야 한다고 고집할 이유는 없다.

세상에는 꿈이 없는 사람들도 많지만 꿈이 있어도 꿈으로만 간직한 사람들도 많다. 그들은 꿈을 이루고 싶어도 자신이 처한 환경과 조건 때문에 이룰 수가 없다고 한다. 하지만 어떤 꿈이든 쉽게 이룰 수 있는 꿈은 없다. 어떤 꿈이든 그 꿈을 방해하는 환경과 장벽이 있게 마련이다. 이러한 장벽과 환경을 뛰어넘지 못하면 꿈은 그냥 자면서 꾸는 그런 꿈으로 끝난다. 우리가 꿈을 이루었을 때 가슴이 벅차오르고, 행복한 이유는 꿈을 이루기가 그만큼 어렵기 때문이다. 누가 봐도 당연하게 이룰 수 있는 것은 꿈으로서의 감동이 없다. 꿈을 이루었을 때 감동적인 이유는 당연하지 않은 일을 해냈기 때문이다. 아무런 어려움과 노력 없이 꿈꾸는 대로 당연한 듯이 이룰 수 있는 것이 꿈이라면 사람들은 군이 꿈꾸지 않을 것이다. 꿈을 꾼다는 것은 그 자체가 반전을 포함하고 있다. 약점을 강점으로 활용할 수 있듯이 꿈을 이루는 데 불리하다고 생각했던 조건이나 환경도 어떻게 활용하느냐에 따라 오히려 꿈을 이루는 데 힘을 보태는 요인으로 만들 수 있다. 조건이 불리함에도 불구하고 열심히 노력하면 그만큼 꿈을 이룰 가능성이 커지고, 그렇게 이룬 꿈은 감동도 배가된다. 조건을 뛰어넘는 '그럼에도 불구하고'를 만들면 조건은 더 이상 꿈을 방해하는 장애물이 아니라 꿈을 이룰 수 있게 도와주는 좋은 무기가 된다. 따라서 '그럼에도 불구하고'를 만들 수 있는 악조건이 많으면 많을수록 슬퍼할 것이 아니라 기뻐해야 한다. 그만큼 경쟁력을 키워 꿈을 이룰 가능성이 커지니까 말이다. 꿈이라는 것을 찾기도 어렵고 이루기도 어렵지만, 자신의 가슴을 뛰게 하는 자신만의 간절한 꿈을 찾아야 한다.

06 간절히 원한다면
다른 것은 포기해야 한다

　같은 꿈이라도 가치 있는 꿈을 꾸어야 한다. 꿈은 개인적인 꿈, 가족적인 꿈, 사회적인 차원의 꿈으로 크게 나누어볼 수 있다. 말 그대로 개인적인 차원의 꿈은 자신의 행복을 위해 꾸는 꿈이고, 가족적인 차원의 꿈은 나뿐만 아니라 또 다른 나와 마찬가지인 가족을 위해 꾸는 꿈이다. 개인이나 가족을 위한 꿈을 꾸는 것은 그리 어렵지 않다. 물론 내 꿈이 가족이 원하는 것과 다른 것이어서 가족을 힘들게 하는 경우도 있다. 하지만 가족을 중시하는 우리나라의 특성상 내 꿈이 곧 가족의 행복과 연결되는 경우가 많다. 나 혼자만 행복할 수 있는 꿈보다는 가족이 함께 행복할 수 있는 꿈이 더 가치가 있다. 가족뿐만 아니라 주변 이웃들까지, 더 나아가 온 나라의 국민, 전 세계의 사람을 행복하게 할 수 있는 꿈이라면 그 가치는 더욱 빛난다. 이러한 많은 사람을 행복하게 하는 꿈이 사회적인 차원의 꿈이다.

　꿈이 생기면 대부분 어떻게 꿈을 이룰지, 꿈을 이루기 위해 무엇을 할지에 대한 방법론을 먼저 고민한다. 꿈은 꾸는 것이 중요한 것이 아니라 실행하는 것이 중요하다. 머릿속으로 꿈만 꾼다고 꿈이 이루어지는 것은 아니기 때문에 꿈을 이룰 수 있는 구체적인 방법을 고민하는 일은 중요하다.

하지만 그보다 더 중요한 것이 있다. 무엇What과 어떻게How를 생각하기 전에 왜Why부터 생각하고 답을 찾아야 한다. 왜 그 꿈을 달성해야 하는지에 대해 명확한 정의를 스스로 내려야 한다. 왜 그 꿈을 달성해야 하는지에 대한 당위성이 있어야 꿈을 달성하는 데 흔들림이 줄어든다. 우리가 만든 꿈이 남이 만들어준 왜Why로는 부족하다. 왜에도 두 가지가 있다. 자신 스스로에게서 나온 왜와 다른 사람의 영향을 받아서 만들어진 왜가 있다. 전자의 왜를 '내적 동기'라 하고, 후자의 왜를 '외적 동기'라고 부른다. 어떤 왜든 아예 없는 것보다는 있는 것이 낫지만 외적 동기는 내적 동기에 비해 동기부여의 힘이 약하다. 의외로 많은 사람들이 다른 사람이 만들어준 꿈을 자신의 꿈인 양 착각한다. 외적 동기에 의해 왜를 정했다 하더라도 내적의 왜로 연결을 시켜야 한다.

저자의 꿈은 '백만장자 메신저'다. 《메신저가 되라》를 읽고서 메신저가 되겠다는 마음을 먹기는 했지만, 저자의 꿈으로 명확하게 정리하지는 못했었다. 후속으로 나온 책이 《백만장자 메신저》이다. 현재 저자가 하고 있는 일과 앞으로 계속해 나가야 할 일들이 모두 포함되어 있다. 코칭, 컨설팅, 강의, 책 쓰기, 워크숍 진행, 온라인 마케팅을 고객에게 제공하고, 고객의 성공과 함께 성장하는 것이 메신저이다. 현실적으로 실행하고 있는 것은 꿈이 아니라 했다. 당연히 실행하고 있는 현실일 뿐이기에 그렇다. 그래서 어떻게 꿈으로 정의를 할까 고심을 했었는데, '백만장자 메신저'가 마음을 사로잡아 결정했다. 메신저이기는 하지만 아직 성공한 메신저라 할 수 없기에 백만장자의 풍요로움과 부유함을 합해서 결정했다. 단순히 고객의 성장만을 도우는 것이 저자의 꿈이 아니다. 고객의 성공을 통하여 저자도 함께 성장하여 백만장자가 되는 것이 꿈이다.

어떤 면에서 보면 '외적 동기'에 의하여 꿈이 만들어졌다. 외적 동기에 의해 만들어진 꿈이어서 스스로에게 많은 질문을 던졌다. '정말하고 싶은 일인가?' "백만장자 메신저'를 생각만 해도 가슴이 뛰는가?' '왜? 백만장자 메신저가 되어야 하는가?'를 수없이 자문자답하면서 결정한 것이다. 저자가 가슴 뛰는 일은 남을 위해 무엇인가 준비하고 정리하여 제공해줄 때이다. 아무런 조건 없이 제공해주면서 스스로 만족감을 느낀다는 것을 알았다. 메신저가 하는 일이 모두 그러한 일들이다. 저자를 위한 것보다는 고객을 위해 모든 것을 제공해주는 일이 메신저이다. 그렇다고 고객만을 위할 수는 없지 않은가? 고객이 성장하도록 메신저로서의 역할을 다하고, 고객의 성공으로 함께 성장하는 것으로 꿈으로 정리한 것이다. 저자의 꿈은 외적 동기로 시작되었지만 스스로 나에게 질문과 답을 하면서 내적 동기와 일치를 시켰다. 그렇기에 진정한 저자의 꿈으로 정리를 할 수 있었다.

꿈을 이루기 위해서 긍정적인 마인드를 가져야 한다고 한다. 여러 가지의 꿈에 관련한 책에서 긍정의 마인드를 많이 요구한다. 하지만 조건 없는 긍정은 꿈을 방해한다. 많은 사람이 긍정의 힘을 믿는다. 실제로 긍정은 힘이 세다. 똑같이 위기에 처했을 때 긍정적인 사람은 그렇지 않은 사람보다 위기를 슬기롭게 극복할 가능성이 높다. 사람들과의 관계에서도 상대방의 단점보다는 장점을 먼저 찾고 긍정적으로 생각하는 사람들이 대체로 대인관계를 잘 풀어간다.

하지만 무조건 긍정의 힘을 믿는 것은 위험하다. 오히려 조건 없는 긍정을 경계해야 한다. 긍정은 양날의 칼과도 같다고 한다. 긍정을 제대로 활용하면 꿈을 이루는 데 도움이 되지만 자칫 잘못하면 역효과를 낼 수도 있기 때문이다. 긍정을 강조하는 긍정심리학조차도 무조건적인 긍정을 경계하라고 한다. 긍정심리학에서도 긍정과 부정을 모두 필요한 것으로 본다.

오히려 극한 상황에서는 부정적인 정서가 더 도움이 된다고도 한다. 실제로 인류를 지금껏 생존할 수 있게 만든 것은 부정의 힘이었다고 한다. 조금만 방심해도 언제 어디서 맹수의 공격을 받아 죽을지도 모른 상황에서는 긍정보다는 위험하다는 부정의 힘에 의해 피할 수 있었다. 조금이라도 이상하면 의심하고 조심하는 편이 생존에 필요했기 때문이다.

긍정적인 생각만으로는 안 되고 시간과 노력이 들어간 긍정이 필요하다. 아무것도 하지 않으면서 무조건 잘 될 거라고 믿는 사람들이 있다. 시험공부도 하지 않으면서 부모가 걱정하면 "걱정하지 마세요. 꼭 합격할 수 있어요"라고 자신 있게 대답한다면 긍정도 보통 긍정이 아닌 초긍정이다. 무조건 잘 될 거라고 생각하는 것은 '긍정'이 아니다. 긍정에는 행동이 뒤따라야 한다. 합격할 수 있다고 긍정적으로 생각한다면 구체적으로 합격하기 위해 노력해야 한다. 수학이 모자라면 수학 공부를 해야 하고, 어학이 부족하다고 판단되면 적극적으로 어학 공부를 해야 한다. 그러한 노력이 있어야만 긍정을 긍정답게 만들어준다.

사람은 생각하는 대로, 말하는 대로 살게 된다는 말이 있다. "생각은 말이 되고, 말은 행동이 되며, 행동은 습관이 되고, 습관은 운명이 된다"는 말에서 보듯이 맞는 말이다. 행간의 뜻을 읽어보면 그냥 생각만 혹은 말만 해도 된다는 것은 아니다. 보통 생각이 바뀌면 말도 바뀌고, 말이 바뀌면 행동도 바뀐다. 결국 긍정적으로 생각만 한다고 삶도 긍정적으로 바뀌는 것은 아니다. 꿈을 이루고 싶다면 지금부터라도 '할 수 있다'는 긍정이 현실이 될 수 있도록 시간과 노력을 아끼지 말아야 한다. 현실이 될 수 있도록 행동으로 옮겨야 하고, 그 행동이 습관으로 자리를 잡아야 긍정으로 나타난다. 이러한 긍정이야말로 진정한 긍정이다. 생각한 대로 이루어낼 수 있는 긍정인 것이다.

우리는 간절하게 원하면 이루어진다고 믿는다. 하지만 모든 것을 다 하면서 원하는 것을 이루기는 쉽지 않다. 간절하게 원하면 다른 무엇인가를 포기해야 한다. 지금의 것을 버릴 수 없다면 간절한 것이 아니다. 정말 간절한 꿈은 이루어질 수밖에 없다. 생일 신실하린 모든 것이 꿈을 중심으로 재편된다. 생각도 꿈에 집중하고, 행동도 꿈을 이루는 데 필요한 행동, 즉 실행하는 것으로 연결된다. 그렇게 모든 생각과 행동이 꿈으로 향하는데 꿈이 이루어지지 않을 수가 없다. 꿈을 향한 열망이 정말 간절한지 아닌지를 구별하는 방법은 간단하다. 간절하면 무엇을 버리고 비워야 하는지가 저절로 보인다. 하지만 우리는 자신이 가진 것을 버리는 데 대부분 인색하다. 입으로는 간절하다고 말하면서 당연히 버려야 할 것들을 버리지 않는다. 여전히 예전처럼 술 마시고 싶을 때 술 마시고, 친구들 만나고 싶을 때 만나 몇 시간을 허송하고, 건강에는 잠이 최고라는 논리로 원하는 것만큼 잠을 자고, 지금 즐거워야 한다고 놀고 싶을 때 죽치고 놀면서 즐긴다. 하고 싶은 것 다 하면서 원하는 꿈을 달성할 수는 없다. 현실에 만족하는 것이 꿈이 아니기에 그렇다. 입으로는 간절하다고 말하면서 아무것도 버리지 못하고 꿈을 이루고 싶다고 말하는 사람에게 묻고 싶다. "정말 간절한 것 맞아요? 내가 보기에는 아직 그렇게까지 간절하지 않은 것 같은데요?"라고 질문해보고 싶다.

원하는 것이 정말 간절하면 버리고 비우는 것은 그렇게 어렵지 않다. 설령 버리고 비워야 할 것이 오랫동안 굳어진 나쁜 습관이라 하더라도 정말 간절하다면 버릴 수 있다. 중병에 걸린 사람에게 의사가 살려면 "담배 끊어야 합니다"라는 말에 담배를 끊는 사람을 많이 보았다. 간절함이 생기면 그렇게 끊지 못하던 담배도 하루아침에 끊을 수 있는 것이 사람의 의지이다. 잔을 비워야 새로 채울 수 있듯이 꿈을 방해하는 요인들을 버려야 한다. 비워진 곳에 꿈을 이루는 데 필요한 내용으로 채울 수 있다. 꿈을 이루는 데 가장 중요한 것 중 하나가 시간이다. 많은 사람이 시간이 없다, 바쁘다라는 말을 입에 달고 살면서 정작 성공에 필요한 곳에는 시간을 쓰지 않는다. 조금만 더 노력하고 꿈을 이루는 데 시간을 쏟으면 꿈을 이룰 수 있는데, 시간이 없어 포기했다며 아쉬워한다. 정녕 꿈을 이루는 것에는 시간을 할애하지 않으면서 시간이 없다는 이유로 포기한다. 어떤 꿈을 꾸든 버리고 비우면 꿈을 이룰 수 있는 시간은 넉넉해진다. 간절히 원하는 꿈이 있다면 자신에게서 무엇인가를 버려야 할 것을 찾아야 한다. 버려야 할 것을 버리고 시간을 확보해야 꿈을 이루는 데 이용할 수 있다.

07 꿈을 알리면 도움을 준다

"성장이 성공을 부른다"고 한다. 진정한 성공은 성장을 통해 이루어진다. 성공이 결과라면 성장은 성공으로 가는 과정이다. 성공만을 목표로 한다면 과정이 행복하지 않을 수도 있고, 수행과정이 왜곡될 수 있다. 수단과 방법을 가리지 않고 오직 성공만을 목표로 돌진해 이루어낸 성공이 과연 의미가 있을까?

우리 사회는 아직도 과정은 중요하게 여기지 않는다. 아무리 과정이 좋았더라도 결과가 좋지 않으면 나쁜 것으로 평가된다. 혹자는 우리나라의 군대제도 때문이라고 한다. 군이라는 곳은 전쟁이 터졌을 때 과정은 중요치 않다. 결과를 승리로 이끌어야 한다. 패배는 너무나 큰 상처와 아픔을 주기에 전쟁에서는 무조건 이겨야 한다. 그러기에 군대조직에서는 결과를 중요하게 여긴다. 하지만 상처뿐인 영광처럼 그렇게 이루어낸 성공은 뒷맛이 개운치가 않다. 싸우지 않고 이기는 것이 가장 좋은 병법이라고 《손자병법》에서 말하고 있다.

또한 이순신은 이겨놓고 싸움을 한다고 배웠다. 성장이 부른 성공은 다르다. 시간이 걸려도 과정이 행복하기 때문에 성공의 열매는 더욱 달다. 사람들의 개인적이고 궁극적인 꿈은 '행복'이라고 한다. '행복'을 위해 달려가면서 지금은 불행해도 된다는 것은 아니다. 그 '행복'이 언제의 '행복'인지도 명확하지 않다. 정작 달려가다 보면 죽음이라는 막다른 골목에 다다르게 된다. 사람들이 죽기 위해서 열심히 노력하는 것은 아니다. '행복'한 삶을 위해서 열심히 노력하는 것이고, 그 '행복'을 향해서 가는 길목인 과정도 '행복'해야 한다. 그러기에 목표를 향해 달려가는 과정인 성장이 성공을 부른다.

흔히 꿈은 미래라고 말한다. 틀린 말은 아니다. 하지만 꿈은 미래임과 동시에 현재이어야 한다. 미래의 행복을 위해 현재의 행복을 포기해서는 안 된다. 꿈에도 종류가 있다. 죽을 때까지 달성하고자 하는 큰 꿈이 있는가 하면 그것을 향해 달성해 나가는 과정의 작은 꿈도 있다. 그러기에 꿈에도 크기가 있다. 몇 달 정도 몰입하면 이룰 수 있는 크기의 작은 꿈이 있는가 하면, 최소한 몇 년은 노력해야 이룰 수 있는 꿈도 있고, 10년 이상 길게 꿈을 꾸어야 이룰 수 있는 꿈도 있다.

비교적 짧은 시간에 이룰 수 있는 꿈이라면 그 꿈을 위해 잠깐 현재의 행복을 포기할 수도 있겠지만 10년 이상 길게 꿈을 꿀 때는 현재의 행복을 포기하라는 것은 너무나 가혹한 일이다. 꿈을 향해 절제하는 사람을 향해 "왜 그렇게 사는지 모르겠다"며 인생은 즐겁게 살아야 한다고 조언을 하는 사람들이 있다. 맞는 말이다. 나중의 행복을 위하여 지금의 행복을 포기해서는 안 된다. 간절한 삶을 달성하기 위해서는 포기할 줄도 알아야 한다고 해놓고 그게 무슨 말이냐고 반문할 수 있다. 꿈을 향해서 당장 즐거운 것을 포기하는 것도 즐거움이어야 한다. 그러기에 꿈이 진정 자신이 원하는 것이어야 한다. 그렇지 않으면 꿈을 향해 가는 길이 행복하지 않고 고역일 수밖에 없다. 그런 꿈을 원하는 것이 아니다.

미래의 꿈을 향해 가는 길목의 절제도 기쁨으로 느낄 수 있어야 그것이 자신을 위한 진정한 꿈이다. 꿈을 달성한다는 것은 즐기지 않고서는 이루기 어렵다. 의식을 바꾸기도 어렵지만, 무의식을 바꾸기는 훨씬 더 어렵다. 의식을 바꾸는 데는 다른 사람이 도움을 줄 수도 있지만, 무의식은 자기 자신이 아니면 아무도 바꾸지 못한다. 이런 무의식을 바꾸는 데 도움 되는 것이 '현재법'이다. 그래서 자기최면은 항상 현재법으로 진행된다. 지금 현재 항상 즐겁고 행복하게 즐길 줄 알아야 원대한 꿈을 달성할 수 있다.

간절한 꿈을 달성하기 위해서는 벼랑 끝에 자신을 세워야 꿈을 이룰 수 있다. 죽을힘을 다해 최선을 다했을 때 이루지 못할 꿈은 없다. 사람들은 이러한 것을 잘 알면서도 최선을 다하는 것을 어려워한다. 왜 그 꿈을 꾸는지 왜를 명확히 하면 좀 더 최선을 다할 수 있겠지만 그것만으로는 충분하지 않다. 사람은 유혹에 약하고 편한 것을 좋아하기 때문이다. 일하기 싫어하는 것이 사람이다. 놀고먹는 것을 좋아한다. 그러기에 부지런히 꿈을 향해 전력 질주해야 한다는 것을 알면서도 힘들면 쉬고 싶어 한다. 때로는 포기하고 싶은 마음이 들기도 한다. 사람은 믿는 구석이 있으면 그것에 기대기 때문에 최선을 다하기 어렵다.

요즘 학내기업을 많은 대학교에서 권장하고 육성한다. 교수나 교직원이 창업하는 것을 학내기업이라고 한다. 입학하는 학생들의 수가 자꾸만 줄어드는 상황에서 대학교에서는 학교가 살아남는 방법의 하나로 학내기업을 지원하고 권장한다. 그런데도 크게 성공하는 경우가 흔하지 않다. 몇몇 대학교에서 성공한 학내기업이 있기는 하지만 많지 않다. 이는 대학교수나 교직원이 최선을 다하지 않기 때문이다. 기존에 하는 업무가 있기에 사업을 성공시켜야 하는 간절함이 부족하다. 쉽게 말해서 먹고사는 데 큰 지장이 없기에 최선을 다하지 않는다. 한꺼번에 두 가지의 일을 성공시키는 데 어려움이 있기도 하다. 하지만 간절함이 필요한 죽을힘을 다하지 않는 것이 가장 큰 걸림돌이다.

잠재력도 마찬가지다. 사람은 누구나 무한한 잠재력을 갖고 있지만, 이 잠재력도 극한 상황에서 잘 나타난다. 물론 초능력과는 달리 잠재력은 꼭 극한 상황이 아니더라도 평소 열심히 잠재력을 끌어올리려고 노력하면 계발, 발전시킬 수 있다. 다만 극한 상황, 절박한 상황에서는 잠재력이 더 극대화되므로 꿈을 이루려면 자신을 절박한 벼랑 끝으로 몰아세우는 것이 좋은 방법이다.

아무리 능력이 뛰어난 사람이라도 단숨에 성공을 이룰 수 없다. 오랜 시간 꾸준히 노력해야 비로소 성공의 여신이 환한 미소를 볼 수 있

나. 그러기에 습관이 중요하다. 의지다 한두 번쯤 의식적으로 성공하 기 위해 노력할 수 있지만, 시간이 길어지면 어려워진다. 의지도 약 해지고 몸도 힘들어져 흐지부지되기 십상이다. 하지만 습관으로 몸 에 익히면 다르다. 머릿속으로 의지를 다지며 애쓰지 않아도 몸과 마 음이 기억하고 움직인다. 자기도 모르는 사이에 저절로 성공하는 데 도움 되는 생각과 행동으로 움직여 성공이 자연스러워진다.

꿈을 이루려면 꿈을 방해하는 나쁜 습관을 고쳐야 한다. 좋은 습 관을 갖는 것도 중요하지만 나쁜 습관을 고치지 않고서는 꿈을 이루 기가 어렵다. 또한 좋은 습관과 나쁜 습관은 동전의 양면과도 같아 서 나쁜 습관을 없애면 자연스럽게 좋은 습관이 생기는 경우가 많다. 우선 자신에게 어떤 나쁜 습관이 있는지부터 살펴보아야 한다. 나쁜 습관을 찾아내는 것은 어렵지 않다. 이미 자신이 스스로 그 답을 다 알고 있다. 자신만큼 자신의 나쁜 습관을 잘 아는 사람도 없다. 고쳐 야 한다는 것도 알면서 게을러서, 귀찮아서 혹은 의지가 약해 고치 지 못할 뿐이다. 먼저 고쳐야 할 습관은 비관적으로 생각하는 습관 이다. 나는 할 수 없다는 생각, 성공할 수 없다는 비관적인 생각을 자 신의 머리에서 빼내어 버려야 한다. 자꾸만 부정적으로 생각하다 보 면 그것이 습관이 되는데 우선 이것부터 고쳐야 한다. 또 하나는 오 늘 할 일을 내일로 미루고, 내일 할 일을 모래로 미루는 습관도 꿈을 방해하는 치명적인 나쁜 습관이다. 하기 싫어함을 정당화시키는 것 을 몰아내어야 한다.

그리고 끝까지 최선을 다하지 않고 쉽게 포기하는 습관이 있다면 이것 역시 꼭 고쳐야 할 것이다. 이러한 보편적인 보통사람들이 가진 나쁜 습관을 포함하여 자신만의 나쁜 습관을 찾아서 고쳐나가야 한다. 그렇게 하면 좋은 습관이 몸에 붙어서 성공으로 가는 길이 그렇게 힘들지 않고 행복하게 성장할 수 있다.

큰 병에 걸리면 소문을 내라고 한다. "병은 알려야 낫는다"라는 말이 있다. 병에 걸리면 사람들은 처음에는 자신이 그런 몹쓸 병에 걸렸을 리 없다며 애써 부인한다. 입 밖으로 내면 스스로 병에 걸렸음을 인정하게 될까 봐 다른 사람에게 알리지도 않는다. 그러는 동안 병은 점점 깊어져 나중에는 손도 쓰지 못할 정도로 악화되는 경우가 많다. 병을 고치고 싶다면 다른 사람들에게 알려야 한다. 병을 알리면 어떤 형태로든 돕고 싶어 하는 사람들이 생긴다. 마음으로 위로하는 사람들도 나타나고, 병을 고치는 데 도움이 되는 정보를 제공하는 사람들도 나타난다. 그렇게 다른 사람들의 격려와 도움을 받으면 병을 고치기가 한결 수월해진다.

꿈도 이와 다를 바 없다. 너무나 소중한 꿈이어서 아무에게도 알리지 않은 채 혼자만 간직하고 싶을 수도 있지만, 병을 알려야 빨리 낫듯이 꿈도 다른 사람에게 많이 알리면 알릴수록 꿈을 이루는 속도가 빨라질 수 있다. 많은 사람은 분명 꿈이 있음에도 소문내기를 꺼린다. 왜 그럴까? 그 꿈을 이루겠다는 의지와 이룰 수 있다는 확신이 부족하기 때문이 아닐까 싶다. 내 꿈을 알린다는 것은 다른 사람과 내 꿈을 공유하는 것과 같다. 병을 알려야 다른 사람들의 도움을 받을 수 있듯이 꿈도 알려 공유하면 가만히 있어도 도와주고 싶어 하는 사람들이 생기게 된다. 저자도 꿈을 다른 사람들과 함께 공유를 좋아하지만 한 번도 누군가의 도움을 기대해보지는 않았다.

얼마 전부터 꿈을 알리기 시작했다. 저자를 소개할 일이 있으면 꿈과 함께 소개한다. "백만장자의 메신저가 꿈인 성남주입니다"라고 소개를 한다. 매일 포스팅하는 블로그에 저자의 꿈을 올려 두었다. 블로그를 방문하는 이웃들에게 저자의 꿈을 알리는 효과도 보고, 저자의 꿈을 매일 인식하는 데 좋다. 큰 꿈을 달성하기 위해 작은 꿈을 하나씩 만들어간다. 뒤에 상세하게 소개를 하겠지만 꿈알에 꿈을 넣고 목에 걸고 다닌다. 꿈알을 보면서 매일매일 꿈을 상기하고 나와의 약속을 확인한다. 저자의 꿈을 달성하기 위해 더 열심히 노력하고 있다. 큰 꿈을 이루기 위한 작은 꿈 하나하나를 만들어가며 행복을 느끼며 살아간다.

chapter
3

꿈을 찾는 독서

01 삼 개월만 도서관으로 출근

베이비부머 세대Baby boomer Generation는 1955~1963년에 태어난 사람을 말한다. 일본에서는 '단카이 세대'라고도 한다. 한국전쟁 직후인 1955년부터 가족계획정책이 시행된 1963년까지 태어난 세대로, 1970년대 말~1980년대 초에 사회생활을 시작한 베이비부머들은 경제성장에 커다란 영향을 끼친 한국 경제발전의 주역들이다. 하지만 최근 베이비부머의 자녀 세대들이 취업난을 겪으면서 취업과 결혼이 늦어져, 베이비부머 세대는 노부모 부양에 대한 부담과 함께 자녀에 대한 지출의 부담까지도 지게 됐다. 또 다른 특징은 부모님을 부양하는 마지막 세대이자, 자녀들에게는 부양을 받지 못하는 첫 세대이기도 하다. 이러기에 베이비부머 세대는 일종의 샌드위치 세대라고도 한다. 이렇게 경제적으로 노후를 대비하지 못한 채 은퇴를 하다 보니 생계형 창업을 시작하게 되고, 이 와중에 빚은 많아지고 벌이는 시원찮아서 고생한다. 좀 벌어보겠다고 시작했다가 오히려 경제상황이 악화되는 경우가 늘어나고 있다. 여기에다 바젤3, IFRS가 시행되면서 이 세대는 금융/경제적으로 더 불리함을 강요받게 된다. 문제는 현재도 노인 인구의 절반이 빈곤층이다. OECD 1위라는 역시 불명예스러운 훈장이다. 더 심각한 것은 100세까지 살아야 한다는 것, 아니 120~150세까지 살아야 할지도 모른다. 이에 대한 아무런 해결책이 없다는 것이 안타깝다. 2020년까지 700만 명에 가까운 베이비부머 세대의 은퇴가 완료된다. 700만 명의 절반이 빈곤층으로 전락하게 된다는 것이다. 무엇보다도 문제는 100세까지 살기 위해서는 무엇인가를 해야 한다는 것이다. 못해도 40년은 더 살아야 하는데 은퇴 준비를 해놓았다 하더라도 일없이 지낼 수는 없다.

서민들에게 큰 영향을 미칠 바젤3에 대해 우리는 잘 알지 못한다. 바젤3의 IFRS-9이 시행되면 중소기업에 대한 대출 거절이 크게 늘어나고, 개인 신용등급이 하락할 것이라고 예상한다. 개인의 신용등급은 더 엄격한 차별을 받게 될 것이다. 현재 7등급 이하의 거래거절이 6등급 또는 엄격하게 5등급 이하로 적용받게 될 것이라 한다. 이로 인해 은행거래에서 300만 신용불량 거래자, 즉 2금융권이나 3금융권 이용자들이 150만에서 200만 명이 더 늘어나 450만~500만이 되리라 추정한다.

고령화 사회에서 현 65세 이상 노인 인구는 가장 취약계층인 동시에 자기주장이 강하다. 현실의 분노를 과감하게 표출하는데 주저함이 없다. 만약 IFRS4-2(보험사 회계제도 2020년 시행 예정)가 시행된다면, 과거 금리가 높은 시절에 판매된 연금 보험 상품이 일본처럼 바닥나거나 보험사가 파산하게 되는 경우가 생겨날 것이다. 노령층이 막상 이러한 현실을 마주할 경우 그 충격은 더 크게 다가올 것이라 한다. 전세가 상승을 믿고 대출로 집을 산 경우, 전세금을 돌려주지 못해 세입자가 집주인을 상대로 전세금반환 소송 대란이 벌어지고 있다. 집을 소유한 사람들은 집 가진 죄인들이라는 타이틀로 사회의 조롱거리가 될 가능성이 있다고 예전부터 예상했다. 480조 주택담보, 전세 총 자금 520조 중 수도권에 350조가 몰린 상황에서 현재 지방에만 80만 채의 빈집이 있다. 앞으로 최하 60만 채의 경쟁력 없는 구주택이 생겨날 경우 도심 재생 산업, 도시 경쟁력 강화 요구가 높아지고, 빈집 범죄, 재난 우려 가능성 등이 심심치 않게 TV를 장식하며 사회문제가 될 것이다. 2020년경에는 빈집 180만 채에 대한 우려 보도가 나올 것이며, 도심 공동화 현상, 도심 재생이 부동산 시장의 최대 화두가 되리라는 것이 바젤3의 영향이라는 것을 알아야 한다.

경제 상황이 좋지 않은 요즈음 은퇴자들의 창업은 쉽지 않다. 노후설계가 완벽하게 되어있는 것도 아닌 데다 재취업할 일자리마저 구하기 어렵다. 그냥 아무런 대책 없이 빈곤층으로 전락하여 나라에서 지급하는 노령연금에만 의존할 상황은 아니다. 그러기에 인생 2막에 대한 코칭을 해달라고 찾는 사람이 늘고 있다. 대부분 은퇴자는 일자리 좀 알아봐 달라는 요청부터 한다. '어떤 일 하기를 원하느냐?'는 질문에는 그동안 자신이 해왔던 일을 하고 싶어 한다.

4차산업혁명의 시대로 접어들어 젊은이들이 취직할 일자리조차 줄어들고 있다. 그리고 경제성을 확보하기 위해 ICT를 활용한 자동화로 일자리는 더 없어지고 있다. 소득주도 성장정책의 구현으로 국제경쟁력이 상실되어 일자리가 늘어나기는커녕 도리어 줄어들고 있다. 이런 상황에서 자신이 하던 일과 유사한 일자리를 찾는다는 것은 하늘의 별 따기보다 어렵다.

찾고자 하는 일자리가 나오지 않으면 그다음 순서가 "어떤 장사가 돈 되겠습니까?"라는 질문이다. 우리나라는 생계형 소상공인이 25%를 차지하고 있다고 한다. 그런데도 쉽게 진입이 가능한 장사 쪽을 방향을 잡으려고 생각을 많이 한다. 정말 쉽지 않은 결정을 해야 한다. 자신이 해보지도 않은, 그렇다고 배운 적도 없는 일을 시작한다는 것은 위험천만한 일이다.

이럴 때면 항상 하는 질문이 있다. "어떤 일을 좋아하십니까?" "어떤 일을 해 보고 싶습니까?" "어떤 일을 하면 잘할 수 있을까요?"라는 질문을 던진다. 그러면 대부분의 사람들이 생각해보지 않았다는 이야기를 한다. 자신이 잘하는 것이 무엇인지 모른다. 자신이 하고 싶은 일이, 해보고 싶은 일이 무엇인지도 생각해보지 않았다. 어떤 일을 하면 다른 사람에 비하여 잘할 수 있을 것인가에 대해서도 고민해본 적이 없다. 그동안 해왔던 일이 자신의 천직인 줄만 알고 살았다. 먹고살면서 자식과 가족을 부양하는 것에 일생을 바쳤기에 그것이 당연한 삶인 줄 알고 살아왔기 때문이다. 자신이 살고 싶은 삶이 무엇인지 생각해볼 여유가 없었다. 자신의 꿈이 무엇인지를 고민하는 것을 사치로 알고 살았기에 앞이 암담할 수밖에 없는 실정이다.

에코부머 세대Echo-boomer Generation는 1980~1995년에 태어난 사람들을 일컫는 말이다. 1980~1995년에 태어나 현재 막 사회에 진출하고 있는 베이비부머들이 낳은 자녀 세대이다. 전쟁 후의 대량 출산현상은 수십 년이 지나 2세들의 출생 붐이라는 메아리echo를 만들었는데, 베이비부머 세대가 낳았다고 해서 에코부머 세대라는 이름이 붙었다. 현재의 에코부머 세대는 불안한 고용에 몸살을 앓고 있다. 일자리를 구하기가 어려워 고생을 하고 있다. 취직도 어렵지만 먹고살기가 팍팍해져 결혼을 포기한다. 결혼했더라도 맞벌이에 출산을 포기하는 부부가 많다. 저출산 현상으로 가면 갈수록 어깨에 짊어져야 할 짐이 무거워지는 세대이다. "꿈이 무엇인가요?"라고 질문을 하면 "꿈 없어요"라고 답하는 사람이 대부분이다. 이 나라에 산다는 것이 힘들어 죽겠다는 헬조선의 단어까지 사용할 정도이다. 그러기에 금수저를 물고 나온 재벌 2세를 시기하게 되었다. 흙수저를 물고 나왔기에 금수저가 부러운 것이다. 열심히 노력해도 따라잡을 수 없다는 생각에서 낙담하여 나오는 말이다. 문제는 아무런 대안이 없다는 것이 더 암울하다. 정권에 책임을 물어 교체했는데도 명확한 답을 찾지 못하고 있음에 불안해하고 있다. 우선은 나누어주는 것에 만족했는데 그것이 정답은 아니라는 것을 알아차릴 때면 더 힘든 세상을 살아야 한다. 더 마음을 무겁게 하는 것은 아무런 희망이 없고 꿈이 없다는 것이다. 하지만 그렇지 않다. 젊은이들이 모르고 있는 것이 하나 있다. 아직 느껴보지 않아서 모를 수도 있다. 금수저 위에 꿈수저가 있다는 것을 알지 못하기에 낙담하고 있는 것이다.

"행복이란 나비와 같아서 쫓아갈수록 피해서 달아나지만 다른 일에 열중하고 있으면 다가와서 어깨에 부드럽게 내려앉는다."(헨리 데이비드 소로우) 행복을 가져다주겠다고 정치인들이 말하면 일단 표를 얻기 위한 거짓말이라고 생각해도 된다. 물론 정치를 잘하면 지금보다 삶이 조금 나아질 수 있다. 하지만 궁극적인 행복은 스스로 찾고 누리는 것이다. 행복이라는 것은 자신의 마음속에 있지 누군가가 만들어주는 것은 아니다. "국민의 행복을 정부가 책임지겠습니다"라는 문구를 본 적이 있다. 행복은 사람마다 다 다르고 욕구도 다른데 어찌 국민의 행복을 책임진다는 말일까? 행복이라는 것은 스스로가 결정하는 것이기에 누군가가 만들어주지 않는다.

우리나라가 못살아서 행복지수가 낮은 것은 아니다. 저자의 어릴 때와 비교하면 잘살아도 너무나 잘산다. 그런데도 행복지수가 낮은 것은 남들과 비교하기에 행복하지 못한 것이다. 행복해지려면 자신을 남과 비교하지 않고 자신의 자아와 자존감을 만들어가는 것이 우선이기 때문이다. 자신이 무엇을 이루고 싶은지? 무엇을 잘하는지? 무엇을 하고 싶은지를 찾아야 한다. 자신의 자존감을 회복하기 위해서 해야 할 꿈을 찾아야 한다. 자신의 존재를 스스로 존중하고 인정하는 이유를 찾아야 한다. 그래야만 다른 사람과 비교하는 것이 없어지고 행복을 찾을 수 있다. 자신의 자존감이 회복되어야 하고 싶은 일과 해야 할 일을 찾을 수 있다. 일자리를 찾지 못해 고민하는 젊은 세대, 은퇴 이후에 무엇을 해야 할지를 고민하는 은퇴세대에게 공통된 내용이다. 자신의 자존감과 꿈을 찾기 위해서는 경험해보지 않고서는 알 수 없다.

여러 가지 일을 직접 해볼 수 없기에 간접경험의 방법을 선택하는 것이다. 책을 쓴 작가의 삶을 경험해보기 위해 독서를 한다. 독서를 통해서 자신의 꿈과 자존감을 찾아나가야 한다. 책 읽기가 몸에 익숙하지 않으면 도서관으로 가라. 은퇴한 사람은 아침 일찍 도서관으로 출근을 해라. 힘들어도 도서관에서 논다는 심정으로 출근을 하라. 그리고 하루 종일 시간을 빼기 어려운 젊은이들은 저녁 시간을 활용하라. 하루도 빠지지 않고 도서관으로 출근을 해라. 그렇게 꾸준히 삼개월만 도서관으로 출근을 하면 자신이 가야 할 길을 찾을 수 있다. 완전하지는 않더라도 방향을 잡을 수 있다.

02 닥치고 100권만 읽어라

얼굴을 꾸미고 외모를 다듬는 것보다 마음을 다하여 진솔하게 대하면 상대방에게 매력 있는 사람으로 보인다. 주저하지 말고 내가 먼저 다가가 말을 건네고, 글을 쓸 때도 상대방의 관심이 무엇일까를 먼저 생각하며 쓴다. 일상에서 만나는 한 사람 한 사람을 소중하게 배려하면 매력 있는 사람으로 보인다.

젊게 사는 또 하나의 비결은 배우는 것이다. 나이 들어 무엇인가 배우는 것은 그 재미가 쏠쏠하다. 지금까지 몰랐던 것을 배우면서 호기심 천국에 빠지는 게 젊게 사는 데 아주 좋다. 어린아이가 호기심 가득한 눈으로 세상을 바라보듯 나이 들어가면서 호기심으로 똘똘 뭉친다면 세상살이가 훨씬 재미있어진다.

또한 자신이 경험해보지 못한 미지의 세계를 경험해보는 호기심도 좋다. 자신이 체험하지 못한 것을 경험하는 것에는 여러 가지 방법이 있다. 우선 존경하는 멘토를 모시고 멘토의 삶을 벤치마킹하는 방법과, 여행하면서 직접 체험해보고 느끼는 방법도 있다. 좋은 방법이기는 한데 시간과 노력이 많이 필요로 하는 방법이다.

그중에서 가장 쉬운 간접경험의 방법이 독서이다. 책을 통해서 저자의 삶을 경험해보는 것이다. 책을 쓴 저자의 삶을 간접적으로 경험하면서 내가 배우고 싶은 것을 배우게 되는 아주 좋은 방법이다.

가끔 책을 추천해달라는 사람이 있다. 어떤 경험을 해보고 싶은지를 알지 못하는데 책을 추천한다는 것이 쉬운 일이 아니다. 책은 자신이 보고 싶은 책을 자신이 선택하는 것이 필요하다. 어떤 책을 읽어야 할지 모르겠다는 말은 책에 관심이 없다는 말이다. 관심만 있으면 서점으로 가라. 그렇지 않으면 도서관으로 가서 자신의 마음에 드는 책을 직접 골라라. 어떤 장르의 책이든 상관없다. 만화책이면 어떻고, 무협 소설이라도 상관없다. 자신이 읽고 싶은 책을 스스로 골라 읽으면 된다.

책을 많이 읽지 않은 사람은 처음부터 너무 무거운 책의 선택을 삼가는 것이 좋다. 책의 내용이나 분량에 부담을 느껴 호기심이 달아나 버릴 수 있기 때문이다. 편하고 쉽게 읽을 수 있는 책을 선택하여 읽어라. 책을 읽다가 보면 어떤 장르의 책이 자신이 보고 싶은 책인지 스스로 파악하게 된다. 그때부터 자신에게 맞는, 자신이 읽고 싶은 책을 선택하여 책을 읽으면 된다.

저자는《코칭공부》와《냄비보다 뚝배기의 삶》에서 지금은 평생학습의 시대라고 말했다. 평생 학습의 시대, 죽을 때까지 학습을 게을리 하지 말아야 한다는 말이다. 공부는 하고 싶을 때 하는 것이 좋다. 나이 들어서 필요에 의해 하는 공부는 힘든 줄 모른다. 십수 년 전에 지인이 공무원 생활을 하면서 책이 보고 싶어서 일찍 집으로 퇴근하고 싶다는 말을 들었을 때 이해를 못 했다. 그런데 요즘 들어 그 심정을 조금은 이해를 할 수 있을 것 같다. 책을 읽으면서 추천을 받았거나, 다른 사람의 추천으로 사놓은 책이 밀려 있다. 읽어달라고 기다리고 있는 책을 볼 때마다 미안하기도 하고 빨리 읽고 싶어서 조급증이 난다.

무엇인가에 대한 호기심과 배움의 기쁨이 즐겁다. 저자는 동안이라는 말을 듣지 않지만, 학교에 있으니 젊은이들의 기를 받아서 젊어지는 것 같다는 이야기를 종종 듣는다. 학생들의 기를 받아서 그런 것이 아니라 항상 책을 통해서 호기심을 키워나가기 때문일 것이다.

책을 통한 즐거움을 느껴보지 못한 사람은 이해하지 못한다. 책에는 저자가 알고 싶은 모든 것들이 다 있다. 저자가 궁금해하는 것을 모두 해결해 주는 마법사이다. 저자의 마음이 허전할 때는 마음을 달래주기도 하고, 울적한 마음을 토닥거려주기도 한다. 힘들어서 풀이 죽어 있을 때는 힘내라고 박수쳐주고 응원도 해준다. 무엇인가에 호기심을 느낄 때면 호기심을 해결할 때까지 정보를 제공해준다. 풀어지지 않는 문제로 끙끙거릴 때면 문제를 해결하는 해법까지도 제공을 해주는 것이 책이다. 그런데 왜 책을 가까이 하지 않겠는가. 왜 사람들은 특히 우리나라 사람들은 책을 읽지 않을까? 좋은 책을 읽지 않아야 할 이유는 없다. 책을 통해서 마음이 커지고 생각이 넓어진다른 것을 성념하시 못해서이나.

부모 중에 애들에게 책 읽기를 권하지 않는 사람은 없을 것이다. 아이를 키울 때 동화책이나 위인전집을 사주지 않는 부모는 거의 없다. 자신이 읽을 책은 사지 않으면서 아이들이 읽을 책을 사는 데는 주저함이 없다. 아이들은 상상력을 먹고 자란다. 아이들은 보고 듣고 느끼는 것을 통해서 사물을 인지하게 된다. 그리고 스스로 행동함으로써 그것이 무엇인지를 각인시킨다. 경험을 통해서 지식이 되어 머릿속에 저장이 된다. 훌륭한 위인의 전기를 통해 위인의 삶을 경험하도록 해준다. 책을 통해서 미리 간접경험을 하도록 기대하면서 책을 사주는 것이다. 이렇게 자식에게 책을 사주는 것을 보면 책의 효능을 알고 있다. 그런데도 정작 자신이 읽어야 하는 책의 구입에는 너무나 인색하다. 핑계로 애들 책 사줄 여유도 없는데 내 책 사볼 여유가 없다는 말을 한다. 그럴 수도 있다. 생활이 여유가 없어서 책을 사서 본다는 것이 쉽지 않을 수 있다. 그렇다고 책을 못 보는 것은 아니지 않은가? 물론 책은 자기 돈 주고 사서 낙서하면서 잃어야 한다고 주장하지만, 그럴 여유가 되지 않으면 도서관의 책을 빌려 읽는 것도 방법이다.

지인 중에 하루에 한 권씩 책을 읽는 작가가 있다. 전업주부도 아닌 직장인 엄마다. 살림을 살면서 직장생활도 같이하며 하루에 한 권씩의 책을 읽고 3년에 1,000권을 읽으신 분이다. 그 작가는 거의 모든 책을 도서관에서 빌려서 읽고 독서 노트를 기록하였다 한다. 여유가 없어서 책을 보지 못한다는 것은 이유가 되지 않는다. 책 볼 시간이 없다는 말도 핑계밖에 되지 않는다. 직장 맘이 책 읽을 여유가 있겠나? 그럼에도 하루에 한 권씩 책을 읽었다는 것에 놀랐고, 책까지 써서 출간한 것에 감탄할 수밖에 없다. 직업이 작가인 사람과는 다르다. 매일 책 읽고 글만 쓰는 것이 희망 사항이지만, 그런 작가와는 차원이 다르다. 책 읽을 시간이 없다는 것은 한낱 변명밖에 되지 않는다.

우리는 무엇인가를 얻기 위해 책을 읽는다. 그 무엇인가가 자신이 궁금해하는 것이기도 하고, 어떤 지식일 수도 있다. 책을 읽으면서 마음의 양식을 얻을 수 있고, 해결하고 싶은 문제의 답을 찾을 수 있다. 우리는 책을 통해서 자신이 필요한 무엇인가를 얻게 된다. 독서를 통해 생각이 깊어지고 삶에 적용하려는 상상력도 키워진다. 실행을 통해 시행착오를 거치면서 내 것으로 만들어간다. 이러한 패턴이 몸에 자리 잡으면 책을 읽는 습관이 자연스럽게 생긴다.

성공한 사람들을 관찰해보면 그들의 성공은 당연한 것이다. 많은 독서량, 깊은 사색, 폭넓은 상상력으로 사물이나 사건을 보게 되면 다른 사람들과는 다른 관점을 볼 수 있다. 보이는 것 너머의 다른 무엇인가를 볼 수 있는 혜안이 생긴다. 우리가 성공한 사람들의 행동과 말을 통해서 경외감을 느끼는 이유이기도 하다. 성공한 사람들은 성장의 시작을 책과 함께했다. 책이 성공의 밑거름이 되었다. 책을 통해서 위인을 만나고 성공한 사람을 만나며 그들의 생각과 행동을 배웠기에 가능했다. 또한 책을 통하여 과거의 잘못을 검증하고, 현재의 문제를 해결할 방법을 터득했다. 이렇게 독서를 통하여 성공한 사람들은 경험을 축적해 나갔다. 이러한 것을 바탕으로 해서 고객이 원하는 것이 무엇인지를 찾아내고 만들어서 제공해주었다. 그렇게 제품과 서비스를 제공해주면서 자연스럽게 부를 축적하게 되었다.

책은 마음을 비추는 거울이라고 했다. 책과 함께하는 시간만큼은 저자와 마주 앉아 서로의 생각을 나눈다. 저자의 말을 통해서 자신의 생각을 정리해간다. 점점 생각의 틀을 만들어간다. 저자와의 묻고 답하는 독서를 통해서 필요한 답을 찾아나가는 활동이다. 이러한 것이 책이 가진 강력한 힘이다.

"책은 내면을 깨뜨리는 도끼다"라고 프란츠 카프카가 말했다. 책은 고정관념에 사로잡혀 있는 자기 생각의 틀을 깨트리는 도구이다. 틀을 깨부수는 도끼의 역할을 하는 것이 책이다. 책은 작가의 생각을 전달하려고 강요하지 않는다. 작가의 생각에 동조하라고도 하지 않는다. 오롯이 작가의 생각을 책을 통해서 표현하고 있을 뿐이다.

하지만 책은 작가의 생각에 대해 내가 어떻게 생각하는지를 묻는다. 그러한 작가와의 책 속에서 대화를 통해서 틀 속에 갇혀 있는 생각을 끄집어내기 위해 틀을 깨부순다. 하지만 생각의 틀을 깨부수기가 쉬운 것은 아니다. 그동안 살아오면서 경험한 것을 바탕으로 내면에 쌓인 신념이기에 더 힘든 것이다. 이러한 신념을 바꾸고 꿈을 찾아가기 위해서는 독서의 양이 필요하다. 꼭 얼마만큼 읽어야 한다는 기준은 없지만, 자신이 관심 있는 분야의 책을 읽어야 한다. 특정한 분야이면 출간된 책은 모조리 사서 읽는다. 자신의 가슴에 신념으로 자리 잡도록 만들기 위해서는 독서가 필요하다. 그것도 많은 양의 독서가 필요하다. 어떤 경우에는 한 권의 책으로도 가능한 경우가 있다. 하지만 오랫동안 굳어진 신념은 쉽게 바뀌지 않는다. 꿈을 찾는 것도 마찬가지이다. 자기가 좋아하고, 자기가 하고 싶고, 자기가 하면 잘할 수 있는 것을 찾아내기 위해서는 독서가 답이다.

꿈을 찾는 데는 닥치고 책을 읽되, 관심 있는 분야로 좁혀가야 한다. 좁혀서 깊이 있는 독서가 필요하다. 꿈을 찾기 위해서는 닥치고 100권만 읽어라. 그러면 어떤 꿈이 자신이 원하는 꿈인지 찾을 수 있다. 그 꿈을 왜 자기가 만들어가야 하는지에 대한 명확한 신념을 가질 수 있다.

꿈을 향한 자신만의 독서

성공한 사람들은 여러 가지 강점이 있지만, 성공한 사람들은 대부분 공통점이 있다. 첫 번째가 실패하거나 위기나 시련이 닥쳐도 포기하거나 좌절하지 않는 절대 긍정의 사고를 가졌다. 두 번째가 '엄청난 다독가'들이라는 점이다. 빌 게이츠가 "하버드대 졸업장보다 독서습관이 더 중요하다"고 말한 것도 독서의 중요성을 언급한 이야기다. 마이크로소프트의 빌 게이츠, 워런 버핏과 같은 세계 1, 2위의 부자들도 독서광으로 유명하다. 그들은 "평생 책만 읽고 살았으면 좋겠다"라고 말하고 다닐 정도로 책 읽기를 좋아한다. 심지어 어떤 인터뷰에서 가장 가지고 싶은 초능력이 있다면 무엇이냐고 질문했을 때, 빌 게이츠는 "책을 빨리 읽는 능력"이라고 대답했을 정도로 독서광이다. 부자가 되고 싶으면 당장 독서를 해야 한다. 세계의 거부들이 독서광이라는 것을 책을 통해 배웠다. 지금, 이 순간에도 독서를 하는 것이 부자로 가는 지름길이다. 인생의 빨리 부자가 되고 성공하고 싶다면 부자의 첫 번째 조건인 바로 독서에 미쳐야 한다.

《초의식 독서법》의 김병완 작가에 의하면 조선 시대는 최고의 독서 강국이었다고 한다. 전 세계적으로 비교할 수는 없었겠지만 우리나라만 비교해 보았을 때 그때 당시가 지금보다는 훨씬 더 많은 독서를 했다는 것은 분명한 것 같다. 그런데도 왜 우리나라가 독서 후진국으로 전락했느냐에 대해서 작가는 일제강점기로 인한 이유도 있고, 독서법을 제대로 배울 기회가 없어서 그렇다고 한다.

정말 우리나라의 독서량은 세계의 꼴찌 수준이다. 중국의 1/3 수준, 일본의 1/8 수준에 그치고 있으니 말이다. 이렇게 책을 읽지도 않으면서 기회만 있으면 일본을 비난만 할 줄 알지, 이길 수 있는 방법을 찾으려 하지 않음이 안타까운 일이다. 그 해결 방법이 책 속에 있는데도 책을 읽는 데 별 관심을 보이지 않는다. 성공하고, 부자가 되고, 자신의 꿈을 달성하기 위해서는 자신만의 독서법으로 책을 읽어야 한다.

책 읽는 여러 가지 방법 중 대표적인 두 가지는 '다독'과 '정독'이다. 사전적 의미의 다독은 "많은 권수의 책을 읽는" 것이고, 정독은 "뜻을 새겨가며 자세히 읽는" 방법을 의미한다.

고전 인문학 독서 붐을 일으킨 《독서천재 홍대리》의 이지성 작가는 다독을 추천한다. 100일 동안 33권 읽기로 시작하여, 1년 동안 전공서적 100권 읽기, 1년 동안 매일매일 자기계발서와 위인전 읽기를 하다 보면 우리의 삶이 변화된다고 말한다. 실제로 이지성 작가의 방법을 따라 성공한 사람도 많다.

반면, 《책은 도끼다》의 박웅현 작가는 '다독 콤플렉스'를 지양하라고 말한다. 책을 많이 읽어봤자 그걸 제대로 체화하지 못하면 책을 읽는 이유가 없다고 주장한다.

《메모습관의 힘》의 신정철 저자의 경우, 책을 1시간 읽으면 1시간 이상 생각하며 메모하는 데 시간을 쏟는데 이것도 대표적인 정독의 방법이라고 할 수 있다.

저자도 책 읽는 것이 좋아서 1년에 100권 이상의 책을 읽는 것을 목표로 한다. 그렇게 어렵지 않게 읽을 수 있을 정도이다. 일주일에 두세 권은 읽으면 충분히 가능하다. 하지만 이렇게 다독을 해야 하는가에 의문이 생겼다. 과연 내가 제대로 읽고 있는 것일까? 다독의 폐해에 대해 고민을 하게 된다. 읽기는 했는데 머리에 남는 것이 없다. 실행에 옮기지 못하고 있는데 꼭 많은 책을 읽어야 하는가가 고민이다. 그러기에 놓치고 싶지 않은 것을 기억하고 실행에 옮기기 위해 요약정리를 시작했다. 정리한 내용은 블로그에 포스팅하여 이웃들도 함께 공유한다.

다독의 목적은 가급적 많은 책을 읽는 것에 있다. 많이 읽기 위해서는 책 한 권의 세부적인 내용을 파악하는 것보다도 전체적인 내용을 파악하는 것이 중요하다. 책 전반적인 스토리, 흐름에 집중하는 독서법이다. 다독의 장점은 광범위하고 다양한 주제의 책을 접할 수 있다. 즉, 바탕이 되는 지식을 넓힐 수 있다. 그리고 원하는 것을 부담 없이 읽기 때문에 독서에 재미를 붙일 수 있다. 또한 다독으로 인하여 독서를 습관으로 만들기 쉽다. 여러 가지 분야에 대해 관심이 많고, 여러 장르의 독서를 하는 저자는 다독을 하는 편이다. 하지만 책을 깊이 있게 읽지 못하여 작가의 메시지를 파악하지 못하는 경우가 있다는 단점이 있다. 어떤 독서법이 좋다고 말하기는 어렵다. 단지 저자의 경험에 의하면 독서가 습관화될 때까지는 다독이 필요하지 않을까 싶다.

때에 따라서 깊이 있는 책은 정독해야 할 때도 있지만 많이 읽으면서 습관으로 자리 잡도록 하는 것이 중요하다. 독서가 습관으로 몸에 체득화되면 정독이든 다독이든 자신이 필요한 독서법으로 바꾸면 된다. 독서도 하지 않으면서 다독의 폐해를 이야기한다는 것은 독서를 하지 않으려는 이유를 찾는 것이나 다를 바 없다.

독서법에는 앞에서 이야기했던 다독과 정독을 포함해서 여러 가지 방법이 있다. 뒤에서부터 읽는 방법, 영화 보듯이 읽는 방법도 있다. 읽었던 책을 다시 읽는 방법도 있으며, 꼭 완독해야 할 필요는 없다. 정독, 다독, 속독 등 다양한 방법으로 읽되 책의 종류에 따라 다른 독서법을 선택하는 것도 방법이다. 책 읽는 방법, 즉 자신만의 독서법을 만들어야 한다. 책을 그냥 글자만 읽었다고 다 읽은 것이 아니다. 저자가 생각하는 나만의 독서법을 소개한다.

첫 번째, 추천에 의하지 말고 읽고 싶은 책부터 읽어라.

자신이 읽고 싶은 분야, 장르, 작가, 제목, 표지 디자인 능 어떤 이유로든 마음에 끌리는 책부터 읽어라. 누구의 추천이나 권유도 없이 오로지 내 마음의 끌림, 취향대로 읽는 독서법이다. 베스트셀러, 스테디셀러, 자기계발서, 아니면 듣도 보도 못한 책이면 어떤가? 나쁜 책이란 것은 없다. 읽으면 안 될 것 같은 책도 자발적으로 내가 읽게 되면 예상보다 많은 것을 얻게 되는 경우도 종종 있다.

두 번째, 꼭 첫 페이지부터 읽을 이유는 없다.

보이는 것이 운명이라고 하지 않던가. 책을 펼쳐서 관심 있는 아무 데나 읽어보라. 이 방법은 소설류를 포함해 특별히 순차적으로 읽어야 하는 책은 제외한다. 시집, 에세이, 비문학은 무작위 선택 독서가 가능하다. 아무 페이지나 펼쳐서 읽고 더 읽고 싶지 않으면 덮어라. 계속 읽고 싶다면 읽고, 이어서 다른 페이지를 펴서 읽어도 좋고, 아니면 처음 읽은 구절을 곱씹어보는 것도 좋다. 한 개의 문장이라도 제대로 된 독서를 할 수 있다. 제대로 된 독서란 책을 보기만 하는 것이 아니라 자기 일상에 스며들게 하는 독서를 말한다. 제대로 된 독서란 써먹기 위함의 독서를 의미다.

세 번째, 빨리 읽는 것이 중요하지 않다.

바쁜 세상에 적응하기 위해 빨리빨리를 입에 달고 산다. 여유로움, 느림은 잘못된 것이 아니다. 시대에 뒤떨어진 것도 아니다. 우리는 삶에서 느림을 허락하지 않고 살았기에 느림을 이해하지 못한다. 독서에서 느리게 읽는다는 것은 효율적이지 못하다고 판단되곤 한다. 이젠 그러한 관념에서 벗어나도 좋다. 느리게 읽어도 좋다. 자신의 속도대로 읽어라. 누가 뭐라 해도 관계치 말라. 읽는 그 순간에 집중해서 읽으면 된다. 딴생각을 해도 좋다. 책을 읽다가 떠오르는 딴생각이라면 괜찮다.

네 번째, 독서 모임에 참여하라.

자신이 평소에 읽을 일이 없던 책들이나 불편한 진실을 다루고 있는 책, 막연히 읽고 싶어 사뒀는데 엄두가 안 나던 책은 독서 모임에서 선정된 도서로 만나볼 수 있다. 혼자서 자신의 감상만으로 끝나는 것이 아니라, 토론을 통해 생각을 정리해볼 수 있다. 각자의 경험을 꺼내 놓으며 책을 새롭게 해석할 수 있다. 단지 텍스트를 본다는 것에 그치지 않고 컨텍스트(맥락)를 깊이 이해하고 행간의 의미를 파악하며 자신이 어떻게 이해했는지, 또 생각을 정리했는지를 다른 사람들과 다양하게 나눌 수 있다는 점에서 독서 모임에 참여하는 것은 좋은 방법이다.

다섯 번째, 자투리 시간을 잘 활용하라.

매일 읽겠다는 계획에 따라 읽지 못한 날에도 자괴감을 가질 필요는 없다. 늘 가지고 다니면서 수시로 꺼내 볼 수 있는 환경을 만들어라. 시간의 짬이나 여유가 생길 때 꺼내 읽는 습관을 만들어라. 언젠가는 읽게 된다. 이건 익숙해질 때까지가 어렵지, 익숙해지면 쉽다.

짬을 내서 읽는 방법에는 첫째, 시간을 정해서 5~10분씩 읽는 방법. 둘째, 분량을 정해서 1쪽~1장을 읽는 법. 셋째, 이동 중에 읽는 방법으로 나누어볼 수 있다. 만약 가방에 휴대할 수 없는 조건이라면 스마트 폰과 같은 스마트 기기에 전자책을 담아 두고 시간 날 때 꺼

내 읽는 것도 좋다.

여섯 번째, 책은 자기 돈 주고 사서 읽어라.

물론 도서관에서 빌려 읽는 것도 나쁘지는 않다. 하지만 여러 사람이 봐야 하는 책이어서 내 마음대로 낙서를 할 수 없다. 책은 자기 돈 주고 사서 읽으며, 다시는 보지 않을 것처럼 밑줄 치고 낙서하면서 읽어라. 그리고 그 내용과 연관된 문구가 기억나면 함께 기록해 놓는 방법도 좋다. 중고서적으로 팔아먹겠다는 생각을 버려라. 깨끗하게 읽고 보관하겠다는 생각을 버리고, 읽고서는 책을 버리겠다는 생각으로 읽고 낙서하라. 그리고 밑줄 친 것이나 중요한 내용을 노트에 옮겨 적어서 자신의 것으로 만들어라. 실행으로 옮길 수 있도록 정리해 놓아야 한다. 블로그나 컴퓨터에 옮겨놓아도 좋다.

04 꿈의 법칙 ASK

ASK의 뜻은 묻다, 요청하다, 질문하다, 부탁하다의 뜻을 갖고 있다. 하지만 꿈의 법칙 ASK는 원뜻에다가 좀 더 확장하기로 한다. 노병천 작가의 미라클《꿈알》에서 사용된 것을 인용하기로 하였다.

ASK의 첫 번째 의미는 Ask구하라, Seek찾으라, Knock두드리라의 첫 글자를 딴 약자이다. 이것을 두고 노병천 작가는 미라클《꿈알》에서 꿈의 법칙이라 이름을 붙였다. 아래의 내용과 일부의 내용은 노병천 작가의 동의를 얻어서 미라클《꿈알》에서 발췌하여 정리하였다.

스티브 잡스의 말처럼 단순함이 복잡함보다 더 어렵다. 더 이상 덧붙일 게 없을 때가 아니라 더 이상 뺄 게 없을 때 비로소 완성된다. 꿈을 구하고 꿈을 이루는 방법을 찾고, 실행하기 위해서 두드리는 이세 단계에서 더 이상 뺄 것이 없다. 그러기에 꿈을 달성하는 것은 쉬운 것 같아도 어렵다.

꿈의 법칙 ASK가 탄생한 배경을 살펴보자. 이 세상을 놀라게 한 《시크릿》이란 책이 있다. 오프라 윈프리 쇼에 나와서 선풍을 일으켰던 세계적인 베스트셀러이다. 3억 권의 책이 팔렸고, 6억 명 정도가 영향을 받았다고 한다. 하지만 이 책에는 몇 가지 문제점이 있다. 생각만 하면 '우주'가 도와서 자신의 꿈을 이루어준다는 것이다. 사람의 생각이 중요하다는 것은 맞지만 생각만으로 꿈은 이루어지지는 않는다. 절대로 그렇게 될 수가 없다. 《시크릿》을 통하여 약 2% 정도만 성과를 봤다고 한다. 나머지 98%는 오히려 절망에 빠뜨렸다고 봐야 한다. 특히 젊은이들의 절망감은 이만 저만이 아니었다.

생각도 중요하지만 무엇보다도 실행이 중요하다. 실행의 중요성을 강조하는 책들도 많이 나왔다. 《실행이 답이다》, 《들이대》 등의 책들이 그러한 책이다. 그렇다고 막 들이대는 것만이 능사는 아니다. 마구 들이대다가는 큰일 낼 수 있기 때문이다. 어떤 경우에는 들이댄 만큼 피해가 클 수도 있고, 자칫 잘못 들이댔다가는 낭패를 볼 수도 있다. 그러기에 생각과 실행 사이에 뭔가가 필요했다. 그 해답이 《성경》의 〈마태복음〉 7장 7절에 나와 있다.

구하라! 그러면 너희에게 주실 것이요
찾으라! 그리하면 찾아낼 것이요
문을 두드리라! 그리하면 너희에게 열릴 것이니

이것을 영어로 해석하면 다음과 같다.

Ask and it will be given you; seek and you will find; knock and the door will be opened to you.

여기에서 Ask, Seek, Knock가 나왔다. '생각꿈'과 '실행' 사이에 들어갈 '방법'을 찾아낸 것이다. 그렇다 바로 '방법'이 그 사이에 있어야 했다. 방법이 나쁘면 아무리 꿈이 좋고, 실행력이 좋아도 꿈을 이루기 어렵다. 여기에서 꿈Ask, 방법Seek, 실행Knock이라는 꿈의 법칙 ASK가 탄생하였다.

먼저 꿈을 구해야 한다. 그리고 꿈을 구했다면 그 꿈을 이룰 가장 좋은 '방법'을 찾아야 한다. 방법이 나왔다면 머뭇거리지 말고 '즉시' 그리고 '될 때까지' 두드려야 한다. 꿈과 방법과 실행, 이 세 가지는 꿈을 이루는 가장 단순하면서도 강력한 법칙이다.

ASK의 두 번째 의미는 '질문하라'이다. 사실 영어 본래의 의미이기도 하다. 질문이 참 중요하다. 질문을 잘하는 학생이 공부도 잘한다. 질문하는 것을 보면 그 사람의 수준을 알 수 있다. 철학자 최진석은 질문에 대하여 이렇게 말했다.

"후진국 인재들은 대답에 익숙하고 질문에 서툴다. 우리가 선진국으로 가기 위해 창의성을 발휘해야 하는 지점이다. 대답보다 질문하는 법을 훈련해야 한다. 인간은 질문할 때 비로소 자기 자신으로 존재한다. 자기가 주인인 사람만이 스스로 실문하고, 눈세를 해셜일 수 있는 창의적 사람이 될 수 있다."

4차산업혁명을 맞고 있는 요즘 가장 중요한 단어가 바로 '창의성' 이다. 창의성은 어떻게 나올까? 바로 질문하는 데서 나온다. 우리의 뇌는 본질적으로 아주 게으르다. 왜냐하면 뇌는 '생존'을 위해 존재한 다. 생존 외의 것에는 아주 무관심하다. 변화를 싫어하는 속성이 뇌에 있다. 그렇기 때문에 창의성을 저절로 기대하기란 거의 불가능하다.

잘 자는 뇌를 깨우는 방법이 딱 한 가지 있다. 바로 질문하는 것이 다. 질문하면 뇌는 정신을 바짝 차리게 된다. 스스로 자신에게 질문 을 하든지 아니면 다른 사람에게 질문하든지, 그것도 아니면 세상을 보고 질문을 하라. 질문을 하면 뇌는 정신을 바짝 차리게 된다. 그리 고 잠자고 있던 뇌의 각 영역이 서로 연결하기 시작한다. 그러는 중 에 '창의성'이 만들어지게 된다. 질문 뒤에 벌어지는 이 과정이 중요 하다. 창의성을 위해서는 반드시 질문이 필요하다. 질문을 잘해야 한 다. 질문을 잘한다는 것은 더 나은 세상으로 바꾸려는 의지가 있는 사람이다. 가만히 대답만 하는 사람이 세상을 변화시킬 수 없다. 절 대로 불가능하다. 새로운 시각으로 새로운 관점으로 세상을 바라볼 때 비로소 '질문'이 나온다.

유대인의 자녀교육은 잘 알려진 대로 질문으로 한다. "학교에서 공부 잘했어?"라고 묻지 않고 "오늘은 무슨 질문을 했어?"라고 묻 는다. 유대인 부모는 절대로 아이를 강제로 앉혀놓고 공부를 시키지 않는다. 아이에게 뭔가를 가르치고 싶으면 그것에 대한 '질문'만 던진다. 그러면 아이는 그 질문에 대한 답을 찾으려고 이리저리 다닌다. 정답을 찾으려 하지 않고 과정에서 교훈을 찾으려고 한다. 하브루타Havruta라고 불리는 그들의 독특한 교육방법은 우리도 배워야 할 필요가 있다.

하브루타는 공부의 과정에 중점을 두고 정해진 답이 없는 논쟁을 한다. 질문 중심의 하브루타, 논쟁 중심의 하브루타, 비교 중심의 하브루타, 친구 가르치기 하브루타, 문제 만들기 하브루타 등 여러 방법을 동원한다.

유대인인 아인슈타인은 "가장 중요한 것은 질문하는 것을 멈추지 않는 것이다. 나에겐 특별한 재능이 없다. 단지 모든 것에 열렬한 호기심을 가질 뿐이다"고 했다.

질문은 해결 과정을 통해서 답이나 성과를 얻을 수 있다. 나는 누구인가? 나는 왜 사는가? 나는 어디로 가고 있는가? 저건 뭔가? 더 잘할 수 있는 방법은 없는가? 저 사람은 왜 자꾸 화를 내는가? 저런 모양밖에 나올 수 없는가? 어떻게 해야 성공하는가? 왜 실패하는가? 왜 지구에서만 살아야 하는가? 죽으면 어떻게 되나? 수많은 질문을 쏟아내야 한다. 질문이 없는 삶은 살아 있어도 죽은 것과 같다. ASK! 질문하자. 부지런히 질문하자. 질문하는 개인은 성공하고 질문하는 국가는 번영한다.

ASK의 세 번째 의미는 '도우라'이다. 요청한다는 의미이다. 이 말은 서로 도움을 요청하고 그리고 도움을 요청받을 때는 도와주는 것이다. 적극적으로 도움을 요청하고 적극적으로 남을 도우라는 것이다. 우리는 서로 돕는 사회를 만들어야 한다. 성공한 사람들을 자세히 보면 남에게 부탁을 적극적으로 하는 사람이다. 무엇인가 필요할 때 가만히 있으면 아무 일도 일어나지 않는다. 되든 안 되든 그냥 요청하라. 되면 좋고 안 되면 또 다른 사람에게 요청하면 된다. 거절을 두려워해서는 안 된다. 거절은 당연하다고 생각해야 한다. 거절을 당하면 더 좋은 기회가 있겠다고 생각하면 된다.

〈스타워즈〉를 제작한 유명한 조지 루카스는 "남의 성공을 도우면 나의 성공은 따라온다. 성공은 내가 주변 사람들을 얼마나 밟고 올라섰느냐에 좌우되는 것은 아니다. 오히려 주변 사람들을 얼마나 올려주느냐에 달려있다"고 했다. 남의 성공을 도우면 내가 성공한다는 말이다.

마더 테레사는 "저는 당신이 할 수 없는 일을 할 수 있고, 당신은 제가 할 수 없는 일을 할 수 있다. 그러므로 우리가 힘을 합친다면 위대한 일을 할 수 있다"고 했다.

행동으로 돕는 것이다. 말로 하기 전에 먼저 몸으로 돕는 것이다. 백지장도 맞들면 낫다. 돈으로 돕는 것이다. 지금 당장 돈이 급한 사람에게는 단돈 만 원이 절실하다. 1년 후에 금송아지 백 마리가 무슨 소용이 있나? 그리고 정말 중요한 것이 있다. 위로가 필요한 사람에게 따뜻한 말로 돕는 것이다. 위로하고 칭찬하는 것이다. 자살하는 사람들을 보면 여러 이유가 있지만, 그중에 가장 큰 이유가 '혼자'라는 생각 때문이다. 그래서 우리는 이런 사람을 찾아가서 진심으로 따뜻한 말을 하는 것이다. 주변을 돌아보아 내 도움이 필요한 사람을 찾아보아라.

"괜찮아?"

"혹시 내가 도와줄 게 없니?"

이 한마디에 한 사람의 운명이 달라질 수 있다.

ASK는 꿈을 구하고 찾고 두드리는 것이다. ASK는 끊임없이 질문하는 것이다. ASK는 서로 돕는 것이다. 하지만 이런 것들이 그냥 말로만 한다면 소용이 없다. 반드시 '행동'해야 한다. 너무 중요해서 다시 강조한다. '행동'해야 한다. 꿈이 있는데 꿈이 이루어지지 않기를 바라는 사람이 있을까? 그러기에 아무리 꿈이 있어도 그 꿈을 위해 '행동'해야 한다. 실행하지 않는 꿈은 망상에 불과하고 그것을 두고 '개꿈'이라고 한다. 두드려야 문이 열린다. 아무리 마음속에 간절하더라도 마음속에만 묻어둔다면 그 어떤 문도 열리지 않는다. "쾅쾅!" 두드려라. 그래야 열린다. 세상에 존재하는 그 어떤 대단한 성공 법칙들도 그것이 그냥 이론에만 머문다면 아무 소용이 없다. 아무것도 하지 않으면 아무 일도 일어나지 않는다. 그냥 방에 틀어박혀 가만히 있어봐라. 아무 일도 일어나지 않는다. 일단 움직여야 한다. 일단 행동해야 한다. 그래야 무슨 일이라도 일어난다. 많이 움직일수록 무슨 일이 일어날 확률이 높아진다. 움직임이 많을 때 뇌도 더 발달하게 된다. 움직여 행동하다 보면 실패도 하게 된다. 그래도 행동해야 한다. 부딪치고 깨지고 하는 가운데 뭔가가 만들어지는 것이다. 실패가 두려워 그냥 가만히 있다면 그 인생은 이미 끝난 것이다. 그러니 무조건 '행동'해야 한다.

꿈을 구하고 찾고 두드리고, 질문하고, 서로 돕기를 '행동'으로 보여주기 바란다.

행동하라! 생각만 하지 말고!

05   책에서 도움 받은 타인의 경험

우리는 책을 읽으면서 자신이 원하는 것에 대한 도움을 얻을 수 있다. 자신이 직접 경험해보지 못한 것을 간접적으로 작가의 경험을 통해 찾고자 하는 것을 얻는다. 특히 자기계발서를 통하여 성공한 사람들의 성공 경험을 체험할 수 있다. 좋은 책을 읽는 것은 과거 몇 세기의 가장 훌륭한 사람들과 이야기를 나누는 것과 같다고 한다. 책을 통한 경험은 다른 이야기나 영화를 보면서 느끼는 경험과는 차이가 있다. 책을 통해 묘사되는 모습들은 미세한 주름과 솜털 하나하나까지 설명되어 독자가 직접 눈으로 보듯 생생하게 경험할 수 있게 해준다. 눈을 뜨지 못할 정도의 따사로운 햇살과 비 오는 날의 질퍽거림, 불어오는 모래바람과 하얗게 내리는 함박눈까지 미세한 부분을 느낄 수 있는 것이 책을 통한 간접경험이다.

우리는 책을 통해 이러한 경험을 하게 된다. 한 번도 가보지 않은 곳을 여행하기도 하고 그곳에 있는 건축물이며 유명 인사들뿐 아니라 그들의 역사와 일생도 만날 수 있다. 책을 통해 삶의 지혜를 얻기도 하고 느끼고 깨닫기도 한다. 이처럼 단순히 책은 읽는 것으로만 끝나는 것이 아니다. 책을 통한 경험은 오랫동안 독자의 머리와 가슴 속에 남는다. 책을 통하여 만나는 타인의 경험이 자신에게 큰 영향을 미치게 될 수 있음이다. 성공한 사람들의 경험담은 더 그렇다. 자신이 직접 해보지 못한 것을 작가의 실패경험 끝에 이루어낸 성공의 경험으로 간접체험할 수 있다. 자신이 직접 하려면 몇 번의 실패의 전철을 밟아야 하지만, 작가가 미리 경험한 것을 책을 통해서 알려주기에 피해갈 수 있는 것이다. 책을 통한 타인의 경험은 독자에게는 이렇게 좋은 점을 얻게 해준다. 책을 읽어야 하는 이유이다. 시간이 없어서 책을 읽을 시간이 없다고 넋두리할 근거가 없어진다. 성공하고 싶다는 꿈을 갖고 있다면 책을 통하여 많은 경험이 필요하기 때문이다.

자신이 하고 싶은 것이 무엇인지를 모르는 경우가 많다. 꿈을 어떻게 찾아야 할지 난감해하기도 한다. 꿈을 찾는 방법을 NLP에서 다음과 같이 적어 놓고 있다.

자신이 원하는 바를 구체적이고 긍정적으로 정하라. 그러면 뇌가 더 많은 가능성을 찾아주고 또 그 가능성에 이루어질 수 있도록 프로그래밍 해준다. 그렇게 하면 자신이 원하는 꿈을 달성할 가능성을 높일 수 있다. 그러한 자신이 원하는 꿈을 알아내기 위해서는 다음의 기준에 따라 자신이 원하는 성과를 먼저 정리해보는 것이 필요하다.

첫째, 성과는 긍정적인 문장으로 만들어야 한다. 자신이 원하지 않는 것에서 벗어나는 것보다 원하는 것을 향해 가는 것이 더 쉽다고 한다. 하지만 자신이 원하는 것이 무엇인지를 모른다면 그것을 향해서 움직일 수 없다. 우리는 뇌가 부정문을 해독하지 못한다는 사실을 알고 있듯이 부정문보다는 긍정문으로 바꾸는 것이 좋다.

둘째, 자신이 적극적으로 노력하면 달성이 가능해야 하며, 원하는 성과는 자신이 통제할 수 있어야 한다. 다른 사람에게 의존하거나 다른 사람들에 의해서 결정되는 성과는 나의 꿈이 아니다. 다른 사람이 자신이 원하는 대로 움직여 주지 않으면 바라는 성과를 얻기 어렵기 때문이다. 자기 주도적 성과가 되어야 원하는 꿈을 달성할 수 있다.

셋째, 성과를 가능한 한 구체화하여 생생한 이미지로 떠올릴 수 있도록 해야 한다. 그리고 '누가, 언제, 어디서, 무엇을 어떻게?'라는 질문을 통하여 구체적인 실행 방법을 찾아낼 수 있어야 한다.

넷째, 자신이 원하는 것을 달성했다는 것을 알 수 있는 기준을 정해야 한다. '성과를 달성했을 때 나는 무엇을 보면 알 수 있고, 무슨 소리를 듣고, 무엇으로 느낄 것인가?' '내가 성과를 달성했다는 것을 어떻게 알게 될 것인가?'에 대해 증거나 기준이 될 것을 마련해야 한다.

다섯째, 자신에게는 성과 달성을 위한 적절한 자원 확보 계획을 세워야 한다. 이러한 계획이 선택의 여지가 있는가? 성과 달성을 위하여 필요한 것이 있다면 무엇인가? 만약 자신에게 그러한 자원이 없다면 어떻게 그것을 확보할 것인가에 대해 자원 확보 계획을 세워야 한다.

마지막으로 성과는 적절한 크기여야 한다. 성과의 크기가 너무 크거나 작아도 좋지 않다. 성과가 너무 큰 것이라면 작은 것으로 세분화할 필요가 있다. "이 성과를 달성하는 데 방해가 되는 것은 무엇인가?"라는 질문을 통해서 세분화하라. 만약 성과가 너무 작다면 "이것을 달성하면 무엇에 도움이 될까?"라는 질문을 통하여 상향 설정할 필요가 있다. 이러한 단계를 통하여 스스로 자신이 원하는 것을 찾아내고 달성했을 때의 성과를 그려보면서 자신의 꿈을 찾아내어야 한다.

《생각의 비밀》과 《김밥파는 CEO》의 김승호 작가는 원하는 것을 얻기 위해서는 다음과 같이 했다는 경험을 책을 통해서 전해준다. "원하는 것을 소리 내어 하루에 100번씩 100일 동안 내뱉는 것"이 성공의 공식이고 비법이라고. 꿈이나 목표가 선명하게 존재하고 그걸 이루고 싶다는 열망을 입 밖으로 100번씩 100일 동안 말을 할 수 있다면 그 일은 분명 자신이 원하는 일이다. 역설적으로 소리 내어 말한다는 것은, 자신이 가진 꿈이 정말 자신이 원하는 것인가를 알아낼 수 있는 좋은 방법이기도 하다. 꿈을 계획한 목표를 이루기 위해 포스터를 인쇄하여 사무실 문마다 붙이고, 그것을 하루에 100번씩, 100일 동안 중얼거리고 기록하면서 목표를 명확하고 구체적으로 만드는 것이 성공의 지름길이다. 목표를 향해 나아가는 과정에서 실패하지 않았다면 자랑이 아니다. 언제 실패를 맛볼지 모르기 때문이다. 그러니 실패를 부끄러워할 이유가 전혀 없다. 오히려 실패하지 않음을 염려해야 한다. 실패를 통해서 교훈을 얻기만 한다면 어떤 실패든 성공의 가치를 지닌다. 두려워하지 말라. 성공은 사실 굉장히 간단한 원리를 따른다. 계속 실패해도 계속 도전하면 된다. 그러다 보면 언젠가 성공해 있는 자신을 보게 될 것이다. 모든 것이 끝났다고 여겨지는 상황이 닥친다면 거기가 바로 시작점이다. 이 법칙은 주식이나 사랑이나 전쟁이나 인생에도 예외는 아니라고 저자는 말한다. 아무것도 시도하지 않는 사람에게는 모든 것이 불가능하다. 비관주의자는 앞으로 나아갈 생각을 못한다. 비관이 눈과 생각을 가리기 때문이다. 낙관주의자는 절대 포기하지 않는다. 고개를 돌리면 뒤 그림이 보이기 때문이라고 한다.

원하는 것을 찾는다는 것은 자신이 스스로 찾아야 한다. 자신의 꿈을 다른 사람이 찾아 줄 수는 없다. 자신이 원하는 것이 무엇이고, 어떤 삶을 살고 싶은지를 알 수 없기에 그렇다. 자신이 원하는 것을 찾기 위해서는 자신의 위치를 정확하게 알 필요가 있다. 지금 어느 곳에, 아니면 어느 수준에 있는 줄을 알아야 원하는 것을 찾을 수 있다.

조직에서의 종업원들은 대다수가 자신이 열심히 일할 뿐만 아니라 능력이 있다고 생각한다. 대부분 열심히 일하며 능력이 있는 것도 사실이다. 하지만 열심히 노력하는 것과 능력은 대부분 사람이 모두 갖고 있다. 경영자가 특정한 사람을 승진시키는 이유는 열심히 일했기에 보상으로 주는 것이 아니라는 사실을 반드시 알아야 한다. 경영자는 미래에 가치를 두고 어떤 인물이 더 훌륭하게 업무를 수행할 것인지에 관심이 많다. 이는 승진에 대해 고용주와 종업원이 바라보는 가장 큰 시각 차이다. 뛰어난 능력과 열심만으로는 부족한 이유가 여기에 있다. 자신의 재능과 잠재력을 보여줘야 한다. 이것은 사신 스스로 보여줄 수밖에 없다. 누군가가 나를 능력 있고 잠재력 있다고 홍보해줄 사람은 없기 때문이다. 꿈도 내가 원하는 것을 스스로 찾아야 한다. 다만 혼자서 찾기가 어렵다면 다른 사람의 조력이 필요할 수 있는데 그 좋은 방법은 책 속의 저자의 힘을 빌리는 것이다.

자신이 원하는 꿈을 찾기 위해서는 여러 가지 독서가 으뜸이다. 성공한 멘토에게 멘토링을 받는 방법도 있고, 코칭이나 컨설팅을 받는 방법도 있다. 하지만 문제를 해결하는 것이 아니라 꿈을 찾는 것이기에 컨설팅은 적합하지가 않다. 또한 코칭은 자신이 그 해답을 갖고 있을 때 효과가 극대화되지만 그렇지 않으면 시간이 많이 소요될 수 있다. 멘토링에 의한 방법은 자신이 하고 싶은 꿈을 먼저 찾은 다음에 멘토링 해줄 대상을 찾아야 하는데 쉽지 않다. 꿈을 찾는 단계에서의 가장 좋은 방법은 책이다. 필요하다면 관심 있는 특강이나 강연에 참여하는 방법도 있다. 특강이나 강연을 통해서 관심을 끌게 되더라도 결국에는 책을 통해서 마음을 결정하게 된다. 책을 읽으며 좋아하는 일을 찾아라. 하고 싶은 일, 그리고 생각만 해도 가슴 뛰는 일을 찾아라. 그것을 이루기 위한 활동이 자신에게 행복한 일을 찾아라. 찾기가 어렵다면 다음의 질문을 통해서 찾을 수 있다. '나는 어떤 사람이 되고 싶은 걸까?' '나는 무엇을 좋아하고 잘할 수 있을까?' '나는 무슨 준비를 해야 할까?' '내게 더 필요한 것은 무엇일까?'라는 질문을 통해서 꿈을 찾을 수 있다.

꿈을 찾는 독서는 사고와 사색이 필요하다. 지식보다는 다양한 사고를 통해 판단과 행동이 일치하는 새로운 꿈을 만들어야 한다. 또한 책을 읽고 토론하면서 자기 생각을 정리할 필요가 있다. 하지만 책 읽기에서 무엇보다 중요한 것은 습관을 들이기다. 내가 좋아하고 관심 있는 분야가 무엇인지 먼저 생각하고 그 분야를 읽어야 독서하는 즐거움을 맛볼 수가 있다. 다시 말해 세상에 반드시 읽어야 할 책은 없다는 말이다. 만화책이든 무협지든, 자기계발서든, 과학도서든, 소설이든 자신이 원하는 책을 읽는 것이 가장 중요하다. 무슨 책이든 읽어서 감동을 할 수 있는 책이면 상관없다. 독서에서 제일 중요한 습관들이기가 독서의 시작이기 때문이다.

06

매일 읽는 습관

독서가 세상을 바꾼다. 우리나라는 너무나 이념적인 성향의 대립으로 조용한 적이 없다. 세계에서 유일하게 이념 대립으로 분단된 나라인데, 분단된 남쪽에서 또 이념대립의 극을 달린다. 왜 그런지는 정확하게는 알 수가 없으나, 독서를 많이 했다는 조선 시대에도 비슷한 당파싸움이 있었다. 빨리빨리 문화에 의해 국민들은 다른 것에 신경 쓸 겨를 없이 일만 하며 살아왔다. 학구열은 세계 최고여서 학벌은 높다. 하지만 바쁘다는 핑계로 독서량은 세계에서 꼴찌나 다름없다. 학벌이 높기에 자신이 매스컴을 통해서 들은 것을 스스로 판단하여 믿게 되고 신념으로 만든다. 정치하는 사람들이 자기에게 유리하게 부추기고, 자기 당에 유리하도록 보도하는 언론과의 합작품이다. 하지만 무엇보다도 큰 문제는 책을 읽지 않음이다. 다른 어떤 것보다 책을 읽지 않아서 휘둘리고 있음을 모른다는 것이 이념의 대립보다 더 무서운 것이다. 한참 꿈을 키워나가야 할 젊은이들이 꿈을 포기하는 것도 자존감을 회복하지 못함이다.

이러한 모든 문제를 해결하기 위해서는 독서가 답이다. 나 한 사람부터 책 읽는 습관을 만들어 가면서 한 사람씩 전파해 나가다 보면, 세상을 바꾸게 되어 진정한 선진 국민으로 성장할 수 있다. N포 세대라는 용어를 없애려면 젊은이들이 꿈을 가져야 한다. 그 꿈을 찾는 데는 독서만한 위력을 가진 것이 없다. 베스트셀러 한 권으로 가능할 수도 있지만, 꿈을 찾는 독서는 그렇지 않다. 여러 권의 책을 통하여 꿈을 찾아나감으로써 흔들림 없는 꿈을 찾을 수 있다. 그러기 위해서는 매일매일 책을 읽는 습관을 만들어야 한다. 생각날 때 폭식하고 몇 달 동안 읽지 않는 것보다 매일매일 몇 장이라도 읽는 습관으로 만드는 것이 중요하다.

주변의 사람들에게 책 읽기를 권유하면 "읽을 시간이 없다"고 말한다. 정말 책 읽을 시간이 없는 것일까? 조깅하고, 등산하고 회식할 시간은 있어도 책 읽을 시간은 없다. 지하철 타고 가며 휴대폰 볼 시간은 있어도 책 볼 시간은 없다고 한다. 우리나라 사람들이 많은 시간을 일한다는 것은 통계로 나와 있다. 하지만 책을 읽을 시간이 없을 정도는 아니다. 책을 읽겠다는 마음의 준비가 되지 않아서 나오는 반응이다. 자기합리화를 위한 변명이다. 책을 읽으면 좋다는 것을 모르지는 않는다. 부모들이 자식에게 책 읽으라고 잔소리하는 것을 보면 책의 유익함 알고 있다는 것이다. 단지 책을 손에 잡기가 어렵고 읽는 습관을 만들지 못해서 그렇다. 또한 독서를 생활의 우선순위에 두지 않아서이다. 결국 무엇을 자신의 삶에서 우선순위에 놓느냐의 문제이다. 비범한 보통사람들보다 훨씬 바빴을 안철수 전 국회의원, 나폴레옹, 오바마 전 대통령, 스티브 잡스도 독서광이다. 이런 사람들이 시간이 남아서 책을 읽는 것은 아니다. 독서가 삶에 미치는 영향이 대단하다는 것을 알기에 시간을 쪼개어서 책을 읽었을 것이다. 독서는 시간이 없어서 못 하는 것이 아니다. 마음의 문제이고 우선순위의 문제이며, 습관의 문제이다. 마음만 먹고 자신의 생활에서 우선순위에 둔다면 습관으로 만들 수 있다. 독서를 습관으로 만드는 방법을 《일일일책》의 장인옥 작가는 독서 호르몬을 만든다고 표현하는데, 독서 호르몬을 만드는 방법은 다음과 같이 하면 된다고 한다.

첫째, 매일 책을 읽는 시간을 가진다.
둘째, 하루, 한 달, 한 해 분량을 정해서 규칙적으로 읽는다.
셋째, 앉아서만 책을 읽는 것은 아니다(독서는 장소를 가리지 않는다).
넷째, 마음에 와닿는 문구를 발췌하여 기록한다(독서 노트 작성).
다섯째, 몸과 마음으로 생활에 적용한다.
여섯째, 책 읽기를 멈추지 않는다.

또한 독서 호르몬 3단계를 다음과 같이 정리하고 있다.

1단계 - 매일 3주 동안 읽는다. 습관이 몸에 배려면 3주 동안 지속하는 것이 중요하다.

2단계 – 3개월 동안 이어간다. 습관을 만들려면 백일기도하듯 이
　　　어가는 인내심이 필요하다.
3단계 – 1년을 계획하라. 1년이면 독서 호르몬은 만들어진다. 그
　　　후부터는 호르몬에 맡겨라.

　중국 공산당을 창설한 마오쩌둥은 장제스 군대를 피해 중국 서부
의 산간지역으로 달아나는 동안에도 늘 책을 가지고 다녔다는 일화
가 있다. 까딱 잘못하면 자신과 당원들의 목숨이 위태로움에 처할 수
있었지만, 지도자로서의 책임을 다하려면 그것이 최선이라고 여겼기
때문이다. 그에게는 여유시간이 책과 함께하는 시간이었다고 한다.
　책 읽기의 첫 번째 조건은 삶을 단순화하는 것이다. 우리는 시간
이 없다고 입버릇처럼 말하지만, 시간은 누구에게나 평등하게 주어
진다. 똑같이 주어진 시간 중에 하지 말아야 할 일을 하지 않는 것이
시간 활용에 유익하다. 줄여라! 생활에 불필요한 행동을 과감하게 줄
임으로써 새로운 일을 할 수 있는 시간이 만들어진다. 삶을 단순화하
면 목표에 집중할 수 있다.
　책 읽는 것을 우선순위에 두어야 한다. 우리의 삶은 바쁜 와중에 한
가함이 있고, 한가함 속에 바쁜 일이 있다. 나의 시간 관리를 되돌아
보면 효율적 사용을 점검해본다. 6시에 출근하여 10시 넘어서 퇴근할
때까지의 시간이 부가가치 있게 사용하는지 점검해 볼 필요가 있다.
　또한 공감이야말로 책을 읽는 이유다. 작가의 생각에 공감하기 위
해 읽는다. 공감은 생각을 읽었다는 끄떡임이다. 공감은 인간이 서로

느끼는 위대한 감정이다. 공감하며 힘을 수고 공감받으며 위로받는다. 공감은 너와 나의 공간을 하나로 묶는 역할을 한다. 공감은 배려이고 관심이고 표현이다. 책을 읽으며 가장 먼저 느끼는 감정은 공감이고 끄떡임이다. '그렇구나!' 하며 타인의 삶을 들여다보며 공감하고 느끼고 위로받고 치유 받게 된다. 4차산업혁명의 시대에서 살아남으려면 공감하는 능력을 키워야 한다. 그 공감하는 방법도 독서에 답이 있다. 모든 해답은 책 안에 있다는 것을 알아차려야 한다. 그 해답을 찾기 위한 독서는 선택이 아니다. 필수이자 생존의 도구이다. 생존하기 위해서 매일매일 책을 읽는 습관을 만들어야 한다.

독서에 대해 독서광들이 했던 이야기들을 옮겨보자.

"변명 중에서 가장 어리석고 못난 변명이 '시간이 없어서'라는 변명이다"라고 토머스 에디슨은 말했다.

피터 드러커는 "너무 늦었다는 생각이 들 때, 그런 생각이 변명거리가 되도록 놔두지 마세요. 당신이 무언가를 포기할 변명거리 말이에요. 아무도 당신의 성공을 막을 수 없습니다. 당신 자신을 제외하고는 말이죠. 전 지금 이 순간이 최고의 전성기랍니다"라는 명언을 남겼다.

"나는 책을 읽을 시간 때문에 다른 일을 할 시간이 없다"고 보나파르트 나폴레옹이 말했다고, "나는 대통령 임무를 수행하는 8년 동안 매일 저녁 하루 1시간씩 독서를 했다"고 미국의 버락 오바마 전 대통령이 명언을 남겼다.

미국 유학시절에 이틀에 한 번씩 잠을 자면서 공부를 했다는 일화가 유명한 안철수 전 의원은 "아무리 바빠도 책 읽을 시간은 충분하더라"고 말한 것으로 알려져 있다. 이렇듯 무척 바빴을 사람들도 책을 읽을 시간에 대해서는 없어서 못 한다는 말을 하지 않는다. 도리어 책을 읽지 않는 것에 대한 우려를 명언으로 남겼다.

통계에 따르면 우리나라 사람들이 책을 읽지 않는 이유가 첫째, 책을 손에 들 여유조차 없을 정도로 바쁘고, 둘째, 책 읽을 시간에 스마트폰을 하거나 게임을 해야 하고, 셋째, 다른 여가활동을 하는 것이 낫다고 생각하거나 그냥 책이 싫어서 읽지 않는다고 한다. 책에서 얻을 수 있는 재미와 흥미를 몰라서 그렇다. 학교생활에서 너무 성적 위주의 공부만 강요해서 그럴 수 있다. SNS를 통해서 얻어지는 정보만으로도 충분하다는 잘못된 생각에서 빚어지는 현상이다.

책을 읽는다는 것은 수많은 작가가 살아왔던 다양한 삶을 접할 수 있는 기회다. 그들이 고민했던 것을 엿볼 수 있으며 어떻게 해결했는지를 배울 수 있다. 독서를 통해서 하나하나 차곡차곡 쌓다 보면 그 시야가 자신을 바라보게 되고, 자기 자신을 생각하게 된다. 그렇게 되면서 세상을 보는 눈이 열리게 되고, 지금의 세상을 그냥 받아들이는 것이 아니라 생각해서 받아들인다. 생각하고 사색하는 삶을 살면서 자신의 자존감을 찾고 회복해야 한다. 그러기에 우리는 책을 읽어야 한다. 책을 읽음으로써 사고력과 비판하는 능력을 키울 수 있다. 자신의 의견을 남에게 표출할 때 배경지식이 되는 건 독서를 통해서 가능하다. 매스컴을 통해서 나오는 뉴스를 읽을 수 있는 능력을 키워야 한다. 마음대로 정보를 가공하는 것을 읽어낼 줄 알아야한다. 그렇게 하는 것이 나라의 분란을 줄이고 안정되게 만드는 방법이기 때문이다.

독서는 무엇보다도 '습관'이 중요하다. 책 읽는 습관을 기른다면 독서하는 능력은 자연히 뒤따라오게 된다. 우리가 책을 멀리하는 이유는 습관이 안 되었기 때문이다. 우리는 하루에도 컴퓨터에 앉아 적게는 한 시간에서 수 시간 동안 '읽는 행위'를 한다. 하지만 우리는 지루한 줄 모르고 계속해서 읽는다. 이유는 흥미롭기 때문이고 또 하나는 습관이 들었기 때문이다. 하루라도 인터넷을 못 하면 뒤처진다는 생각을 버려야 한다. 우선은 자신이 관심 있고 흥미로운 분야의 책을 고르자. 그리고 그 책을 하루에 30페이지만 읽자. 책을 항상 가지고 다니면서 틈틈이 짬나는 시간을 이용하자. 5분, 10분도 괜찮다. 그렇게 책을 읽다 보면 실제로 30페이지 정도 읽는 게 그렇게 큰 어려움이 아니다. 그렇게 하루에 30페이지씩 읽으면 열흘이면 300페이지이다. 책 한 권을 열흘이면 읽는다. 한 달에 책 3권을 읽을 수 있고, 1년이면 40권의 책을 읽을 수 있다. 하루에 30페이지 읽기로 책 읽는 습관을 만들어보자.

07 자신의 꿈을 구하라Ask

꿈을 구하자. 우리는 대체로 꿈이 없는 세상에 살고 있다. 아이들도 꿈이 없고, 어른들도 꿈이 없다. 너무 힘들기 때문이란다. 그런데 힘이 들수록 꿈이 있어야 한다. 꿈마저 없다면 정말 끝이다. 그래서 먼저 구해야 할 것이 바로 '꿈'이다.

우리는 아이들에게 꿈을 가지라고 말한다. 그 말은 틀리지 않다. 아이들이 꿈이 있어야 하기 때문이다. 하지만 더 중요한 것이 있다. 아이들이 꿈을 갖기 전에 먼저 부모들이 꿈을 가져야 한다. 부모가 꿈을 가져야 자연스럽게 아이들도 꿈을 가질 수 있다. 식탁에서 부모가 아이들에게 꿈에 대한 이야기도 나눌 수 있다.

부모가 아이들에게 미치는 영향은 매우 중요하다. 세상이 힘들다 보니 부부싸움을 하는 부모들이 많다. 그런데 부부싸움을 보고 자라는 7세까지의 아이들은 자율신경이 억눌린다. 자기도 모르는 사이에 600번이나 떨린다고 한다. 이때의 공포지수는 전쟁터에서 옆에 있는 사람이 수류탄을 맞아 내장이 밖으로 튀어나온 것날 를 때와 같은 공포지수라고 한다. 그리고 이 아이의 억눌린 심리 영향은 수십 대까지 이어진다.

미국 뉴욕시 교육위원회가 한 부모의 영향에 따라 그 후손이 어떻게 되느냐를 보기 위해 18세 두 사람의 표본 모델을 선정한 적이 있다. 한 사람은 프린스턴 대학교의 설립자요 미국 부흥운동을 일으킨 조너선 에드워즈였고, 다른 한 사람은 뉴욕에서 살롱 술집을 경영하여 거부가 된 마커스 슐츠였다.

에드워즈의 5대에 걸친 후손은 896명이었다. 이들 중에 1명은 부통령, 4명은 상하원의원, 12명은 대학 총장, 65명은 대학교수, 60명은 의사, 100명은 목사, 75명은 군인, 85명은 저술가, 130명은 판검사 또는 변호사, 80명은 공무원이 되었다.

마커스 슐츠의 5대에 걸친 후손은 1,062명이었다. 이들 중 교도소에 수감되었던 사람이 96명, 정신병자나 알코올 중독자가 58명, 창녀가 65명, 영세민이 286명, 정규교육을 받지 못한 사람이 406명이나 되었다.

부모가 자녀에게 미치는 영향이 이렇게도 크다. 부모가 꿈을 가지면 싸울 일도 줄어든다. 그래서 부모부터 꿈을 가지라고 하는 것이다. 그래야 그 부모를 닮아서 아이들도 꿈을 가질 수 있다. 식탁에서 식사 하면서 이렇게 말하는 것이다.

"애들아, 아빠의 꿈은 돈을 많이 벌어서 내 집도 장만하고, 그리고 어려운 처지의 아이 10명에게 장학금을 주는 거야."

"엄마의 꿈은 무엇인지 아니? 엄마는 운동을 열심히 해서 건강한 몸으로 아프리카에 가서 봉사하는 것이란다."

이렇게 말을 하게 되면 아이들도 꿈을 가질 수 있다. 꼭 그렇게 하기를 바란다.

아이들에게 꿈을 이야기하기 전에 먼저 부모부터 꿈을 가져야 한다. 부모가 꿈을 가진 가정은 부부싸움도 줄어들고 가정에 웃음이 피어난다. 이것은 대대로 영향을 미친다. 정말 중요한 이야기이다.

꿈이 있는 사람과 없는 사람은 눈을 보면 금방 알 수 있다. 실리콘밸리의 신화로 유명한 김태연 회장은 "자신만의 목표를 늘 머릿속에 그리고 이를 30초 안에 말할 수 있어야 한다. 꿈에서조차 말할 수 있는 확실한 목표가 성공과 성취를 일궈내는 마법의 주문이다"고 했다. 그런데 조금 더 욕심을 내볼까! "10초 안에 말할 꿈이 있습니까?" 딱 10초 안에 말이다. 평소에 꿈이 정리되어 있지 않으면 불가능하다. 꿈이 있더라도 희미하거나 평소에 확실하게 정리가 되어 있지 않으면 10초 안에 꿈을 말할 수 없다.

꿈이 뭐냐고 물으면 보통은 공무원, 연예인, 의사 등 '명사'로 표현을 한다. 물론 그것도 좋다. 대체로 나이가 어릴수록 꿈을 명사로 표현하는 경향이 있다. 그런데 조금 성숙해지면 명사가 아니라 '동사'로 꿈을 표현한다. 예를 들면 이렇다. "돈을 많이 벌어서 멋진 집을 하나 구하고 어려운 학생들에게 장학금을 주겠다.""열심히 공부해서 좋은 대학에 들어가고, 미국에 유학 가서 유엔에서 근무하고 싶다.” 이렇게 동사로 표현하는 것이다. 물론 명사나 동사나 아무 상관이 없다. 중요한 것은 꿈을 가지고 있다는 것이다. 꿈이 있는 사람은 회복 탄력성이 높아진다. 회복 탄력성resilience이라는 말은 원래 제자리로 되돌아오는 힘을 말한다. 심리학에서는 고난이나 시련을 이겨내는 긍정적인 힘을 말한다. 회복 탄력성이 높아야 어떤 어려움에도 금방 회복이 된다. 꿈이 있으면, 그리고 그 꿈이 단단할수록 회복 탄력성이 높아진다. 그래서 우리는 꿈이 있어야 한다. 힘이 들수록 꿈이 있어야 하는 이유이다.

꿈이 있는 사람과 없는 사람은 똑같은 일을 만났을 때 그 해석이 다르다. 이번 기회에 꼭 꿈을 구하기 바란다. 꿈은 꾸는 것이 아니라 ‘만드는 것’이다. 꿈이 이렇게 중요한데 그렇다면 어떤 꿈을 가지면 좋을까? 어떤 꿈을 가져야 하는 가는 개인에 따라 다 다를 수 있지만 대체로 다음 세 가지를 기준으로 하면 좋다.

일생을 두고 꼭 이루고 싶은 꿈!
생각만 해도 가슴 뛰는 꿈!
세상을 이롭게 만드는 꿈!

피터 드러커는 사람은 꿈의 크기만큼 자란다고 했다.
“사람들은 스스로 설정한 기준, 즉 자신이 성취하고 획득할 수 있다고 생각하는 바에 따라 성장한다. 만약 어떤 사람이 자신이 되고 자 하는 기준을 낮게 잡으면 그는 그 이상 성장하지 못한다. 만약에 자신이 되고자 하는 목표를 높게 잡으면 그는 위대한 존재로 성장할 것이다."

전기차를 개발하고 화성 탐사 여행을 구상하고 있는 엘론 머스크는 우리에게 큰 꿈을 가지라고 말한다.

"인생을 걸 만한 계획이나 목표가 있다면 가장 먼저 해야 할 일은 타인에게 절대 대체할 수 없는 나만의 사명을 찾는 것이다. 찾다 찾다가 오죽했으면 화성에 갈 생각을 했겠는가? 이건 아무도 못 할 일이라고 생각했더니 웃음이 사라지고 진지해지기 시작했다."

〈배트맨〉의 브루스 웨인은 "누군가 해내기 전에는 모든 것이 불가능했다"고 말했다.

아무리 좋은 것도 가슴 뛰지 않으면 오래가지 못한다. 그냥 가슴이 뛰어야 한다. 생각만 해도 가슴이 벌렁거려야 한다. 자다가 그것만 생각하면 그냥 벌떡 일어날 정도라야 된다. 그런 꿈이 진짜 꿈이다. 어떤 동기부여 강사는 가슴 뛰는 꿈은 본래부터 없다고 말하기도 한다. 작은 꿈을 만나 내 가슴이 뛸 때까지 노력하는 거라고 말한다. 이 말은 맞기도 하지만 틀리기도 한다. 사람에 따라서는 처음부터 가슴 뛰는 꿈을 찾기도 한다. 우리나라는 세계에서 가장 좋은 머리를 가진 민족이다. 우리는 확실히 미국보다 이스라엘보다 훨씬 좋은 머리를 가졌다. 그런데 무엇 때문에 우리가 아직도 세계무대에서는 이들과 같지 못하나? 여러 가지 이유가 있겠지만 한 가지 확실한 것은 꿈이 부족하기 때문이다. 우리가 가슴 뛰는 꿈만 가진다면 달라질 수 있다. 그래서 가슴 뛰는 꿈을 부지런히 구해야 한다. 일생을 두고 꼭 이루고 싶은 꿈, 생각만 해도 가슴 뛰는 꿈을 구해야 한다.

여기에 하나 더 하자면, 세상을 이롭게 만드는 꿈을 구하면 좋겠다. 너무나 이기적인 세상이 되고 말았다. 그래서 대체로 꿈을 꿀 때 나 자신만을 위한 꿈을 꾸기 쉽다. 나만 잘되고, 나만 잘 먹고, 나만 좋으면 좋다는 꿈 말이다. 물론 그런 꿈도 나쁘지는 않지만, 하나만 더 생각하면 어떨까? 그래도 조금 여유를 가져서 내 꿈을 이룰 때 다른 사람들에게 뭔가 도움이 되는 꿈, 세상을 조금이라도 좋게 만드는 꿈 말이다. 소프트뱅크 손정의 회장의 말대로 나 혼자 잘 먹고 잘사는 수준을 넘어선, 나 때문에 수천만 명이 먹고 살 수 있는 그런 꿈 말이다.

이렇게 정리해본다. 어떤 꿈을 구하면 좋을까요?

일생을 두고 꼭 이루고 싶은 꿈!
생각만 해도 가슴 뛰는 꿈!
세상을 이롭게 만드는 꿈!

여기서 굳이 한 가지를 택해야 한다면, 생각만 해도 가슴 뛰는 꿈을 구하기 바란다.

chapter
4

꿈을 이루는 방법을
찾는 독서

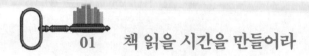

01 책 읽을 시간을 만들어라

한국인의 하루 평균 독서 시간은 6분이라는 통계치가 있다. 지금 40살이고 100살까지 산다고 가정했을 때, 죽을 때까지 책을 읽을 수 있는 시간은 91.3일로 3개월 정도의 시간이다. 평생 3개월밖에 책 볼 시간이 없다고 하니 안타까운 일이다. 하지만 상당수의 사람은 3개월의 심각성을 알지 못한다. 그 정도의 시간도 내기 어렵다고 생각한다. 시간이 없어서 책을 읽지 못한다는 사람, 몸이 피곤해서 책을 읽지 못하는 사람, 난독증이 있어서 책을 읽지 못하는 사람들에게 책을 읽는 시간을 만들어내는 데 도움이 되는 방법을 알아보자.

1. 책을 손에 들고 다니며 스마트폰을 대하듯 하라.

현시대를 사는 사람들은 스마트폰은 늘 들고 다닌다. 스마트폰 없이는 생활하지 못할 정도로 스마트폰과 함께한다. 사람들은 손에 들고 있는 것은 습관적으로 본다. 손에 들려 있기에 본능적으로 보게 된다. 아무리 바쁘다고 해도 스마트폰을 보는 시간은 충분히 갖고 있다. 하루에 최소한 한 번 이상은 스마트폰과 메시지를 확인한다. 책도 그렇게 읽으면 된다. 딱 그 정도의 시간만 이용하면 된다. 마음의 준비가 되지 않아서 책이 눈에 들어오지 않는다고 하는 사람이 있다. 시간은 있어도 책을 보는 것 자체가 힘들고 피곤해서 읽지 못한다고 하는 사람도 있다. 꼭 책을 읽으려고 노력하지 않아도 된다. 그저 손에 들고 다니기만 하면 된다. 손에 들고 다니는 액세서리 정도로 생각해도 좋다. 대신에 손에 꼭 들고 다녀야 한다.

딱 한 달만 들고 다녀보자. 밥 먹을 때, 커피 마실 때, 친구 기다릴 때, 버스 기다릴 때 등등 어느 때든 손에 들고 있으면 된다. 책의 겉표지만 보는 데 며칠이 걸렸다 해도 좋다. 대부분 책의 겉표지에는 책의 주제와 관련된 핵심 문장이 적혀져 있다. 겉표지만 보는 것만으로도 반은 성공한 것이다. 이것이 바로 독서의 시작이다. 책을 항상 손에 들고만 다녀도 조만간 여유 시간을 다시 만나게 될 것이고 마침내 손에 들려 있기에 책을 읽게 될 것이다. 그렇게 하면 습관이 형성된다. 독서는 습관이다.

2. 책 읽는 시간을 설정하라.

직장생활을 하거나 사업을 하는 사람들이 입버릇처럼 하는 말이 책을 읽을 시간이 없다는 것이다. 시간의 여유만 있으면 책을 읽고 싶다는 마음이 담겨 있다. 저자의 하루 시간도 정신없이 흘러가는 날이 대부분이다. 아침 8시 이후의 시간대는 내 마음대로 하기 어려운 날이 많다. 나는 매일 아침 4시 반에 기상해서 특별한 일이 없으면 6시까지 출근을 한다. 6시부터 1시간 동안은 커피 한 잔 하면서 어제 있었던 일을 정리하는 일기를 쓴다. 사진 감사 일기를 쓰기 시작하면서 시간이 좀 걸리지만 어떤 일이 있어도 빼먹지 않고 쓴다. 7시부터 8시까지는 책을 읽는다. 책 읽는 시간을 매일 1시간씩 아침 시간을 활용한다. 저자는 아침 시간대가 집중이 잘 되어서 책 읽기에 좋다. 또한 아침 시간은 스스로 지킬 수 있어서 아침 시간대로 정해놓고 읽는다. 하지만 꼭 아침 시간대에 읽어야 할 이유는 없다.

책 읽는 시간은 자신의 상황과 취향에 맞게 정하면 된다. 그리고 특정한 시간대에는 책을 읽겠다고 정하는 것도 좋다. 저자는 KTX 등 대중교통을 이용하는 시간, 식사 후의 여유시간, 약속장소에서 손님을 기다리는 시간, 병원이나 은행 등에서 순서를 기다려야 하는 시간 등 특정한 시간대에 책을 읽도록 정해놓고 읽는다.

3. 포기할 수 있어야 책 읽을 시간이 난다.

저자는 스포츠 보는 것을 즐긴다. 야구나 축구를 잘하지는 못하지만 TV로 보는 것을 즐겼다. 하지만 책 읽을 시간을 확보하기 위해 관심을 끊었다. 응원하는 팀도 없애버렸다. 어떤 팀이 이기든 지든 저자에게는 큰 관심사가 아니다. 그리고 TV를 없애버려야 하는데 마음대로 할 수 있는 것은 아니다. 퇴근하면 TV와 함께해서 아예 퇴근 시간을 늦추었다. 사무실에서 업무를 하거나 책을 읽으며 TV 보는 시간을 줄였다. 단체나 친목의 모임에 참여하는 시간을 줄였다. 사업을 위해서는 필요하다고 하겠지만 꼭 그렇지는 않은 것 같다. 친구들이 보고 싶고, 함께 술 한 잔 나누며 세상 사는 이야기와 추억을 더듬고 싶지만, 친구들이 이해해줄 것이라 믿는다. 사람들과 어울리기 좋아하고 친구를 좋아하고, 게다가 술까지 좋아해서 문제가 생긴다. 그날 하루의 시간만 책을 못 보는 것이 아니라 다음 날까지 영향을 미치기에 절제를 한다. 친구를 만나고 사람들과 어울리기 싫어서가 아니다. 누구보다도 더 간절하지만, 책 읽을 시간을 확보하기 위해서는 포기할 것은 포기해야 하기에 결정한 것이다. 즐거움은 세상을 살아가면서 필요한 유익함이지만 시간을 뺏어간다는 것이 문제이다. 스마트폰과 TV 리모컨은 멀리 두는 것이 좋다. TV를 없앨 수 없다면 멀리 두라. 보이지 않는 곳에 두고, 멀리하다 보면 책 읽을 시간이 생긴다. 그때는 가까이에 둔 책을 꺼내어 읽으면 된다.

4. 눈에 잘 보이는 곳에 책을 두자.

책은 눈에 잘 보이는 곳에 두어야 한다. 사무실이나 자신의 작업실에서 항상 보이는 곳에 책장을 두어 눈에 보이게 한다. 집의 거실에 책장을 놓고 책을 꽂아 두어 눈에 보이게 한다. 거실에 책장을 놓지 못할 상황이면 책 몇 권이라도 보이게 두어라. 거실 소파에 앉으면 TV가 보이듯 책이 보이게 하는 것이다. 작업실, 거실 책장, 주방 테이블, 화장실에 책을 보이게 하여 책을 읽고 싶어지도록 하는 것이다. 사람들은 눈에 보이지 않는 것에 관심을 두지 않는다. 매일 눈에 보이게 하여 책을 읽어야 함에 대한 부담도 조금은 갖게 할 필요가 있다. 무엇보다도 자연스럽게 책을 늘고 한 페이시라도 읽을 수 있도록 환경을 만드는 것이 중요한 것이다.

5. 상황에 따라 e-book을 적절하게 활용하자.

너무 두꺼운 책에 미련 갖지 말고 e-book으로 사는 것도 방법이다. e-book은 자투리 시간을 활용하기에 아주 유익한 방법이다. 잠깐의 여유시간을 활용하거나, 책 읽을 수 있는 특정한 시간대에 책이 손에 없을 때 활용하면 좋다. 대신 e-book은 읽기가 어렵거나 깊이가 있는 철학책 등은 피하는 것이 좋다. 부담 없이 읽다가 다음에 읽어도 좋은 책, 앞의 내용을 몰라도 읽는 데 부담이 없는 책을 고르는 것이 좋은 방법이다. 운전할 때는 오디오북을 활용하는 것도 좋다. 길을 걸을 때도 오디오북을 듣는 것도 추천해볼 만하다. 그리고 애들 앞에서는 전자책보다는 종이책을 선호한다. 아이에게 '책을 읽고 있는' 모습을 보여주고 싶은 까닭도 있다. 아무리 아이패드로 책을 봐도 애들이 볼 때는 아이패드를 하는 것으로 보일 뿐이기 때문이다.

6. 도서관을 이용하자.

책은 사 읽기를 좋아하고, 다른 사람들에게도 책을 사서 읽기를 권유한다. 그래야 마음대로 밑줄 치면서 읽을 수 있다. 하지만 꼭 그렇게 해야 하는 것은 아니다. 책을 사기 부담스럽거나, 많은 책을 읽는 사람들에게는 도서관을 이용하는 좋은 방법이 있다. 책을 사 놓고 못 읽은 책이 쌓여있는 경우가 많다. 도서관에서 빌려온 책은 반납해야 하는 일정이 있어서 일정 기간에 읽어야 하기에 좋을 수 있다. 책을 빌려서 읽다가 소장하고 싶으면 그때 구매하면 된다. 그리고 각 지자체의 도서관에서 책을 배달해주는 서비스를 제공하고 있으므로 직접 찾아가지 않아도 빌려볼 수 있도록 좋은 시스템을 운영하고 있다. 그리고 토, 일요일이나 공휴일에 여유가 있으면 도서관으로 놀러 가는 것도 좋다. 책 읽으면서 산책하고 사색을 하는 시간을 가져보는 즐거움을 느껴보는 것도 좋다.

7. 독서 모임 등 다른 사람과 함께 읽자.

혼자서 하는 것보다는 격려하고 경쟁하면서 같이 읽는 것이 큰 도움이 된다. 독서는 혼자 하는 것이라는 생각과 독서 모임이 책을 많이 읽는 데 도움이 되지 않는다는 생각을 갖고 있다. 물론 여러 독서 모임들이 있기에 다 좋다고는 할 수 없다. 하지만 어떤 독서 모임이든지 함께 활동하게 되면 주어진 책은 읽어서 좋다. 또한 책의 내용을 다른 각도로 해석할 수 있다는 것을 공유할 수 있는 큰 장점이 있다. 오프라인 참석으로 동기를 얻고 더 많이 읽었을 수도 있어 좋지만, 온라인으로 토론도 하기에 현실적으로 참여할 수 있다. 책 읽는 인구는 전체 인구에서 사실 많지는 않다. 평소 친구나 가족이 아니라 책을 읽고, 새로운 관점을 던져줄 수 있는 사람들을 만나는 것이 큰 도움이 된다.

리디아 로버츠가 쓴 《책을 읽기 위한 시산을 얻는 법》을 참고해서 인용한 다음과 같은 방법도 좋다.

1. 말을 적게 하라.
2. 가방에 책을 넣고 다녀라.
3. 밤에 당신 베개 밑에 책을 넣어 두고 잠이 안 오면 그것을 읽어라.
4. 매일 아침 15분만 일찍 일어나서 책을 읽어라.
5. 부엌에 있을 때나 옷을 입을 때나 혹은 전화를 걸 때 지니기 간편한 책을 지녀라.
6. 시간을 잘 지키지 않는 사람과 시간 약속을 했을 경우에는 책을 가지고 가라.
7. 치과나 병원 의사, 변호사를 만나러 갈 때는 당신의 책을 가지고 가라. 그곳에 비치된 낡은 잡지를 왜 읽는가?
8. 교통이 혼잡한 때나 차 수리를 하는 동안 기다리는 시간을 위해서 당신 차에 아직 읽지 않은 책을 넣어 두어라.
9. 여행 다닐 때는 꼭 책을 소지하고 가라. 옆에 앉은 사람과 잡담하지 않을 것이다.
10. 당신의 손 안에 책 한 권은 서점에 꽂힌 두 권의 책보다 값어치 있다는 사실을 기억하라.

"인간은 항상 시간이 모자란다고 불평하면서 마치 시간이 무한정 있는 것처럼 행동한다"고 세네카는 말했다. 사실 학생들보다는 직장인들에게 책 읽을 시간이 없다는 말을 더 많이 듣는다. 월급 받으며 일하는 직장에서 책을 읽을 시간을 확보하기가 쉽지 않을 수 있다.

하루의 시작을 30분만 더 일찍 시작하면 된다. 일찍 집을 나서면 지옥철을 피할 수 있어 좋고, 회사에 가는 동안 편하게 책을 읽을 수 있고, 아무도 없는 사무실에서 조용히 사색에 잠길 수 있다. 30분이면 보통 30페이지 정도를 읽을 수 있다. 그러니 일주일이면 충분히 한 권의 책을 읽을 수 있다. 점심시간도 20~30분은 독서 시간으로 활용할 수 있다. 우선 아침 기상 후 화장실에서 보내는 시간에서부터 잠자리에 들 때까지 인식하지 못하고 흘려보내는 시간을 꼼꼼하게 확인하고 기록해보자. 그렇게 2주일 정도 지나면 자신이 낭비하고 있는 시간이 많다는 걸 알게 될 것이다. 그 시간을 책 읽는 시간으로 채워나가면 된다.

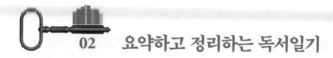
　문화체육관광부가 2017년 국민들이 얼마나 책을 읽는지 조사한 결과를 발표했다. 어른 6,000명과 청소년 3,000명을 조사한 결과이다. 어른들은 1년 동안 평균 8.3권의 종이책을 읽는 것으로 조사되었다. 2015년에 조사했을 때는 9.1권이었던 것에 비해 0.8권 줄어든 결과이다. 어른 6,000명 중 59.9%가 1년에 종이책 1권 이상을 읽는다고 답했고, 청소년은 3,000명 중 91.7%가 1년에 종이책 1권 이상을 읽는다고 응답을 했다. 이 또한 2015년과 비교하면 종이책을 읽는 비율이 어른 5.4%, 청소년 3.2%로 줄어든 결과이다.

　어른과 청소년이 평소 책 읽기가 어려운 이유는 다양했으나, 일이나 공부 때문에 책 읽을 시간이 없다는 이유가 가장 많았다. 책 읽기가 어려운 이유 2위는 어른과 청소년이 서로 달랐다. 어른 19.6%는 휴대전화, 인터넷, 게임을 하느라 책 읽기 어렵다고 답했고, 청소년 21.1%는 책 읽기가 싫고 습관이 되지 않아서라 답했다고 한다. 성인한 명당 한 달에 한 권도 안 읽는다는 말이다. 조사 결과야 이렇지만 실제로는 책을 읽는 사람이 여러 권 읽어 전체 독서량을 올려주고 있다고 보면 실제의 독서는 얼마 되지 않는다고 봐야 한다.

책을 여러 권 읽는 사람들도 독서 후 시간이 지나면 책의 세부적인 내용은 잊고 만다. 책을 읽었을 때의 느낌만 어렴풋이 기억에 남는다. 이 또한 글로 남겨두지 않으면 결국 잊고 만다. 책을 읽는 것도 중요하지만, 책을 읽고 난 후에 생각하고 정리하는 활동이 더 중요하다.

책을 읽고 난 후에 기록으로 남기는 방법은 여러 가지가 있다. 서평, 독후감, 리뷰, 독서일기 등 다양하다. 방법마다 정해진 규칙이 있는 건 아니다. 자신이 정한 기준에 따라 독후감이나 독서일기 등을 기록하면 된다. 처음에는 아무런 기준이 없다면 독후활동을 시작하기가 어렵다. 기본적인 자신만의 틀을 가지고 독후활동을 한다면 수월하게 읽은 책의 내용을 정리할 수 있다.

여러 가지 방법 중 독서일기도 쓰는 사람마다 작성기준에는 차이가 있다. 책을 읽고 글을 쓰는 사람들도 처음 독서일기를 쓰려 하면 방법을 몰라 시작을 어려워하는 경우가 많다. 독서일기를 쓰기 위해서 다음의 두 가지 방법을 많이 이용한다. 두 가지 방법의 하나를 활용해도 되고, 두 가지 방법 모두 활용해도 된다. 결국에는 자신만의 독서일기 쓰는 법을 만드는 것도 좋다.

첫 번째, 책 한 권을 다 읽고 난 후에 쓰는 방법이다. 한 권을 완독한 후에 독후감이나 일기 형식으로 쓰면 된다. 책 읽은 내용의 줄거리를 간략하게 정리하고 책에서 받은 느낌이나 떠오른 생각들을 정리하면 된다. 독서일기를 쓰기 전에 결정해야 할 것이 있다. 나중에 독서일기를 나 혼자서만 읽을 것인지, 아니면 다른 사람들에게 공유할 것인지에 따라 작성방법에 차이가 있다.

전자의 경우에는 줄거리는 간략하게 정리하고, 책을 읽으며 어떤 느낌 감정과 어떤 생각을 했는지, 자신이 책의 주인공이었다면 어떻게 했을지 등에 대한 내용을 편안하게 쓰면 된다. 기억하고 싶은 부분이나 내용을 요약해 정리해두는 것도 좋은 방법이다.

후자의 경우에는 내용의 줄거리를 좀 더 상세히 기록하는 것이 좋다. 그리고 나머지의 내용은 전자의 경우와 비슷한 형식으로 쓰면 된다. 자신의 독서일기를 보고 책을 읽을 사람들을 위해 책에서 눈여겨볼 글귀나 내용에 대해 제시해주는 것도 좋다. 마지막으로는 책을 읽으려 밑줄 그었던 글귀들을 일기에 옮겨 적어놓으면 된다. 이렇게 정리해두면 나중에 책을 다시 읽지 않아도 독서일기만 읽어보면 어떤 책이었는지 금세 떠오르게 된다.

두 번째 방법은 매일 쓰는 방법이다. 첫 번째는 한 권을 다 읽고 그 책에 대한 독후감처럼 독서일기를 쓰는 것이라면, 매일 쓰는 방법은 그날 읽은 책 내용에 대한 감정이나 생각 등을 기록하는 방법이다. 그날 읽은 책의 내용 중에 기억에 남는 부분이나 기록해두고 싶은 글귀가 있으면 옮겨 적는다. 다음에 그 대목이나 글귀에 대한 생각이나 감정들을 적어나가면 된다. 일기처럼 매일 적기 때문에 글을 잘 써

야 한다는 부담 없이 가볍게 작성하는 게 좋다. 독서일기를 쓰는 것
에 부담을 갖게 되면 어렵다. 꼭 써야 하는 것이 아니라, 쓰고 싶어지
도록 만들어야 한다. 그러기 위해서는 잘 쓰는 것보다는 꾸준하게 작
성하는 것이 중요하다.

저자도 독서일기를 쓴 지는 그렇게 오래되지 않다. 책을 읽을 목
표를 세워놓고 책을 읽기는 하지만, 다 읽고서 돌아서면 기억이 나
질 않는다. 독서의 방법에 여러 가지가 있으나, 독서의 양에다 목표
를 두고 읽는 독서는 더욱더 심하다. 저자가 하는 독서는 양의 독서
인 다독을 한다. 다독보다는 정독이 더 좋다고 하는 작가들도 있지
만, 독서가 습관으로 자리 잡기까지는 다독이 필요하다. 좋고 나쁨을
떠나서 읽고 싶은 책들이 너무 많아 정독할 여유가 없어서 다독한다.
읽은 책은 블로그의 서평란에 써서 올리는데, 서평이 아니라 독서일
기 형식이다. 매일 쓰는 일기는 감사일기와 마음일기를 쓰고 있기에
독서일기는 한 권을 다 읽고 난 후 쓰는 전자의 방법을 택해서 쓴다.
감사일기와 마음일기를 다른 사람이 볼 수 있도록 공개하는 것이
좋을지에 대해 고민을 많이 했었다. 일기라고 하면 자기 자신만의
이야기이기에 공개하지 않는 것으로 기울었었는데, 굳이 숨겨야 할
내용이 아니라면 공개하는 것이 좋겠다고 판단하여 공개하고 있다.
감사일기와 마음일기를 공개하면서 좋은 점을 많이 느꼈다. 우선
은 빼먹지 않고 쓴다는 것이다. 매일 봐주는 이웃이 있다는 것이 하
루도 거르지 않고 쓰게 만들어주어서 좋다. 또한 감사일기이지만 그

내용만 쓰는 것이 아니라 글 쓰는 연습이 된다는 것에 공개한 것을 감사하고 있다.

하지만 독서일기는 매일 쓰지 않기에 책을 다 읽고도 쓰지 못하고 있는 것도 많다. 한 달에 최소한 10권 이상의 독서일기를 쓰겠다고 목표를 잡았지만, 달성하지 못하는 달도 있다. 매일 쓰는 독서일기는 쓰지 못하더라도 책을 다 읽고 독서일기를 써야 할 목록을 관리하기로 했다. 가능하면 목록을 블로그에 공개하여 스스로 미루지 않도록 할 계획을 잡았다.

저자의 독서일기는 형식이 정해져 있지는 않지만 나름의 기준에 의해 쓴다. 먼저 책을 읽게 된 동기를 간략하게 정리한다. 그리고 난 다음 책을 쓴 작가에 대해 정리를 하고, 책의 목차를 옮겨 적는다. 다음에 책에서 읽었던 내용과 중요하다고 줄 친 내용을 옮긴다. 옮긴 내용에 대해 저자의 생각과 느낌에 대해서도 보충해서 적는다. 마지막으로 책에서 느꼈던 점과 배웠던 점, 그리고 저자의 견해를 적어서 마무리한다. 필요하다면 어떤 사람들이 읽으면 좋겠다는 추천과 함께 읽으면 좋을 책의 추천으로 독서일기를 마무리한다. 독서일기를 블로그에 올려서 이웃들과 공유하기에 책의 사진이랑, 내용과 관련이 있는 사진을 곁들여서 읽는데 지루하지 않게 정리하는 스킬이 조금 필요하다.

서평에 관련한 어떤 책에서 독후감과 서평의 다른 세 가지를 정리해 놓은 것이 있어서 옮겨본다.

첫째, 독후감이 정서적이라면 서평은 논리적이다. 독후감은 책을 읽은 후 감상을 담는 것이지만, 서평은 읽은 책에 대한 논리정연하게 쓰는 것을 이야기한다.

둘째, 독후감이 내향적이라면, 서평은 외향적이다. 독후감은 마음에 일어나는 느낌을 표현하는 데 초점을 둔다면, 서평은 그 서평을 읽어줄 다른 사람의 세계로 나가는 것이다. 독후감이 독백이라면 서평은 대화이다.

셋째, 독후감이 일방적이라면, 서평은 관계적이다. 독후감은 그저 자신의 느낌을 잘 들어주는 것으로 충분하지만 서평은 서평에서 다루는 책에 대한 성찰을 전달하는 것이다. 서평은 그 서평을 읽는 독자를 설득하고자 한다.

이런 내용을 읽고서 저자는 혼란에 빠진 적이 있다. 서평이라고 써왔던 글들이 독후감이라는 생각이 들었다. 그래서 서평이라고 쓰던 글들을 그날 이후 모두 독서일기로 이름을 바꾸었다. 지금도 서평이라는 단어보다 독서일기라는 말을 더 좋아한다. 서평이라는 단어보다 나만의 독서일기를 남긴다는 의미로 기록을 남기는 것이 좋은 것 같아 서평에서 독서일기로 바꾼 것이다. 아직 평가라는 말이 참 어렵게 느껴진다. '내가 감히 누구의 글을 평가해?'라는 생각이 들기 때문이다. 하지만 책을 읽고 좋았던 점과 좀 아쉬웠던 점들은 명확하게 정리하려고 노력한다. 사람마다 느끼는 감정은 저마다 다르기 때문에 저자가 느낀 그대로를 솔직하게 표현하려고 한다. 하지만 독서일기도 블로그를 통해서 공개되고 있기에 가능하면 아쉬웠던 점보다는 좋았던 내용을 부각시키려고 노력한다.

우리나라는 성인의 독서량뿐만 아니라 청소년의 독서량도 많이 부족하다. 성인들은 일한다고 바빠서 책 읽을 시간이 없다 하고, 청소년은 수능시험 공부한다고 독서를 멀리한다. 독후활동은커녕 책 읽는 것조차 하지 않는 사람이 대부분이다. 책을 읽지 않는 사람에게는 독서일기 이전에 일기부터 쓰기를 권한다. 감사일기를 쓴다면 더 환영할 일이다.

책을 읽는 사람에게는 독서일기를 쓰기를 강력하게 권유한다. 책을 읽어야 하는 이유는 여러 책에서 알려주지만, 책을 읽고 난 후 어떻게 정리를 해야 하는지를 알려주는 책은 그리 많지 않다. 물론 책을 읽는 것이 먼저이겠지만, 책을 읽었다면 무엇이라도 남아야 한다. 작가의 주장에 어떤 생각을 가지는지, 자신의 의견은 어떠한지, 새로 배운 것에 어떤 감정을 느꼈는지 등을 기록으로 남기는 것이 필요하다. 책을 읽고 나서 떠오른 생각과 감정 등을 정리함으로써 진정한 책 읽기가 완성된다.

사람의 뇌는 망각하기를 좋아한다. 자신의 안전과 관련한 것이 아니면 관심을 쓰지 않으려 한다. 책을 정독했다 하더라도 다시 보지 않으면 잊어버리기 마련이다. 그렇다고 책 내용이 궁금해서 다시 집어 들고 처음부터 읽을 수도 없는 노릇이다. 만약 독서일기를 꾸준히 쓴다면, 어느 정도 시간이 지난 후에 독서일기만 다시 들춰봐도 책의 내용과 그때의 감정들을 떠올릴 수 있다. 우리는 책을 통해 무언가를 얻기 위해 책을 읽는다. 해결해야 할 문제가 있으면 책에서 답을 찾기도 하고, 새로운 지식을 얻기 위해 책을 읽기도 한다. 하지만 그저 읽기만 하고 흘려보내는 것은 기억에 남지 않는다. 책을 읽는 목적을 달성하기 위해서는 결국 말이든 글로 내뱉어야 한다. 그때야 비로소 제대로 된 책 읽기를 했다고 할 수 있다.

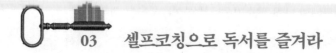

03　셀프코칭으로 독서를 즐겨라

　다람쥐 쳇바퀴 돌리듯이 오늘이 어제 같고 내일도 오늘 같은 하루하루! 열심히는 살아가는 것 같은데, 사는 의미도 모르겠고, 한 살 한살 나이만 먹어가는 느낌으로 산다. 한 번 사는 인생, 지구에 왔다가 재미있게 살다가 가야 한다는 정도는 알겠기에 먹고 죽자 하고 술 마시고 달려봐도 어쩐지 예전처럼 즐겁지도 않다. 이따금 '이게 모두 다일까?' 하는 의문도 생기고, '원래 사는 게 별것이겠나?' 하는 자위도 해보지만 무엇 하나 허전한 마음을 달래주지는 못한다. '무엇을 위해 그렇게 열심히 사시나요?'라는 질문에 아무런 답을 하지 못하고 쩔쩔매는 자신을 보게 된다.

　매일매일의 힘을 누구보다 믿는 저자이지만 무언가 매일 한다는 것은 정말 쉬운 일이 아니다. 미래를 향한 발걸음을 멈추고 싶지는 않지만 매일 아침 무거운 눈꺼풀을 들어올리기가 만만치 않은 현실이다. 몸은 날이 갈수록 더 무거워지고 마음은 전날보다 더 가라앉는다.

174

무언가 도전하기도 전에 쉽게 지치고 쉽게 포기하고 싶어진다. 이런 나를 어떻게 다시 끌어올릴 것인가? 인공지능 시대이니 저절로 신체 에너지가 충전되었으면 좋겠다는 생각을 해보기도 한다. 어떻게 내 삶의 에너지를 충전할 것인가? 지친 나를 어떻게 달래고 설득할 것인가?에 대해 고민하고 고뇌를 거듭해본다. 자신의 자아와 가치를 분명하게 세우지 못해서 겪는 현상이다. 삶에 대한 분명한 가치를 만들지 못해서이다. 이러한 것을 우리는 흔히 꿈을 만들지 못해서 그렇다.

가치가 분명해지면 자신이 꿈꾸는 삶을 그려내기 쉬워진다. 맨날 생각만 하고 행동하지 않던 자신이 '이제 정말 움직여야 할 때구나' 하는 자각과 함께 구체적으로 계획을 세우고 바로 실행으로 옮기면 된다. 가치를 찾는 것은 인생관을 세우는 일이다. 가치를 찾는 것은 진짜 자신을 만나는 여정의 시작이다. 자신에게 중요하게 생각하는 가치를 통해 자신의 인생관에 대해 생각해 보는 시간을 가질 수 있고 자신이 살고 싶은 삶을 발견할 수 있게 된다. 인생의 큰 그림을 그릴 수 있게 된다.

코칭은 고객이 스스로 답을 창조할 수 있다는 온전한 믿음을 바탕으로 한다. 그러므로 코칭의 마지막 단계는 고객 스스로 발견한 삶의 목표를 향해서 고객이 스스로 지속해서 나아갈 힘을 가지도록 돕는 일이다. 이 힘을 가지기 위해서 꼭 수반되어야 할 것은 고객 스스로 목표를 향해 실천해나갈 수 있는 습관의 근육을 단련하는 일이다. 즉, 셀프코칭을 할 수 있는 역량을 길러 나가는 것이라고 할 수 있다.

스스로 삶의 큰 꿈을 가지고, 이를 이루기 위한 명료한 목표를 발견하고, 발견한 목표를 이루기 위한 작은 실천들을 끊임없이 세우고 실행해나갈 힘을 길러가는 것이다. 지속할 힘이 바로 셀프코칭을 통해서 이루어지는 것이다.

셀프코칭의 첫 단계는, 가장 먼저 자기 자신과 좋은 관계를 형성할 수 있어야 한다. 자신의 감정을 인식하고, 자신을 격려하고 지지하며, 자신을 가장 잘 돌보고 사랑해야 하는 일. 자신의 기분을 늘 좋은 상태로 유지할 수 있도록 관리할 수 있어야 한다. 우리는 기분 좋은 상태에서 가장 창조적이고, 너그러우며, 효과적인 선택과 결정을 할 수 있기 때문이다.

셀프코칭의 다음 단계는, 코칭대화 프로세스를 활용하여 스스로 질문하고 답하면서 자신과의 코칭대화를 해보는 것이다. 이왕이면 목소리를 내면서 질문해보는 것도 좋은 방법이다. 스스로 질문하고 답하는 동안, 신기하게도 자신의 목표가 점점 더 구체적으로 다듬어지고 확신을 가지게 된다. 마음속에서만 있던 생각을 글로 적고, 말로 표현되는 순간 더욱 또렷이 인식된다는 것을 느끼게 된다.

매력적인 자신에게 매력을 더할 수 있는 셀프코칭의 방법은 다음과 같다.

첫째, 귀를 기울여라. 자연에, 세상에, 사람들에게, 상대에게, 그리고 가장 소중한 자신에게 귀를 기울여라. 가끔은 가던 길을 멈추고 자신을 온전히 열어 두는 시간을 가져 보아라. 명상도 좋고, 글쓰기도 좋고 음악 듣기 등 이 모든 활동을 포함할 수 있다. 하루에 10분이라도 충분하다.

둘째, 먼저 실행하라. 듣는 것도 먼저, 상대에서 웃어주는 것도 먼저, 사랑을 주는 것도 먼저, 배려도 먼저 하라. 지금 당장 실행하라.

셋째, 솔직해 져라. 먼저 자신의 내면에서 일어나는 감정에 솔직하여라. 그리고 관계 속에서 상대와의 대화에서도 솔직해라. 잘 모를 때는 "모르겠다"고 솔직하게 이야기하라. 자신이 모든 것을 알아야 할 필요도 없고, 요구하지도 않는다. 아는 척하기 위해서, 있는 척하기 위해서 꾸며대는 거짓이 자신의 불꽃을 변질시키고, 질식시킬 것이니 자신에게 솔직해져야 한다.

독서의 중요성은 학교에서 배웠고, 책을 통해서 많이 강조되었다. 하지만 막상 책을 읽으려니 시간도 없고, 일도 바쁘고, 약속도 있는 등 수많은 이유로 인해 실행으로 옮기지 못한다. 모두 다 알고 있는 내용이지만 독서의 효과로 책을 읽으면 상식이 풍부해지고 책을 읽으면 어휘력이 좋아진다. 책을 읽으면 글 쓰는 능력이 발전하고 책을 읽으면 상상력이 풍부해진다. 또한 책을 읽으면 성공한 위인들의 장점을 배울 수 있다는 좋은 점을 알고 있다. 하지만 이런저런 핑계로 독서에 몰입하지 못하고 있음에서 벗어날 방법을 찾아서 책을 읽어야 한다. 책을 읽다가 의미를 깨달으면 가슴이 활짝 열리고 시원해진다. 이렇게 되는 것이 가장 좋은 효과이다. 하지만 독서의 목적을 효과 보는 것에 우선해서는 안 된다. 효과와 보람만을 거두려 들면 근심이 생기기 때문이다. 단지 온 마음을 쏟아서 의미를 음미할 줄 알아야 한다. 독서는 행위 자체가 목적이 되는 일 중 하나이다. 읽다가 깨달음이 오면 가슴이 탁 트이고 머리가 맑아진다. 그렇지 않고 다른 것이 들어오면 책을 읽는 것이 힘들어진다. 그럴 때는 잠시 책을 덮어두고 욕심을 내려놓아야 한다. 그렇다고 생각마저 멈추면 안 된다. 깊은 맛은 깊은 사색에서 나온다. 사색이 있어야 의미를 만날 수 있다. 의미가 자신에게 깊이 와 닿아야만 원래 내 것이었던 것처럼 된다. 그러면 자신은 그 안에서 헤엄치게 되고 의미들이 속속들이 자신에게 와서 체화되게 되는 것이다. 독서를 통해서 자신이 만든 꿈을 실행하는 방법을 찾을 수 있다. 독서의 중요성을 알지만 어떻게 해야 할지를 찾지 못했거나, 독서를 통해 꿈을 실행하는 방법을 찾지 못했다면 다음의 셀프코칭 단계를 통해 해답을 찾을 수 있다.

첫 번째, 자신이 원하는 것은 무엇인가? 현재 상황을 고려하지 않고, 자신이 원하는 모습이나 상황에 대해 구체적으로 적어본다.

두 번째, 그것을 원하는 이유는 무엇 때문인가? 원하는 이유에 대해 생각하다 보면, 자신의 내적 동기가 아닌 주변의 시선 등의 외적 동기 때문인 경우도 발견하게 된다. 외적 동기가 모두 나쁜 것은 아니지만, 다른 사람이나 상황이 아닌, 자신이 원하는 것인지를 한 번 더 점검해볼 필요가 있다.

세 번째, 현재 상황은 어떤가? 원하는 상태에 도달하기 위해서는 현재 자신의 상황과 상태를 정확하게 파악할 필요다. 현재 상황이 어느 정도인지 파악하기 어려울 때는 임의로 현재 상황을 점수로 표현해보는 것이 도움이 된다. 원하는 상태에 도달하는 것을 100점이라고 할 때, 현재의 상황과 자신의 상태를 점수로 표현해보라.

네 번째, 그 점수를 준 이유는 어떤 근거에서인가? 그 점수를 준 이유를 작성해보라. 그러면 원하는 상태에 도달하기 위해, 어떤 것을 해야 하는지가 눈에 보이기 시작한다.

다섯 번째, 원하는 모습에 도달하는 데 자신이 가진 자원은 어떤 것이 있는가? 고민이 많거나, 생각이 많아질 때는 '자신이 원하는 모습에 도달하지 못할 이유'에 집중하게 될 가능성이 높다. 하지만 자원과 강점에 대해서 생각해보면, 자신이 생각했던 것보다 많은 자원을 가지고 있다는 것을 확인할 수 있다. 시간을 충분히 두고 자신의 강점, 인적인 자원, 재정, 경험들, 건강 상태 등 구체적으로 적어보라.

여섯 번째, 자원으로 자신이 할 수 있는 것은 무엇인가? 자원을 떠올려보고 나면, 내적 에너지와 긍정적 정서를 찾게 된다. 그 자원을 가지고 자신이 원하는 목표에 도달하기 위해 할 수 있는 모든 것을 적어보아라. 이때는 한계를 두지 않고 모든 가능성을 작성하는 것이 좋다.

일곱 번째, 할 수 있는 일 중 자신이 할 일 5가지 선택하라. 여섯 번째에서 찾아낸 모든 가능성 중에 가장 효과적이고 도움이 될 만한 일 5가지를 선택하라.

여덟 번째, 오늘 내가 할 일 1~2가지 선택하라. 셀프코칭을 마치고, 오늘 내가 할 수 있는 일 1~2가지 정도를 선택하고 실천한다.

아홉 번째, 내일 할 일 선택한다. 오늘 할 일에 이어서 내일 실천할 일도 미리 선택해둔다. 그리고 이런 방식으로, 그다음 날 할 일을 전날에 미리 계획하는 것을 습관화한다.

열 번째, 자신을 도울 수 있는 사람은 누구인가? 혼자 하는 것보다, 계획을 사람들에게 공유하는 것이 목표를 이룰 가능성이 높아진다. 이왕이면, 자신을 응원하고 지지해주는 사람들에게 자신이 원하는 모습과 할 일에 대해 공유해보라. 서로의 목표를 공유하고 점검해주는 것도 끝까지 해낼 수 있는 힘이 된다.

꿈을 이루는 방법에는 여러 갈래의 길이 있을 수 있다. 벤치마킹을 통해서 찾을 수 있고, 먼저 원하는 꿈을 이룬 멘토를 통하여 방향을 모색할 수도 있다. 여러 가지의 방법 중에서 스스로 찾을 수 있는 것은 책을 통하여 꿈을 이루는 방법을 찾는 것이다. 어떻게 방법을 찾고 어떻게 실행을 해야 할지에 대해서는 셀프코칭을 활용한다. "질문의 크기가 삶의 크기다"라는 말이 있다. 뭔가를 배운다는 것은 끊임없이 질문을 던지는 과정이다. 그 과정을 스스로 답을 찾아가는 것이 셀프코칭이다. 스스로 의문을 가지고 질문하고 그 해답을 찾아가는 과정에서 즐거움을 느끼면 더 좋다. 인생은 여행이라고 한다. 태어나서 죽을 때까지 배우면서 살아가는데 책을 가까이하고 책을 읽는 습관이 몸에 배게 한다면 무궁무진한 답을 얻을 수 있을 것이다. 세상에는 언뜻 쓸데없어 보이지만 실제로는 도움이 되는 일들이 많다. 인생은 가치 있는 헛된 노력으로 이루어진다는 말이 있다. 누군가 보면 책을 읽는 것이 자신의 꿈에 도움이 되지 않을 수도 있다. 그러나 그러한 활동들이 가치 있는 활동이고, 노력이 헛되지만은 않았음을 우리는 인생을 통해서 배우게 된다. 독서라는 자체만으로 가치 있는 활동임을 알게 해준다.

04 독서경영은 자기경영

  직장인의 자기관리는 발전과 성장을 위해 절대적으로 필요한 조건이다. 지속적인 자기관리가 없다는 것은 곧 발전이 없다는 것으로 변화의 물결에 뒤처질 수 있다. 급변하는 변화의 급물살에 휩쓸리지 않기 위해서는 자신만의 주체적인 목표설정이 중요하다. 삶의 중요한 목표설정은 변화의 시작이자, 변화의 파고에 빠져들지 않고 피해갈 수 있을 것이다. 독서를 경영에 어떻게 접목할 수 있을까.

  기업의 경쟁력을 고민하는 사람이라면 한 번 정도 생각해본 주제일 것이다. 이따금 언론 지상에서 기업들이 독서를 생활화하기 위해서 이런저런 활동을 펼치고 있다는 기사를 보게 된다. 하지만 독서는 시간을 필요로 한다. 그래서 독서는 가능한 효과적이고 효율적으로 이루어져야 한다. 이런 점에서 기업 차원에서 책을 읽는 분위기를 만들기 원한다면 경영과 관련된 다른 주제들과 마찬가지로 효율성을 어떻게 올릴 것인가를 숙고해야 한다. 책은 읽는 방법에 따라서 책은 다양한 모습으로 다가온다. 분주한 직장인들에게 책 읽기는 철저하게 실용적이어야 한다. 다시 말하면 투입된 시간에 대한 투자수익률이 높아야 한다. 이런 독서를 위해서 필요한 것은 일반인들이 책을 읽는 방식과는 다른 독서 방법이 필요하다.

효과적인 독서법이란 현안 과제나 미래의 과제를 해결하는 정보와 지식의 보고寶庫로서 책이 이용되어야 함을 뜻한다. 결국 이야기하고 싶은 요점은 자신의 문제와 연결고리를 집요하게 찾는 식으로 책을 읽을 때 큰 효과를 거둘 수 있다.

기업에 필요한 것은 어떤 책의 내용에 대한 부분적인 인용문과 이를 바탕으로 이런 인용문으로부터 우리 조직이 발전하기 위한 아이디어는 이런 식으로 생각해볼 수 있다는 형식이다. 이런 데이터들이 하나둘 축적될 때 그것은 학문을 위한 책 읽기가 아니라 문제 해결을 위한 책 읽기 수준으로 발전함을 뜻한다. 이때 비로소 독서 운동은 독서 경영이라 이름 붙일 수 있는 차원으로 발전하게 될 것이다.

셀러던트Saladent라는 말이 있다. 급여 생활자를 뜻하는 'Salary man'과 학생인 'Student'를 합성한 조어로, 직장에 몸담고 있으면서 여러 가지 이유로 공부를 병행하는 사람들을 일컫는 단어이다. 한마디로 자기계발을 위해 힘쓰는 직장인을 말한다. 통계에 의하면 현재 우리나라 직장인 절반이 넘는 54%가 자기계발을 위해 비용과 시간을 쓰고 있으며, 어학 공부, 자격증 취득, 인터넷 학습, 대학원 및 야간 MBA 진학 등 자기계발에 매진하고 있다. 덕분에 직장인들을 대상으로 한 교육 시장은 '제2의 사교육 시장'이라 불리며, 규모 또한 무려 연간 2조 원 수준의 산업으로 발전하고 있다. 자기계발은 필요한 것이고 중요하다. 하지만 자기계발보다는 자기경영이 훨씬 더 중요하다고 저자는 생각한다.

자기계발과 자기경영은 비슷하게 보일지라도 중요한 차이점이 있다. 스스로 계발시키느냐 혹은 경영하느냐의 차이다. 계발이란 자신의 문제점이나 부족한 점에 대해 깨우치고 이를 개선하고자 노력하는 것을 의미한다. 이에 반해 경영이란 자기 자신이 가진 장점이나 재능을 바탕으로 계획을 세운 후, 정해진 목표를 달성해 나가는 것을 말한다. 계발이 미시적 관점이라면, 경영은 거시적 관점이라 할 수 있다.

직장인의 관점으로 계발과 경영은 어떻게 차이가 있을까? 직장인에게 자기계발이란 직장을 다니는 동안 필요한 기술과 전문성 계발을 의미한다. 경쟁, 진급, 연봉, 생존, 자격증, 학벌 등이 자기계발과 연관성이 있는 단어이다. 직장을 떠나 지금 하는 일을 그만두게 될경우 필요성이 급격히 떨어지거나 아예 효용가치가 없어지는 것들이 대부분이다. 직장에서 암묵적으로 갖추기를 요구하는 스펙과 같은 것들이라 할 수 있다.

자기경영은 다르다. 자기경영이란 직장의 범위를 초월하여 자신의 모든 인생을 자신이 주인이 되어 계획을 세우고 목표를 정해 여정을 떠나는 것을 의미한다. 회사에 비유하자면 자신이 회사 그 자체가 되고 스스로 대표이사가 되어 고난과 어려움으로 가득한 황야를 헤치며 최종 목적지까지 가는 것을 말한다. 자기경영에는 반드시 자신의 인생과 미래가 담겨 있어야 한다. 그렇지 않다면 그것은 자기계발에 불과하다.

4차산업혁명 시대에 접어들면서 사회변화는 기업이 변화에 대처할 수 있는 다양한 전략을 모색하게 한다. '경영'으로 끝나는 개념이 그동안 많이 등장한 사례를 보면 경영환경을 둘러싸고 많은 변화가 반복되고 있음을 알 수 있다. 예를 들면 핵심역량 중심 경영, 품질경영, 스피드 경영, 지식경영, 독서경영 등 많은 기법이 적용되어 왔다. 기업은 변화하는 환경에 대응하기 위해 다양한 경영혁신 전략이나 기법을 보면 얼마나 다양한 혁신적 화두가 많이 등장했는지를 알 수 있다. 문제는 이런 혁신전략이나 기법들이 유행의 물결을 탄다는 것이다. 근본적인 차이점은 없음에도 불구하고 시대를 대변하는 키워드로 각색되거나 이름만 바꿔서 등장한다는 점이다. 이전의 경영혁신 운동으로는 지금 급변하는 경영환경에 쉽게 대처할 수 없다는 이유로 언제나 색다른 경영혁신 기법이 등장하고 사라지는 과정을 반복하고 있다.

독서경영은 지금까지도 등장했다가 흔적도 없이 사라진 유행으로서의 경영혁신 전략이나 기법으로 전락하지 않도록 해야 한다. 독서경영에 대한 올바른 이해와 적용과정에 대한 분명한 공감대가 형성될 필요가 있다. 지식경영과 미찬가지로 탑다운 방식으로 일사불란하게 추진하다 오히려 역효과를 볼 수도 있다. 출발점에서 갈수록 멀리 가는 것 같지만 결국 타원은 출발한 지점으로 다시 돌아온다. 책 읽기도 미지의 세계로 떠나는 앎을 찾아 널리 떠나는 여행이지만 결국 자신에게로 다시 돌아오는 무한궤도와 같다.

가끔은 읽을 책을 추천해달라는 부탁을 받기도 한다. 하지만 모든 추천도서는 어떤 면에서 무의미하다. 사람마다 컨텍스트 즉, 상황과 맥락이 다르고, 문제나 위기의식이 다르기 때문이다. 책을 읽는 방법도 독서법이 답을 가르쳐주기보다 자신의 마음속 문제의식이나 위기의식에 의해 답을 얻는 경우가 많다.

독서는 비즈니스를 목적으로 실천하는 경영전략이라기보다 자기경영의 핵심적인 방편이다. 자기경영 없는 독서경영은 사상누각이며 무용지물이다. 독서경영은 그래서 자기경영으로 출발한다. 독서로 경영한다는 발상의 이면에는 독서로 얻은 깨달음의 교훈을 비즈니스 과정에 대입, 이전과 다른 사고를 통해 남다른 혁신을 이루어보자는 의도가 잠재되어 있다. 따라서 독서경영은 자기경영이다. 자기경영이 되지 않으면 독서경영도 되지 않는다.

자기경영은 첫째, 자기다움을 찾아가는 여정이다. 자기다움은 남들처럼 살지 않고 나답게 살아가는 과정에서 발견하는 아름다움이다. 나다움은 나만이 가진 특이한 아름다움이다. 그 어떤 것으로도 대체할 수 없는 자신만의 독창적인 색깔이나 스타일이다.

둘째, 자기경영은 낯선 다른 사람을 부단히 만남으로써 제3의 자신으로 부단히 변신하게 만드는 과정이다. 독서를 통해 자기경영을 실현한다는 말은 자신을 불편하게 만드는 낯선 다른 사람으로서의 책을 꾸준히 읽어나가면서 안락지대에 머무르려는 자신을 끊임없이 낯선 곳으로 이끌어가는 과정이다.

"한 권의 책은 우리 안의 얼어붙은 바다를 깨부수는 도끼여야 한다"는 카프카의 말도 있지 않은가. 익숙한 사람과 만나서 익숙한 음식을 먹으면서 익숙한 대화를 계속하는 인간관계가 유지되는 한, 우리는 낯선 생각을 하기 어렵다. 외부적 자극이 바뀌지 않으면 어제의 자신과 별다르지 않은 삶을 반복한다.

셋째, 자기경영은 독서를 통해 부단히 새로운 생각을 잉태하거나 임신하고 이전과 다른 생각의 자손을 출산하는 과정이다. 생각은 다른 생각을 만나지 않으면 어제의 생각이 유지된다. 많은 사람이 생각한다는 말은 그래서 생각을 하는 것이 아니라 생각을 하고 있다는 의미와 혼동하는 것이다. 생각하는 의미는 어제와 다른 생각을 만나 부딪치고 깨지면서 다른 생각을 싹틔우는 과정이다. 독서는 바로 이런 생각의 싹을 틔우는 사고의 텃밭이다.

독서의 완성은 마지막 장을 넘길 때가 아니라 책을 통해 깨달은 점을 몸소 실천하는 과정을 통해서 이루어진다. 독서로 얻은 교훈을 실천하는 과정에서 삶이 바뀌고 생각이 바뀐다. 생각을 바꾸고 삶을 바꾸는 독서가 바로 자기경영이다.

독서로 얻은 교훈을 실천하는 과정에서 삶이 바뀌고 생각이 바뀐다. 생각을 바꾸고 삶을 바꾸는 독서가 바로 자기경영이다. 독서를 통해 만들어가는 자기경영이 확고부동한 기반을 갖추어가기 시작하면 독서경영은 그 위에 꽃을 피우기 시작한다.

독서경영을 통해 기업의 핵심 지식을 확보하고, 식원들의 업무 생산성을 극대화하기 위해 독서경영이 도입되었다. 지식사회에서 기업의 지식을 확보하는 일은 그 무엇보다도 중요하기 때문이다. 이런 흐름에 맞물려 기업의 지식경영 도입에 독서가 강화되는 현상은 꽤 오랫동안 유행할 것으로 보인다. ISO 국제표준규격이 2015년에 개정이 되었다. 이 개정에 지식경영에 대한 요건이 강화되어서 모든 기업에서 지식경영을 위한 시스템의 개정이 진행되었다. 살다 보면 시급하진 않지만 중요한 것이 있는데, 그것은 지금 당장 안 해도 중요하지 않지만 그것들이 자기 인생을 좌우하는 것이다. 제일 안전한 재테크는 자기한테 투자하는 것이다. 다른 사람이 말하는 거 들어봤자 자신을 책임져주는 것은 아니다. 자신의 인생은 자신이 책임져야 하기 때문이다.

자신한테 투자하는 방법은 독서이다. 책을 읽으면 지식으로 무장이 된다는 것은 익히 알고 있다. 지식으로 무장되어 있으면 어떤 인생에서 예측 가능한 상황으로 다가올 수 있다. 또 한 가지 중요한 것은 자기경영이다. 자기경영의 첫 번째는 인간관계이다. 자신이 사람들을 사귀는 방법을 알아야 한다. 사람들과 친하게 지내려면 좋은 이미지를 보여줘야 한다. 좋은 배려 좋은 커뮤니케이션 좋은 영향을 줘야 한다. 이게 자기경영이다. 자기경영을 위해서는 리더십이 필요하다. 이러한 자기경영에 독서는 필수적이기에 더 말할 나위도 없다.

05 독서는 생각의 소재

생각이 무엇인지 정의한다는 것은 쉽게 말할 수 있는 것이 아니다. "자네 생각은 어때?"라는 질문에서 생각은 어떤 대상에 대한 견해, 입장과 같은 것을 말한다. 또는 "그 사람의 생각은 무엇일까?"라고 질문했을 때 사용되는 생각이라는 단어는 의중이나 혹은 말하는 복심을 이야기한다. 위 질문들에서 생각이라는 단어 대신 마음이란 단어를 쓰게 되면 견해나 입장과 같은 언어 논리성은 배제되고 그런 언어를 만들어낸 느낌, 감정을 말하는 것이 된다. 또 마음이란 말 대신에 이성, 의식, 자아와 같은 단어를 대신 넣어본다면 이상한 말이 돼버리는데 이것은 생각과 마음은 사람을 하나로 나타내는 것임에 비해 이성, 의식, 자아와 같은 말은 사람을 전체가 아닌 부분을 표현하는 말이기 때문이다. 결국 생각과 가장 밀접하게 관계를 맺은 말은 마음이며 생각과 마음은 어떤 사람을 표현하는 본질이라고 할 수 있다. 하지만 생각이란 글로 쓰거나 말로 이야기하는 것이 가능한 언어

영역에 포함되지만, 마음은 언어로 또렷이 표현할 수도 있고, 표현하지 못할 경우도 있다. 마음을 언어로 표현할 수 없는 것은 무의식을 마음이 포함하고 있기 때문이다.

그리고 우리가 감각기관을 통해서 사물을 인지한 내용과 두뇌활동을 통해서 정보를 해석한 것은 분명히 어딘가에 저장되어 있다. 저장된 내용 중에 언어로 표현할 수 있는 지식이나 정보의 양은 언어로 표현할 수 없는 내용보다 훨씬 적다. 의식하지 못하는 사이에 우리 몸이나 두뇌가 받아들인 정보는 역시 의식하지 않는 상태로 간직하고 있다가 필요에 따라 활성화한다. 이런 무의식 정보에 대응하는 마음이 있기 때문에 가능하다. 생각이란 언어와 논리 활동이라고 볼 수 있는데 생각이 아무런 형체가 없는 정보들을 종합해서 어떤 명제를 만들어내고 그것을 증명할 수 있다. 이러한 것은 마음이 형체가 없는 정보들을 생각이 일할 수 있는 형태로 배치해놨기 때문에 가능하다.

"눈을 감고 '사랑'에 대해서 생각해봐! '자유'에 대해서 생각해보고, '학교'에 대해서 생각해봐! 무엇이 떠오르니? 어제 먹었던 맛있는 피자에 대해 생각해봐! 무엇이 떠오르니?"

생각은 '이미지'다. '개념'으로 이해하는 사람들도 있을 거다. 하지만 요즘은 드물다. 왜냐하면 요즘처럼 즉각적 자극이 많은 시대에 생각은 이미지로 떠오른다. 이미지를 한자로 하면 상像이다. 이미지는 머릿속에 그려지는 것이다. 구수한 된장 냄새, 좋아했던 첫사랑의 모습을 이미지로 그려낸다. 하지만 이러한 생각 이미지는 사람마다 다르다. '사랑'을 떠올릴 때, 어떤 사람은 엄마, 아빠의 사랑을 떠올리지만 어떤 사람은 남자친구, 여자 친구를 떠올릴 것이고, 어떤 사람은 애달픈 자신의 첫사랑을 떠올릴 수 있다. 사람들이 언어를 통해서 이야기를 나눌 때, 고개를 끄덕끄덕하고, 맞장구를 치고, 기분 좋게 이야기를 나누어도, 자신의 머릿속에 있는 생각 이미지와 친구의 머릿속에 있는 생각 이미지는 같지 않다. 자신의 경험을 통해서 상대의 이미지를 적절히 유추할 뿐이다. 그래서 누군가의 생각을 완벽하게 이해했다고 자만하는 순간, 사람들은 오해에 빠지게 된다.

생각은 자신의 경험과 깊이가 '지금'과 만나서 자신에게 나타나는 영화와 같다. 이것은 즉각적인 반응이다. 이것은 자신이 어떻게 할 수 없는 영역이기도 하다. 하지만 자신의 경험과 체험이 이것을 어떻게 할 수 있도록 하기도 한다. 그래서 다양한 경험과 체험을 할수록 우리는 다양한 생각 이미지를 떠올릴 수 있다. 아무도 신경 쓰지 않는 얼굴에 난 뾰루지, 아무도 신경 쓰지 않는 식탁 위의 머리카락, 아무도 신경 쓰지 않는 자신만의 헤어스타일, 남에게는 사소하지만 자신에게는 중요한 이런 것들을 우리는 생각한다. 인생 걱정, 나라 걱정, 돈 걱정, 공부 걱정, 진로 걱정 이런 수많은 생각이 우리의 머릿속에 나타났다 사라지는 것이 생각들이다. 그래서 생각은 이미지다. 생각은 사고의 재료이지 '생각' 자체는 사고가 아니다.

생각과 사고는 조금 다른 뜻이다. 물론 혼동해서 쓸 때도 있다. 사고는 생각이 맞고 틀리는지를 따져보는 과정이다. 그 과정에서 다른 사람의 생각을 참고할 수 있고, 전문가의 도움을 받을 수 있다. 하지만 이 모든 선택의 과정에서 자신자는 주체적으로 꼼꼼하게 따져보는 과정이 사고다. 그리고 이러한 사고 능력은 누구나 가지고 있다. 우리가 생각한다는 것은 무엇인가를 알기 위해서 하는 것이다. 알고자 하는 것은 주어진 것들에 대해서 올바른 것을 선택하기 위해서이다.

행위란 곧 반응이며 인간이 반응한다는 것은 반응할 수 있는 동기가 주어진다는 것이다. 가장 근본 동기는 삶을 영위하기 위한 것이다. 궁극적인 동기는 넓은 의미에서 성공이라고 할 수 있다. 우리 경험에서 스스로 가장 많이 생각하는 경우란 보고서를 쓰거나, 회사를 옮기거나, 새로운 직업을 가질 때이다. 또는 새로운 프로젝트나 제품을 기획하는 것과 같은 일을 하는 경우이다. 여기서 알 수 있는 것은 생각이란 올바른 선택과 관련되는 일이고 올바른 선택이란 바로 앎에서 결정되는 것이다.

생각은 앎을 추구하는 것이고 또 생각은 앎을 통해서 올바르다고 증명된 행위를 위함이다. 그런 생각을 하게 만드는 동기는 무엇이 만드는가? 그것은 역시 생각하는 사람이 가진 마음일 것이다. 생각은 마음을 주체적으로 해석하고 그것을 언어로 표현하는 활동이다. 하지만 생각이 마음에 대해서 수동적인 역할만 하는 것이 아니라 마음을 바꾸는 능동적인 역할도 한다.

그리고 자기 마음을 바꾸게 하는 생각은 자신이 가진 의지나 내 생각이라고 느낄 수도 있다. 엄밀히 따지면 자신의 마음을 바꾼 생각은 모두 다른 사람에게서 빌려왔다고 봐야 한다. 왜냐하면 어떤 사실을 관찰하고 그를 통해서 새로운 생각을 가진다고 했을 때 자신이 관찰한 그 사실에는 벌써 다른 사람이 한 생각이 들어 있기 때문이다.

　예술을 생각이라고 말하는 것은 분명 합당치 않다. 하지만 종합예
술이라고 불리는 영화 속에는 영화감독이 설정한 메시지들이 드러나
는 경우가 많다. 영화 속에서 어느 정도 선명한 형태로 드러나는 메
시지는 분명 생각을 전달하는 것인데 우리는 예술 형태로 이런 메시
지를 전달받으면서 눈물을 흘리기도 하고 통쾌해하기도 한다. 영화
가 감동을 끌어내는 것은 메시지를 영화 속에 적절히 잘 섞어놓았기
때문일 것인데 영화에 아무런 메시지가 없다면 그 영화는 관객으로
부터 감동이나 재미를 제대로 끌어내지 못할 것이다.

　마음은 생각보다 엄청나게 큰 세계임이 분명하지만 우리 마음을
스스로 알 수 있는 것은 생각을 통해서이다. 우리는 다른 사람이 한
생각을 통해서 그 사람이 가진 마음을 들여다보고 그것을 다시 자신
에게 반추해서 내가 가진 마음을 알아간다. 생각은 언어뿐만 아니라
다양한 형태로 외면화되는데 책이나 영화, 신문과 같은 것은 말할 것
도 없고 우리가 살아가는 도시라는 공간, 소비하는 물건이나 서비스
와 같은 것들에 벌써 다른 사람들이 한 생각들이 들어가 있는 것이
다. 메시지를 전송하는 것이 미디어라고 한다면 우리는 다양한 메시
지를 뿌리는 미디어들에 둘러싸여 있는 것이고 그 미디어들이 뿌리
는 메시지는 누군가가 한 생각임이 틀림없다.

　생각을 많이 할 수 있다는 것은 많은 경험이 있어야 가능하다. 자
신이 직접 체험하면서 경험한 것이면 생각을 하는데 더 많은 도움이

될 것이다. 그렇지 못한 것이 사람들의 삶이기 때문에 책을 통하여 소재를 많이 만들 수 있다. 생각을 통하여 무엇인가의 의사를 결정하기 위해서 많은 선택지를 만들어 놓는 것이 필요하다. 이러한 생각의 소재를 만들고 선택지를 넓혀놓는 가장 좋은 것이 독서이다.

사람은 생각하는 존재라 한다. 한길로 선택을 하면 쉽게 결정되어질 일도, 이쪽으로 갈지 저 길로 갈지 결정을 못 하는 상황이 닥칠 때가 있다. 관망하다 보면 그 상황이 어떻게 진행이 될지에 대한 관심은 유보한 채 그 과정을 들여다보는 쪽에 초점을 갖게 된다. 사람들이 모여 있는 세상에 모든 사람은 생각을 하고 행동하며 움직인다. 지능적인 특성이 있기에 사람들은 생각하고 판단하고 자신의 행동을 결정한다. 사람들은 자신만이 겪어온 자신 고유의 경험적 사고를 갖고 경험에 준해서 행동한다. 물론 그 경험적 사고에 근거한 이성적 판단으로 생각하고 판단하고 말한다. 어떤 하나의 같은 일에 대하여서도 똑같은 행동양식을 보이지 않고 인생 경험으로 축적된 관념으로 인해 사람의 행동 양식과 양태들이 많은 상황 속에서 다르게 나타낼 수 있게 된다. 그래서 사람들이 똑같은 상황 속에서도 틀리게 반응하고 행동으로 다른 사람과 다른 행동 양태를 보이는 것은 바로 이런 이유에서이다.

보통 사람과 다르게 행동하는 사람은 행동에 차별성을 갖게 된다. 그 사람이 다르게 행동함으로 종종 사람들의 이야깃거리가 된다. 이것은 자신을 돌아다보고 사고의 회전을 새롭게 하게끔 만드는 아주

신선한 일이라 생각한다. 물론 이렇게 다른 사람과 다른 언행을 종종 하는 사람들에게서 사람들은 일반적으로 영양제를 공급받는 것과 같은 일종의 사고적인 카타르시스를 느낄 수 있다. 아마 사람들은 이런 다른 사람과 다른 특별한 행동에 대해 자신의 선호에 따라 만족과 불만족의 선택을 하게 된다. 당연한 일이지만 이러한 결과로 사람들은 만족감을 맛볼 수도 있고 불만족 속에 놓이게 될 것이다.

꿈을 실행하는 방법을 찾는데 많은 생각을 통해서 결정하게 된다. 자신이 만든 꿈을 실행하는 데는 여러 가지 방법이 있기 때문이다. 사람들은 가능하면 쉽고 빨리 이루고 싶어 할 것이다. 이러한 지름길을 찾는 것은 자신이 결정할 수 있는 선택지가 많아야 한다. 많은 선택지 중에 결정하는 것이 몇 가지 안 되는 것 중에 선택하는 것보다는 좋은 선택을 할 확률이 높다. 결정하기 전에 사람들은 많은 생각을 한 후에 선택한다. 좋은 선택을 위해서는 많은 생각거리를 갖고 있어야 한다. 이러한 생각의 소재는 책에서 찾을 수 있다. 그러기에 독서를 생각의 소재라고 한다.

06   생각하고 또 사색하라

생각은 언어들을 조합해서 새로운 생각이나 지식을 만들 수 있다. 하지만 비언어 세계에서 생각은 마음이라는 매개를 통해서 비언어 세계를 해석하고 그것을 새로운 언어나 다른 상징으로 표현할 수 있을 것이다.

한 학생에게 미술관에 걸려 있는 어떤 그림을 보고서 그것에 대한 감상문을 쓰라고 한다면 그 학생은 그 그림이 어떤 색을 사용했는지, 선이 어떤 형태이며 그림에 나타나 있는 터치며, 질감, 그리고 그림에서 표현된 형상과 같은 세부정보를 종합하고 분석해서 감상문을 쓰지는 않을 것이다. 그림에 나타나 있는 수없이 많은 정보를 구분하고 비교하여 분석하는 것으로는 감상문을 제대로 쓸 수 없으며 그는 분명히 감상문을 쓸 때 자신이 받은 느낌과 소감에 대해서 감상문을 만들 것이다. 감상문이 생각이라면 감상문을 쓸 수 있도록 해준 것은 느낌과 소감을 만들어낸 그 무엇인데 그것은 그림을 보는 그 학생이 가진 마음일 것이다. 누가 자신에게 생각하라고 시킨다면 오히려 그 명령이 자신을 생각하게 만들지 못한다.

생각이란 눈에 보이지 않는 것이며, 잠깐 생각한 것을 다른 사람에게서 얻은 지식과 엮어서 아주 큰 생각처럼 만들 수 있기 때문이다. 자신이 얼마나 많이 생각했는지를 다른 사람이 측정하기란 쉽지 않다. 생각한다는 것은 앎에 대한 열정이며 그것은 자신의 마음이 그렇게 원할 때만 가능한 것이다. 마음이 없을 때 생각이 일어나지 않는다. 이는 마음이 무의식적으로 수많은 정보를 해석해 놓은 느낌들을 관찰하고 주체적으로 해석하는 작업인데 마음이 없을 때는 느낌이라는 것도 없기 때문이다.

생각하는 삶을 살기 위해서는 독서를 하라고 한다. 다른 사람처럼 살기 위해 바쁘게 살아가는 사람들에게 물어보자. 책을 읽지 않는 이유는 무엇인가요? 대부분 사람의 대답은 책을 읽을 시간이 없어서이다. 시간이 없어서 책을 못 읽는 것은 아니다. 책을 읽지 않아서 바쁜 것이다. 다른 일 다 하고 남는 시간대에 책을 읽으려고 하면 언제나 바쁘고 그래서 책을 읽지 못한다. 결국 책 읽을 시간이 없다는 것은 책 읽는 순위를 뒤에 두고 있기 때문이다. 책 읽는 것을 앞에다 두면 해결할 수 있는데 책 읽는 것이 삶에서 큰 비중을 차지하지 않고 있다는 것이다.

사람들은 배고프면 밥은 먹으면서 책은 읽지 않아 뇌에는 마음의 양식을 제공하지 않는다. "배는 늘 고프지만 뇌는 늘 평안하다." 배고픈 사람은 많지만 뇌고픈 사람은 없다. 배가 고픈 것은 생리적으로 알아차리는데 뇌가 고픈 것은 알아차리지 못한다. 우리의 뇌는 안전과 직결된 일 아니면 가능한 한 하지 않으려 하기 때문이다. 그러기에 뇌가 고픈 것을 느끼지 못한다. 책을 읽는다는 것은 생명과 직접적인 연관이 없고, 독서를 하면 뇌에 일을 시켜야 하기에 뇌는 고파도 모르는 채한다. 그런데도 책 읽기는 저자와 나누는 대화일 뿐만 아니라 세상과 나누는 대화이기도 하다. 우선 독서는 책을 쓴 저자의 문제의식, 사연과 배경, 책을 통해서 주장하고 싶은 메시지를 따라 읽으며 저자와 나누는 은밀한 대화다.

요즈음 젊은이들은 검색에 투자하는 시간만큼 침묵과 고독을 친구로 사색하지 않는다. 자극적인 이미지와 영상 매체에 익숙해져서 저자의 생각이 담긴 활자를 읽어내기를 싫어한다. 짧은 문자 메시지를 보내고 받는 데 익숙한 나머지 긴 글을 읽을 수도 없고 쓰기 어려워한다. 다른 사람의 정보나 SNS를 보느라 자신과의 침묵 속에서 대화하는 시간은 물론이고, 책을 읽고 조용히 사색하는 시간을 잃고 있다.

책을 읽을 때는 전두엽이 활성화된다고 한다. 글씨라는 것은 단순한 기호이기 때문에 반드시 보고 전두엽으로 보내져서 단어와 맥락과 구조를 파악하는 과정을 거쳐야만 인지 가능하다. 정리된 정보만 먹으면 전두엽이 활성화되지 않고 후두엽만 바쁘게 움직인다. 빠르게 지나가는 정보를 포착하기 위해 후두엽은 바쁘게 움직이지만 정작 생각할 시간을 갖지 못하면 후두엽으로 입력된 정보를 전두엽이 분석하고 정리할 시간을 잃게 된다고 한다. "인터넷이 사람의 뇌 구조를 바꾸고 있다"는 것처럼 인터넷에 과다 노출된 사람들은 생각하는 뇌를 점차 인터넷에 의존하게 된다. 그렇게 되면 생각하지 않거나 생각할 수 없는 뇌로 진화된다고 경고한다.

결국 우리가 전두엽을 활성화하기 위해서는 깊은 침묵과 함께 책장을 넘기며 생각하는 시간을 많이 가져야 한다. 글을 읽으며 생각하지 않고 스마트폰에 뇌를 노출할수록 전두엽 기능은 퇴화하고 뇌 기능은 심각한 역기능에 빠질 수 있다.

책 읽기는 저자와 나누는 대화일 뿐만 아니라 세상과 나누는 대화이기도 하다. 우선 독서는 책을 쓴 저자의 문제의식, 사연과 배경, 책을 통해서 주장하고 싶은 메시지를 따라 읽으며 저자와 나누는 은밀한 대화다. 자신과 생각을 같이하는 문구를 만나면 입가에 조용히 미소를 짓다가도 특정 주장을 펼치는 단락에서는 저자의 이런 문제의식을 잉태한 사연과 배경에 물음표를 던지기도 한다.

인간의 사고는 독서를 통해 변화를 거듭할 수 있다. 하지만 바빠서 책을 읽지 않고 필요한 정보를 사색으로 찾거나 생각해내지 않고 편리한 검색에 의존하고 있다. 사색이 검색으로 대체되면서 인간의 사고혁명은 심각한 사고로 치닫게 된다. 생각하고 사고하지 않으면 심각한 사고가 발생한다. 독서혁명이 일어나지 않고서는 인간의 사고혁명은 일어나지 않는다. 문제는 사고혁명을 가속할 독서혁명이 일어나는 것이 지금으로서는 멀어 보인다. 그만큼 독서혁명이 일어날 가능성이 희박하다는 이야기나. 독서는 자신이 가보지 않은 곳을 가 본 사람이 전해주는 여행의 즐거움을 접할 수 있게 만들어준다. 자신이 해보지 않은 소중한 체험적 교훈을 간접적으로 알게 해준다. 지적인 자극제이기도 하다. 책을 읽는다는 것은 불편한 사고체험 과정이다. 자기의 생각과 다른 저자의 생각을 따라가며 읽으면서 저자의 메시지가 어떤 의미를 던져주고 있는지 곰곰이 생각해볼 필요가 있다. 깊은 사색을 통해 깊은 사유체계를 파악한다. 깊은 사색 없이는 얄팍한 단편적 상념이나 관념밖에 양산되지 않는다. 쉽게 접속해서 얻은 정보는 쉽게 잊어버리고 깊은 사유를 촉진하는 자극제는 되지 못한다. 우리가 책을 읽으며 사색하지 않으면 점차 사색이 될 수밖에 없는 이유라고 《사색은 자본이다》의 저자 김종원은 말하고 있다.

아일랜드의 정치사상가 애드먼드 버크는 "사색 없는 독서는 소화되지 않는 음식을 먹는 것과 같다"고 했다. 독서는 책을 끝까지 읽음으로써 끝나는 것이 아니라, 책의 내용에 대해 사색하고 자기 생각을 정리해야 비로소 다 읽은 것이다. 영국의 철학자 존 로크도 "독서는 다만 지식의 재료를 줄 뿐이다. 그것을 자신의 것으로 만드는 것은 사색의 힘이다"고 말했다. 버크의 말과 같이 책을 읽는 것도 중요하지만 그보다 더 중요한 것은 책 속에서 얻은 지식과 교훈을 그저 흘려보내는 것이 아니라 사색을 통해서 자신에게 적용, 내재화해야 한다는 것이다. 내재화란 마음이나 인격 내부에 여러 가지 습관이나 생각, 타인이나 사회의 기준, 가치 등을 받아들여 자신의 것으로 만드는 것을 말한다.

독서 후 사색하는 방법은 비슷한 주제의 영화 보기, 같은 시대적 공간적 배경을 공유하는 다른 책 읽기 등 다양한 방법이 있다. 하지만 책 한 권을 끝까지 읽을 시간조차 충분하지 않을 때도 있고, 책 한 권 읽고 사색의 시간을 가지느니 그 시간에 다른 책을 읽겠다는 생각이 들 때도 있다. 그렇다 보니 사색이라는 것은 마치 숙제처럼 어렵고 부담스럽게 느껴진다. 그러기에 쉽게 다가가지 못하고 머뭇거리게 된다. 하지만 독서 후의 '사색'을 어렵지 않게 할 방법이 있다. 이것이 독서 노트를 작성하는 것이다. 독서노트를 작성하면 비교적 짧은 시간에 책에 대한 감상과 생각을 정리하고 쉽게 오랫동안 기억할 수 있게 된다.

독서는 타인에게 자기 생각을 맡기는 행위이다. 책을 읽는 동안 우리는 타인이 밟았던 생각의 과정을 더듬을 뿐이다. 독서는 사물을 고찰하는 데 필요한 고통이 수반되지 않는다. 스스로 사색하는 작업을 중지하고, 독서로 정신의 자리를 옮길 때 우리의 마음이 평안해지는 것은 이 같은 고통이 사라졌기 때문이다. 하지만 독서만으로는 작가가 어떤 사상에 도달하기까지 힘들게 수고했던 운동량을 소화할 수는 없다. 그렇기에 거의 온종일 독서로만 시간을 보내는 사람일수록 조금씩 스스로 생각하는 힘을 잃게 된다. 항상 승용차에 의존하면 마침내 걸어 다니는 힘을 잃어버리는 현상과 비슷하다. 하지만 이것이야말로 많은 학자의 실상이다. 그들은 지나친 다독의 결과 바보가 된 인간늘이다.

틈만 있으면 책을 손에 드는 생활을 반복하다가 결국 정신 불구가 되었고, 고유한 자신의 사색은 폐기처분시킨 사람들이다. 머리 대신 손이 필요한 막노동에 종사하더라도 학자처럼 정신적인 환자는 되지 않는다. 육신의 노동은 우리에게 생각의 기회를 주기 때문이다. 음식을 지나치게 많이 먹으면 위장이 병든다. 마찬가지로 정신적인 음식을 너무 많이 섭취하게 되면 영양 과잉에 의해 질식할 수 있다. 많이 읽을수록 책의 내용은 정신에 흔적을 남기지 않고 사라진다. 즉, 우리의 정신은 칠판과 같다. 그러므로 반복적으로 쏟아지는 내용을 저장한다는 것은 불가능하다. 정해진 양만큼 알맞게 읽은 책의 내용은 독자의 것으로 남는다. 음식은 종류가 아니라 소화할 수 있는 능력에 의해 양분이 될 수도 있고, 병의 원인이 될 수도 있다. 따라서 항상 읽기만 하고, 읽은 내용을 생각하지 않으면 대부분 잊어버리게 된다.

다양한 고정관념을 장착하는 것은 질 좋은 사색의 첫 단계이다. 고정 관념이란 자신이 알고 싶은 사물이나 사람에 온전히 몰입하는 과정을 통해 생겨난다. 이때 필요한 것이 감정이입이다. 감정이입을 통해 사물이나 사람에 대한 통찰이 가능해지고, 그들의 눈으로 세상을 바라볼 수 있는 능력이 생긴다. 하지만 많은 사람이 사색가들이 이룬 업적에만 관심이 있고, 과정에는 관심이 없다. 우리가 기억해야 하는 것은 사색가는 지능이 뛰어난 사람이 아니라 목표가 생기면 절대 멈추지 않는 자를 의미한다는 것이다. 책을 읽으며 작가의 메시지를 파악하고 자신의 것으로 만들기 위해 사색하고 또 사색하라.

07

꿈을 실행할 방법을 찾으라^{Seek}

꿈을 구했으면 이제는 그 꿈을 이룰 수 있는 가장 좋은 방법을 찾아야 한다. 그저 꿈만 꾸고 있다면 그야말로 '개꿈'이 된다. 방법이 나쁘면 아무리 꿈이 좋고, 아무리 열심히 해도 소용이 없다. 아니 잘못된 방법으로는 하는 만큼 더 나빠질 수도 있다. 골프를 치는 사람들은 누구나 싱글을 꿈꾼다. 그런데 아무리 꿈이 좋아도 골프를 치는 방법이 나쁘면 절대로 그 꿈을 이룰 수 없다. 나쁜 방법으로 골프채를 휘두른다면 연습하는 만큼 더 나빠진다. 한 번 습관이 되면 고치기가 정말 어렵다.

《1만 시간의 재발견》이라는 책이 있다. 이 책에 보면 "재능이 없어서가 아니다. 올바른 방법으로 연습하지 않았기 때문이다"라는 말이 있다. 꿈을 이루기 위해서는 재능이나 아이큐는 그렇게 중요하지 않다는 것이다. 올바른 '방법'이 중요하다는 말이다.

괴짜로 유명한 버진 애틀랜틱 항공의 리처드 브랜슨은 "가장 값싸게 하는 방법이나, 가장 빠르게 하는 방법을 생각하지 마라. 가장 훌륭하게 하는 방법을 생각하라"고 말한다. 브라이언 트레시는 "어떤 일을 함에 있어 자신이 현재 추구하는 방법보다 더 좋은 방법을 끊임없이 찾도록 하라"고 말한다. "성공한 사람은 항상 '어떻게how'에 집중한다"고 말한다.

어떻게 가장 좋은 방법을 찾을 수 있을까? 여러 가지 방법이 있다. 그 분야의 전문가를 찾아서 조언을 듣는 방법이 있다. 잘 되는 곳을 직접 방문해서 눈여겨보는 방법도 있다. 관련되는 여러 강의를 듣는 방법도 있다. 여행하면서 찾는 방법도 있다. 그중에서 가장 좋은 방법은 독서를 통해서 방법을 찾는 것이다. 다른 방법들은 큰 노력과 시간이 필요로 하게 된다. 비용도 많이 드는 경우도 있다 하지만 책을 통해서 방법을 찾는 것은 스스로 시간만 할애하면 가능한 일이다. 여러 가지 방법을 활용해서 내가 가진 꿈을 이룰 수 있는 가장 좋은 방법을 찾아야 한다.

좋은 방법을 찾아감에 있어서 창의성은 아무리 강조해도 지나침이 없다. 제4차산업혁명의 주요 키워드는 창의성이다. 이전에는 생각하지도 못했던 것으로 나아가는 것이다. 《손자병법》제1 〈시계편〉에 보면 '출기불의出其不意'라는 말이 있다. 전혀 생각지도 못한 그 발상으로 나아가라는 말이다. 제6 〈허실편〉에 보면 '전승불복 응형무궁戰勝不服 應形無窮'이란 말이 있다. 과거에 이겼던 방법은 두 번 반복하지 말고, 형태를 바꾸어 무궁하게 발상해야 한다는 말이다. 무려 2,500여 년

전에 만들어진 《손자병법》에서도 새로운 발상, 전혀 다른 것으로 승부를 걸라고 했다. 바로 창의성이야말로 새로운 시대를 대비하는 가장 중요한 요소라는 것이다. 절대로 과거에 얽매여서는 안 된다. 과거의 방법을 고집해서는 안 된다. 과감하게 벗어나야 한다. 전혀 새로운 발상으로 나아가야 한다. 두뇌를 한정된 테두리 안에 가두어 두면 안 된다. 뇌를 열어야 한다. 활짝 열어야 한다.

가장 좋은 방법을 찾기 위해서는 다음의 방법을 이용해볼 수 있다. 전문가를 찾아서 조언을 듣는 방법이다. 전문가의 조언에는 코칭과 컨설팅, 그리고 멘토링을 대표적으로 꼽을 수 있다.

코칭Coaching은 내담자의 고민을 끄집어내어 상대방의 고민을 스스로 가진 자원을 바탕으로 해결할 수 있도록 도와주는 기법으로 사람들의 잠재력을 최대한 끌어 올려주는 과정이다. 과거를 비판하기보다는 미래를 중심으로 훈련을 통해서 역량을 길러 나가는 방법을 이용한다. 코치가 행동을 바꾸어 결과가 변하도록 도와주는 역할을 한다. 코칭은 실행력에 관점을 두고, 때로는 장기적으로 진행하게 되며, 자기학습능력을 키워나가는 역할을 하게 된다. 코칭에서 자신의 내면에 가진 답을 끌어낼 수 있도록 도와주는 역할을 코치가 수행한다. 해답과 방법을 알려주지 않고 질문을 통해서 자신의 꿈을 달성하기 위한 좋은 방법을 찾아 나가도록 도와주는 기법이다. 모든 사람의 내면에 자신이 필요한 답을 갖고 있다고 믿는 것에서 출발을 한다.

다음은 고수를 찾아서 배우는 멘토링Mentoring이 있다. '멘토'라는 단어는《오디세이아Odyssey》에 나오는 오디세우스의 충실한 조언자의 이름에서 유래한다. 오디세이우스가 트로이 전쟁에 출정하면서 집 안일과 아들 텔레마코스의 교육을 그의 친구인 멘토에게 맡긴다. 오디세우스가 전쟁에서 돌아오기까지 무려 10여 년 동안 멘토는 왕자의 친구, 선생, 상담자, 때로는 아버지가 되어 그를 잘 돌보아주었다. 이후로 멘토라는 그의 이름은 지혜와 신뢰로 한 사람의 인생을 이끌어 주는 지도자의 동의어로 사용되었다. 즉, 멘토는 현명하고 신뢰할 수 있는 상담 상대, 지도자, 스승, 선생의 의미이다. 멘토의 상대자를 맨티Mentee 또는 멘토리Mentoree, 프로테제Protege라 한다. 즉, 성공한 멘토를 모델로 삼아서 멘토가 성공한 대로 따라서 실행하면서 성공으로 가는 방법이다.

컨설팅은 코칭과는 달리 꿈을 달성할 수 있는 해법을 제시해야 한다. 상대자가 컨설턴트가 제시하는 방법대로 실행하게 되면 성공할 수 있는 명확하고 실행 가능한 해법을 제공해야 한다. 컨설턴트는 경험과 지식이 풍부해야 한다. 많은 사례를 알고 있어야 하고, 최신 정보를 꿰뚫고 있어야 한다. 그런 만큼 경험과 지식이 부족하면 컨설팅을 할 수 없다. 해당 분야에 대한 전문적인 지식을 가진 사람이 상담하거나 의견을 제시하는 것이 컨설팅이다. 컨설팅은 자신의 지식이나 경험이 고객보다 못할 때는 실행할 수가 없다. 컨설팅을 수행해서도 안 된다. 고객에게 경험과 지식을 바탕으로 하여 해결책을 제시해주어야 한다. 그 분야에서 진정한 전문가가 되기 위해서는 전문적인 지식과 경험을 가져야 한다. 고객을 도와주는 기법 중에서 가장 높은 지식과 경험을 바탕으로 해야 하기에 전문가라는 표현을 사용하기도 한다.

마지막으로 강의듣기, 즉 티칭Teaching도 방법의 하나이기는 하다. 티칭은 일방적으로 노하우나 기술, 지식을 꼼꼼하게 알려주는 1:1혹은 일대다로 진행이 가능한 방법이다. 티칭은 정확한 방향을 제시하고, 속도전으로 빨리 부하 직원에게 교육할 수 있으며, 경험이 부족한 자원을 키우는 방법으로 적격이다. 하지만 자신의 꿈을 실행하는 가장 좋은 방법을 찾는 데는 무엇보다도 책을 통해서 찾는 것이 좋은 방법이다. 코칭, 컨설팅, 멘토링 등의 전문가나 고수의 조언을 받아서 찾는 것도 나쁘지는 않다. 문제는 그러한 사람을 찾는다는 것이 힘이 든다. 찾기도 어려울 뿐만 아니라 꽤 많은 비용이 소요될 수도 있다. 그러기에 자신의 꿈을 실행하는 방법은 책을 통해서 찾도록 하자. 꿈을 실행하는 방법을 책을 통해서 찾기 위해 독서를 해야 한다. 다른 사람들은 어떤 방법으로 꿈을 달성했는지를 간접경험을 해본다. 저자가 성공으로 가는 데 사용했던 방법을 벤치마킹하는 것이다. 꿈을 찾는 데도 독서가 필요하지만 꿈을 실행하는 방법을 찾는데도 독서가 필요한 것이다.

그렇기에 학교 교육도 암기식, 주입식이 되어서는 안 된다. 창의성을 발휘할 수 있도록 활짝 열어야 한다. 정답을 찾게 해서는 안 된다. 정답은 존재하지 않는다. 그 대신에 질문하게 해야 한나. 끊임없이 질문하도록 만들어야 한다. 더 나은 방법은 없는가? 이것이 가장 좋은 것인가? 다른 세계는 없는가? 지구가 끝인가? 가장 좋은 방법을 찾아가는 Seek의 과정은 정말 중요하다. 더 좋은 방법, 더 훌륭한 방법이 나오면 바로 수정해야 한다. 그리고 또 고민해야 한다. 이보다도 더 좋은 방법은 없는가? 이보다 더 훌륭한 방법은 없는가? 창의성이 많은 개인이 성공한다. 창의성이 많은 나라가 세계를 지배하게 된다. 혹시 여러분 중에 꿈을 통해 어떤 방법을 찾은 경험이 없는가? 어떤 중요한 문제가 풀리지 않아 고민하고 있을 때 꿈에서 답을 찾을 때가 있다. 정말 간절하게 되면 꿈속에서 답을 찾을 수가 있다.

이순신 장군은 7년의 《난중일기》에 무려 40번의 꿈을 통해 앞일을 예시받았던 내용을 기록했다. 그중에 가장 결정적인 꿈이 바로 명량해전 하루 전날 밤의 꿈이었다. 12척으로 300척 이상을 상대해야 했다. 이긴다는 것은 불가능한 상황이었다. 어떻게 하면 이 위기를 벗어날 수 있을까, 얼마나 간절했겠는가? 그때 꿈속에서 '신인神人'이 나타났다. 그리고 "이렇게 하면 크게 이길 것이요, 저렇게 하면 진다"고 말해 주었다. 꿈에서 길을 찾았다. 그리고 놀랍게도 그다음 날의 해전에서 승리를 거두었다. 간절히 원하면 꿈에서도 길이 열린다. 그러니 간절하게 방법을 찾아야 한다. 반드시 가장 좋은 방법이 나올 것이다. 간절히 Seek하라.

chapter
5

꿈을 이루게 하는
실행 독서

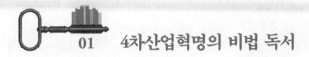

4차산업혁명의 비법 독서

4차산업과 4차산업혁명을 혼동해서 쓰고 있는 경우가 많다. 4차산업은 지구상에 존재하지 않고 있지 않음에도 전문가조차도 '4차산업'이라는 용어를 사용하는 경우가 있다. 1차 산업은 농업, 어업, 수산업 등을 말하고, 2차 산업은 공장 등의 제조업, 3차 산업은 서비스업을 통칭한다. 4차산업과 5차 산업은 존재하지 않는다. 단지 6차 산업은 1차 2차 3차 산업을 통합해서 운영하는 것을 일컫는 용어로 공식적으로 사용하고 있다. 그러기에 '4차산업'이 아닌 '4차산업혁명'으로 명확하게 구분하여 사용해야 한다.

4차산업혁명의 용어를 가장 먼저 사용한 나라는 독일이다. Industry 4.0이라 명명하여 사용하면서 4차산업혁명이라는 용어를 처음으로 사용하였다. 그럼 독일은 왜 아직 시작되지도 않은 산업혁명을 명명하였을까? 1~3차 산업혁명은 그 시기가 지나서 이름을 붙였다고 알고 있다. 독일이 1~2차 산업혁명을 주도적인 역할로 이끌었으나 3차 산업혁명은 미국에 주도권을 빼앗겼다고 판단한 것이다. 다시 그 주도권을 찾아가겠다는 생각에 국가적인 차원에서 전략적으로 전개하고 있다.

미국은 4차산업혁명이라는 용어를 사용하지 않는다. 혁명이라는 단어는 주인을 바꿀 정도의 큰 변화를 일컫는 말이다. 그러기에 미국은 현재 세계 1위 경제 대국으로 자리를 잡고 있기에 혁명이라는 용어를 사용할 이유가 없다. 그러기에 Transformation전환, 변환이라는 용어를 사용한다. 1위 자리를 내어주고 싶지 않기에 혁명이라는 용어만 사용하지 않을 뿐, 4차산업혁명을 바라다보는 시각은 같다. 절대 선두를 빼앗기지 않으려고 정부와 기업이 혼연일체가 되어 세계 경제를 점령해가고 있다.

추격에서 선도로 올라가는 것이 우리나라의 목표이자 지상과제이지만 아직 선진국을 추격하여 선도로 나선 나라는 없다. 지금까지의 우리나라는 조력자의 역할로 Cost Down원가인하을 통하여 효율을 극대화로 이만큼 발전해 왔다. 진정한 선도자로 나서기 위해서는 Value Up가치향상을 통한 개척자 정신으로 혁신해야 가능한 일이다. 지금 이 시기야말로 탈추격으로 선도자 역할로 올라설 수 있는데 아쉽게도 우리는 국론을 모으지 못하고, 또한 우리나라는 구체적인 전략도 만들지 못했다. 4차산업혁명이 무엇인지도 제대로 이해하지 못하고 우왕좌왕하고 있는 상황처럼 보인다. 1차 산업혁명을 18세기의 증기기관이 발명된 이후를 말한다. 필요한 옷이나 도구를 스스로 만들어 쓰던 시대에서 기계의 힘을 빌려서 방식 생산이 가능해진 시대를 1차 산업혁명의 시대라고 한다. 2차 산업혁명은 전기 동력이 개발되어 질적으로 좋은 제품과 많은 양의 생산이 가능하게 되었고, 시장경제가 생기게 된 시절인 19세기 말을 말한다. 3차 산업혁명은 산업시설이라고는 아무것도 없던 우리나라가 온 국민의 피와 땀으로 따라잡은 인터넷 시대, 플랫폼 경제시대인 1970년대를 말한다. 2016부터 시작된 4차산업혁명의 시대는 인공지능의 도구 등을 이용한 개인화에 집중하는 시대로 접어들었다.

매슬로의 욕구5단계의 사회귀속욕구까지를 만족시켜주는 시대를 3차 산업혁명으로 시대로 보고 있다. 4차산업혁명의 시대는 명예욕구와 최상위인 자아실현의 욕구를 만족하게 해주어야 하는 시대이다. 사람이 먹고살기 위해서, 아니 일을 위해서 세상에 태어난 것이 아니다. 무언가의 사명을 갖고 세상에 태어났을 텐데 그 자존감을 찾고 자아실현의 욕구를 만족시켜주어야 하는 것이 4차산업혁명의 대응 방향이라고 본다. 산업혁명이 일어나기 전에는 엄마가 자식의 체형과 피부 스타일 등을 고려하여 옷을 지어서 입혔다. 그러다가 증기관이 발명되면서 옷을 기계가 만들기 시작했고, 전기가 발명된 2차 산업혁명의 시대에 접어들어서는 대량 생산체제로 의류를 만들어서 골라서 사 입는 시대로 변화해 왔다. 즉, 개인의 팔 길이 어깨너비, 취향, 스타일은 전혀 관계치 않고 대량으로 만들어두면 고객이 자신에게 맞는 옷을 사 입었던 시대로 팔리지 않는 옷은 재고로 남는 문제도 생겼다. IT와 인터넷과 기계가 연결되면서 자동화 기계가 더 높은 생산성으로 양적인 확대로 치닫다가 차츰 개인의 성향에 맞추는 욕구가 나타나기 시작했다. 4차산업혁명의 시대에는 옷을 엄마기계가 지어서 입혀준다고 이해하면 된다. 자신이 어떤 정보를 주는 것이 아니라 엄마기계가 자신의 컨텍스트상황, 맥락를 파악하여 엄마의 마음이 담긴 옷을 만들어주는 시대라고 보면 이해가 쉬울 것이다.

그럼 컨텍스트Context는 무엇을 말하는 것인가? 개인별 상황이나 맥락을 파악하여 제품에 반영하여 만들고 개인에게 공급하는 대량생산 시스템이 아닌 맞춤생산 시스템으로 변하여 가는 것을 말한다. 앞으로는 재고라는 개념이 줄어들 것이며, 언제일지는 모르지만 재고라는 개념이 모호해지는 시대가 올지도 모른다.

한 가지 분명한 사실은 4차산업혁명이 어떤 혁명적인 모습으로 우리 앞에 다가올지 모르지만, 4차산업 혁명은 우리가 만들어간다는 점이다. 4차산업혁명은 이제까지 경험하지 못한 혁신적인 기술이 주도하는 혁명이지만 그런 기술을 만든 주체는 사람이다. 사람의 혁명이 일어나지 않는 기술혁명은 불가능하다. 사람혁명은 다시 사고의 혁명이고, 사고의 혁명은 독서혁명에서 시작하게 된다. 사람과 사람은 물론 사람과 사물, 사물과 사물이 인터넷과 센서 기술로 연결되는 초연결성과 사람을 능가하는 지능을 갖게 되는 초지능성, 그리고 방대한 빅데이터를 분석, 미래 현상을 정확하게 예측하는 예측 가능성이 4차산업혁명을 특징짓는 대표적인 3대 특성일 것이라 한다. 하지만 기계가 모든 것을 지배하지는 않는다. 혹자는 사람이 기계에 예속되는 것이 아닐까 하고 걱정하지만 그럴 일은 없을 것이다. 아무리 기술이 발달하더라도 기계가 대신할 수 없는 것이 있기 때문이다.

기계가 대체하기 어려운 인간의 고유한 첫 번째 능력은 바로 호기심을 기반으로 질문하는 능력이다. 기계는 자신에게 주어진 상황에서만 움직인다. 두 번째 기계가 쉽게 대체할 수 없는 인간 고유의 능력은 감수성을 기반으로 타인의 아픔에 공감하는 능력이다. 이러한 공감하는 능력은 사람이 아니고서는 어렵다. 사람도 공감하는 능력을 훈련하지 않으면 쉽게 체득하기 어려운 능력이기 때문이다. 기계가 대체하기 어려운 세 번째 인간의 고유한 능력은 이연 현상의 상상력으로 세상을 변화시키는 창의력이다. 머신러닝으로 기계도 학습이 가능하다고 하지만, 사람이 하는 상상력을 따라잡지는 못한다. 마지막으로 기계가 대체하기 어려운 인간의 고유한 능력은 시행착오를 겪으며 문제해결을 통해 깨닫는 체험적 통찰력이자 실천적 지혜다. 실패를 통해서 학습하는 능력은 기계가 따라오지 못하는 영역이기 때문이다.

4차산업혁명 시대의 기계가 책을 읽는 과정을 도와주고 읽고 메모하며 기억하는 과정을 지원해주는 기술은 발전해도 책 속의 메시지가 무엇을 의미하며, 그것이 자신의 삶에 어떤 시사점을 던져주고 있는지를 반추하고 고뇌하는 것은 오로지 인간 몫이다. 4차산업혁명을 넘어 5차 산업혁명이 몰려와도 변하지 않는 불변의 진리는, 인간이 온몸으로 배우고 익혀야 할 고통스러운 깨달음의 과정을 기술이 대신에 해줄 수 없다는 사실이다.

"인간은 반복을 통해 학습하게 되는데, 이것을 기계가 대신해버리면 기계가 오용되는 일이 생긴다. 기계가 똑똑해질수록 반복과 지도, 실습으로 익히는 학습행위로부터 인간의 정신적 이해가 단절될 수 있다. 바로 이때 인간의 개념적 사고력에 장애가 생긴다."《장인》이라는 책을 쓴 리처드 세넷의 말이다.

다양한 책을 읽고 깨달음의 흔적을 메모로 남기고 그 메모로 글을 쓰는 노고의 축적이 오는 순간 사고의 혁명을 일으키는 기적의 원동력이 된다.

4차산업혁명 관련한 책이나 강연을 다녀봐도 명확하게 정의를 내리지 못한다. AI, IOT, 빅데이터, 스마트카, 스마트 펙토리, VR, AR, MR등의 내용으로 진행되고 있다. 즉, AI가 4차산업혁명인 양 강의를 하곤 하는데, 이것들은 모두 4차산업혁명을 도와주는 도구에 불과하다. 그렇다고 이것들은 무시해도 된다는 뜻은 아니다. 정녕 4차산업혁명이 무엇인지를 명확하게 정의를 해야만이 나아가야 할 방향을 잡을 수 있기 때문이다.

미국의 구글이나 페이스북, 애플 등이 산업생태계를 창조하기 위하여 과감하게 천문학적인 투자를 하는 것에는 이유가 있었던 것이다. 그걸로 인하여 전 세계의 빅데이터를 모우는 인프라를 선점하여 세계 1위 자리를 4차산업혁명시대에도 절대 내놓지 않을 정도로 튼튼하게 기반을 마련해 놓았다.

그렇다고 우리가 해야 될 일이 없어진 것은 아니다. 자신이 하고 있는 산업의 고객이 원하는 컨텍스트를 파악하는 일을 하면 된다. 이 컨텍스트를 파악하는 것은 관찰과 공감을 통해서 가능하다. 이 공감하는 능력은 독서를 통하여 배울 수 있다. 훈련을 통해서 가능한 것이 아니라 복잡한 사람의 마음과 심리를 읽어내기 위해 가장 좋은 방법이 독서이다. 그러기에 4차산업혁명은 독서로 넘어설 수 있다. 컨텍스트가 파악이 되었다면 그에 맞는 콘텐츠를 만들어 제공함으로써 고객의 욕구를 만족시켜 줄 수 있다. 이러한 것들이 인간존중의 정신, 자아실현에 바탕을 둔 사람 중심의 전략으로 독서를 통하여 가능한 것이다.

02 실행이 답이다

　오늘날의 빠른 변화 속에서 개인과 조직에 가장 요구되는 능력은 무엇일까? 그것은 바로 실행력이다. 많은 사람이 전략적 사고의 중요성을 강조한다. 가설을 수립하고, 논점을 점검하고, 가설을 검증하는 일련의 과정을 반복하자는 것이다. 소위 누락 없고 중복 없는 구조적 사고방식을 통해, 명확하고 완결성 있게 논리를 세워 문제를 해결하자는 논리다. 변화가 A-B-C로 순차적으로 이어지던 시대는 지났다. 변화는 A-B-C 지점에서 동시다발적으로 이루어질 뿐만 아니라, 그 연결을 통해 전혀 예상하지 못했던 D, E라는 변화를 일으키기도 한다. 가설의 논리를 다듬는 데 오랜 시간을 투자할 겨를이 없다. 여러 가정을 동시에 시험하거나, 자원의 여유가 없다면 가장 확실한 하나만이라도 먼저 실행해야 한다. 치밀한 논리들의 우월을 가릴 시간이 없다. 가정의 논리 자체가 무색해질 정도로 시장은 빠르게 변화하기 때문이다. 가장 빨리 시도해보고 빨리 실패하라. 그리고 그 실패를 통해 배워나가면 된다. 이 불확실성의 시대에는 완벽함의 추구가 오히려 죄악이 될 수 있다. 버나드 쇼의 묘비엔 이런 글귀가 새겨져 있다고 한다.

"우물쭈물 하다가 내 이렇게 될 줄 알았지I knew if I stayed around long enough, something like this would happen."

불확실한 가정과 수많은 길에서 고민하고 있거나, 무슨 일을 해야 할지 모른다면 정답은 단 하나다. 부딪쳐 실행해보는 것이다. 자, 아직도 망설이고 있다면 더 이상 우물쭈물하지 말고 지금 바로 실행해야 한다. 완벽하지 못한 시도 일지라도 그러한 시도들만이 불확실한 어둠을 환히 밝혀줄 수 있다.

처음부터 완벽한 다이어트 계획을 세워 놓고 실천하지 않는 사람보다 계획은 부족하더라도 조금씩 지속해서 운동하는 사람이 더 건강하다. 기업도 비슷하다. 성과를 내고 경쟁에서 승리하기 위해서는 머리를 굴려서 계획만 세우는 것으로는 부족하다. 기업이 성과를 창출하기 위해서는 실행을 잘해야 한다. 일반적으로 실행이라고 하면 전략의 실행처럼 흔히 목표 혹은 계획된 일의 수행을 의미한다. 목표 대비 달성 수준이 중요한 평가 지표가 되며, 계획에서 벗어나지 않고 그대로 수행하는 것이 중요한 의미를 가진다. 하지만 계획이나 과제만을 지나치게 강조하다 보니 그 외의 것들은 중요한 사안이라 하더라도 간과하는 문제도 있다. 주어진 목표를 달성하면 추가적 노력을 하지 않는 부작용도 생긴다. 최근 강조되고 있는 실행은 전략처럼 단순히 미리 짜인 계획에 대한 수행의 의미를 넘어서, 직원들의 자발적이고도 지속적인 행동을 의미한다. 이때 직원들의 행동에 방향을 제시하는 것은 회사의 핵심가치 혹은 행동규범이다. 즉, 기업의 핵심가치 달성, 궁극적으로는 고객이 원하는 차별적 가치를 제공하기 위해 직원들이 자발적이고 지속해서 실행에 나서고, 이것이 성과로 연결되면 실행력이 강한 조직이라고 볼 수 있다. 기업이 실행을 잘 하려면 크게 두 가지 조건이 만족해야 한다. 하나는 실행을 강화하는 기반 체계이고, 나머지 하나는 실행에 대한 직원들의 의지다. 기반 체계란 실행을 추진하기 위한 조직의 기본 인프라로서 조직 구조, 프로세스 등을 의미한다. 실행의 주체인 직원들이 적극적인 실행력을 발휘하도록 동기부여하고 이를 체계적으로 지원하는 시스템을 갖춰야 강한 실행력을 보유한 조직을 구현할 수 있다. 실행력 없는 비전은 비극이다. 꿈을 이루는 데 있어 노력과 디테일은 중요하다. 하지만 모든 꿈도 비전도 이것이 없으면 결국 무용지물이다. 바로 실행이다. "구슬이 서 말이라도 꿰어야 보배"라고 했던가. 실행력이란 개인과 기업이 추구하는 목표와 열망을 구체적 성과로 끌어내는 연결고리다.

아무리 좋은 계획을 수립하더라도 실행하지 않으면 원하는 것을 얻을 수 없다. 꿈도 마찬가지이다. 아무리 원대한 꿈! 자신을 뛰어넘는 세상을 이롭게 하는 큰 꿈을 가졌더라도 실행하지 않으면 아무런 효과를 볼 수 없다. 꿈만 꾸고 실행하지 않는 것을 흔히 말하는 개꿈이라고 한다. 사람들은 실행해보지도 않고 잘 안 될 것에 대해 걱정부터 한다. 물론 리스크를 줄이기 위해서는 사전에 철저한 준비가 필요하지만 그것으로 인해 시도조차 하지 않는 것이 문제이다. 설령 실행하다가 원하는 것을 얻지 못하는 실패를 했더라도 그것으로 인해 배움이 있었다면 진일보한 것이다. 나는 여러 가지 면에서 실행을 너무 격하게 하는 편이다. 특히 학습하고 배우는 것에 대해서는 해야겠다고 생각하면 바로 시작하는 습관이 있다. 어떻게 보면 좋은 습관이기는 한데, 어떨 땐 너무 많은 실행으로 몸과 시간이 견디지 못하는 경우도 생긴다. 힘이 들기는 해도 그리고 그 결과가 당장 원하는 것과 연결이 되지 않더라도 저자의 자산으로 남기에 절대 후회하지 않는다. "생각은 깊게 하되 실행은 즉시 하라"는 신조를 지니고 실행력으로 승부를 건다. 실행하지 않으면 아무런 결과를 얻을 수 없다. 결과를 얻기 위해서는 자신의 실천에 의한 것밖에 없다. 자신의 꿈을 누군가가 대신해줄 수 있는 것은 아니다. 절대 자신의 노력 없이 이루어지는 것은 없다. 행여 복권에 당첨된 것처럼 요행이 있을 수 있지만 언젠가는 반대급부를 요구받게 된다. "세상에는 절대 공짜는 없다"라는 것을 경험으로 체험했기에 신념이 되었다.

실행력이 부족한 것은 의지력의 문제가 아니라 아직 효과적인 방법을 몰라서이다. 변화를 시도할 때 가장 중요한 것은 갖고 있는 문제와 그 원인이 무엇인지를 "제대로 아는 것"이다. 문제를 파악하기만 하면 문제를 푸는 것은 식은 죽 먹기처럼 쉬운 경우가 많다. 정말 문제인 것은 문제 자체보다 자신의 문제가 무엇인지 제대로 파악하지 못한다는 것이다. 고민이 있을 때 진짜 본질적인 문제가 무엇인지 모를 때가 많다. 문제를 제대로 파악하려면 적절한 질문을 던져야 한다. 예컨대 "어떻게 매장을 넓힐 수 있을까?"라는 질문을 "어떻게 하면 더 많이 팔 수 있을까?"로 바꾸는 것이다. "무엇을 말할까?"라고 자문하는 대신 "무엇이 상대를 움직일 수 있을까?"라고 질문을 바꾸는 것이다. 실행을 위한 핵심을 짚어주어야 한다. 공부를 더 잘하고 싶다면, 경제적 상황을 개선하고 싶다면, 그것을 해야 할 절실한 이유를 만들어내야 한다. 자신을 절박한 상황으로 내몰아야 한다. 효과적으로 행동을 바꾸는 것은 단 한 가지뿐이다. 아직 바꾸지 못하고 있는 습관을 견딜 수 없을 정도의 고통과 연결하고, 새로운 행동을 믿기 어려울 정도의 엄청난 보상과 연결하는 것이다. 어떤 일을 아무래도 못할 것 같은 생각이 들면, 우선 만만한 일부터 시작하고 엉망으로 해도 좋다고 쉽게 생각한다. 하지 못할 핑계만 찾지 말고 해야 할 이유를 찾아 그 일과 관련된 쉽고 작은 일 하나를 당장 시작한다. 해야 할 이유와 마음은 절실해야 하지만 시작은 최소 단위의 작은 일부터 해나가면 실천이 따르게 된다. "나는 이런 사람이다"라고 자신을 규정하게 되면 정말 그런 사람처럼 행동한다. 일찍 일어나지 못하는 것은 게으르기 때문이 아니다. 의지가 박약하기 때문도 아니다. 자신을 '일찍 일어나지 못하는 사람'으로 규정했기 때문이다. 그러므로 지금까지와 다른 삶을 살고 싶다면 이전과는 다르게 자신을 규정해야 한다. 더 큰일을 하고 싶다면 우리 자신을 더 큰 존재로 규정해야 한다. 열심히 일하거나 일을 잘하는 건 생각보다 중요하지 않다. 무엇을 했는가가 훨씬 더 중요하다고 이민규의 《실행이 답이다》에서 말하고 있다.

그럼 실행력을 높일 방법을 다음과 같이 정리해본다.

첫 번째, 할 일을 잊지 않고 처리하라. 업무를 처리하다 보면 해야 할 일들이 꼬리에 꼬리를 물고 생긴다. 다른 사람이 부탁한 일, 문득 떠오른 일 등 그 종류도 다양하기 때문에 해야 할 일을 잊지 않도록 하는 방법을 마련해야 한다. 그렇지 않으면 현재하는 일에 몰두하다가 좀 전에 처리하려고 마음먹었던 일을 까맣게 잊어버릴 수도 있다. 일을 마치고 퇴근 준비를 하다가 빠뜨린 업무가 생각나 한숨을 내쉬는 불상사가 생기게 된다. 잊지 않기 위해서는 노트나 수첩에 기록하는 것이다. 더 간단한 방법은 아침에 오늘 해야 할 일을 포스트잇에 적어 붙여두는 것도 좋은 방법이다. 꼭 아침이 아니더라도 할 일이 생각날 때마다 바로 포스트잇에 메모해서 컴퓨터나 책상에 붙여 놓는다. 포스트잇을 눈앞에 붙여 놓고, 해야 할 작업이 싫어도 계속해서 눈에 들어오도록 하는 것이 필요하다. 포스트잇은 그 내용은 처리하면 바로 버릴 수 있다는 장점이 있어 눈에 보이는 성취감은 물론, 업무 처리의 속도와 강약을 조절할 수 있다. 오늘 해야 할 업무 내용을 노트나 수첩 또는 포스트잇에 메모하는 습관을 기르자!

두 번째, 집중력을 단련하라. 업무 능력을 인정받게 될수록 많은 양의 일을 맡게 된다. 이때 문제가 되는 것이 집중력이다. 모든 일에 시간과 능력을 할애할 수 없기 때문에 해야 할 일을 단시간에 처리하기 위한 집중력이 필요하다. 간혹 "난 집중력이 없다"라고 토로하는 사람들이 있다. 집중력은 충분히 단련할 수 있다. 이때 제일 좋은 방법이 자기 자신을 '집중해야 하는 상황'에 반복해서 처하게 한다. 할 일을 끝낸 자신에게 "수고했으니 상으로 좋은 와인을 사야지!", "빨리 이 일을 끝내고 맛있는 식사를 해야지!"와 같이 집중력을 높일 수 있는 동기부여 방법을 곁들이면 성공 확률을 높일 수 있다. 집중력 단련도 중요하지만, 집중할 수 있는 환경을 만드는 일도 매우 중요하다. 집중할 수 있는 환경을 조성하기 위해서는 아침 일찍 출근해서 자신만의 시간을 만드는 것도 좋은 방법이다. 그 시간에는 집중력이 필요한 일만 하면 된다. 집중력을 단련하자! 혼자만의 시간을 갖거나 집중력을 높일 수 있는 동기부여를 해주자!

세 번째, 안 되는 이유를 찾지 말라. 새로운 일을 시작할 때는 많든 적든 불안 요소가 있게 마련이다. '실패하면 큰일인데' '잘 안되면 체면이 말이 아닐 텐데'하고 말이다. 그러나 불안 요소가 있다 해도 "해보고 싶다!" "도전한 보람이 있을 것 같다!"라는 긍정적인 마음이 있으면 실행에 옮길 수 있다. 물론 아무리 노력해도 현시점에서는 극복할 수 없는 이유도 있다. 그런 경우에는 아이디어가 떠오르자마자 바로 실행에 옮기라고 강요해서는 안 된다. 그러나 일단 시도해보면 충분히 가능한 일인데, 단지 불안감 때문에 망설이고 있는 것이라면 과감히 그런 생각을 떨쳐버려야 한다. 누구나 과거를 돌아봤을 때 실행하기 전까진 불안했지만, 막상 해보니 별것 아니었다고 기억하는 경험이 있을 것이다. 자꾸만 할 수 없다 할 수 없다고 생각하면 부정적인 마인드가 자리 잡게 되어 계획대로라면 잘 되었을 일도 자칫 틀어질 수 있는 법이다. "병은 마음에서부터 온다"라는 말이 있듯, '나라면 할 수 있다'라고 투지를 불태워 실행한다면 성공 가능성도 함께 커진다. 사고의 전환을 바꿔보면 또 다른 길이 보일 것이다.

03 습관의 힘

살아가면서 해야 할 일을 미루게 되는 경우가 많이 생긴다. 몸에 밴 게으름이 발동을 해서 그렇다. 성공하기를 바라는 것은 모든 사람의 열망이기는 하지만, 성공은 결국 마음가짐과 자세, 태도, 습관에 의해 결정이 된다. 그중에서도 습관의 영향은 크게 미친다. 습관 중에서도 당일에 해야 할 일을 미루지 않고 그날에 하는 습관과 특정한 날 특정한 시간에 무엇인가를 해야 하는 규칙적으로 하는 습관이 중요하다. 자신에게 있는 좋은 습관과 나쁜 습관에 대해 보통 잘 알고 있다. 그리고 나쁜 습관을 좋은 습관으로 바꾸기 위해 많은 노력을 한다. 하지만 쉽지가 않다. 이유는 습관의 특성을 무시하고 무작정 바꾸려고 하기 때문이다. 어떤 한 가지 습관을 들이는 데 적어도 3주 정도의 시간이 걸린다고 한다. 하지만 3주가 지나서 그것이 습관이 되면 의식하지 않아도 자연스럽게 행동하게 된다. 이것이 바로 습관의 힘이다. 일반적으로 나쁜 습관을 바꾸려고 노력하는 사람이 많다. 하지만 습관은 없앨 수 없고 다만 새로운 것으로 대체할 수 있다. 새벽에 일찍 일어나는 습관을 만들기는 힘이 든다. 하지만 잠을 자던 시간에 뭔가 다른 일을 하는 것으로 바꾸면 의외로 빨리 문제가 해결될 수 있다. 아침 일찍 일어나서 책을 보는 것도 좋고, 글을 쓰는 것도 좋다. 그렇지 않으면 산책을 하거나 조깅을 하는 것도 좋은 방법이다. 어떤 일이든 잠자는 것보다 좀 더 생산적인 일로 대체하면 자연스럽게 습관을 만들 수 있다. 그리고 습관을 바꾸려다 좌절하고 실망하는 경우도 종종 생긴다. 이는 한꺼번에 많은 것을 바꾸려 해서 그렇다. 스포츠에서 승리하는 사람은 한 가지에만 집중한다. 습관도 마찬가지이다. 여러 가지 습관 중에서 가장 쉽고 실천하기 쉬운 것을 하나 정해서 3주 동안 집중한다. 3주가 지나 습관으로 정착되고 난 후에 또 하나의 습관을 목표로 정해서 습관으로 만들어 나가는 노력을 하면 된다. 성공의 노하우를 많이 배우는 것보다 습관 하나를 바꾸는 것이 더 중요하다. 그렇기에 좋은 습관을 들이는 데는 좀 더 많은 관심을 가져야 할 필요가 있다.

저자는 15년 전부터 매월 첫날 아침에 문자로 안부를 전하는 일을 하고 있다. 문자의 폐해에 대해서 많이 이야기 하지만, 지속해서 반복하면 부정적이기보다는 긍정적으로 받아들인다. 온·오프라인으로 많은 사람과의 교류가 있기에 일일이 안부를 여쭐 수 없어서 시작한 일이다. 까먹지 않으려고 노력을 하지만 가끔 한 번씩 빠뜨리는 경우가 있지만 그렇지 않으면 매월 첫날 15년 이상 지속하면서 습관으로 만들었다. 또한 매일 아침에 감사일기를 쓴다. 1년 전부터는 사진 감사일기로 바꾸어서 쓰고 있다. 감사일기를 쓰기 시작한 지가 5년을 훌쩍 넘어섰다. 하루도 빠짐없이 쓰고 있으니 습관으로 완전하게 자리를 잡았다.

사진 감사일기로 바꾼 이후부터 하루 종일 감사할 일을 찾고, 사진을 미리 찍어 준비를 해야 한다. 그러니 자연스럽게 감사할 일을 만들고 있는 저자의 모습을 보면서 감사일기보다 훨씬 더 좋은 영향을 준다는 것을 체험하고 있다. 일기는 저녁에 쓰는 것이 통상적이지만 꼭 그렇게 하라는 규칙은 없다. 그러기에 저자는 아침에 일기를 쓴다. 어쩌면 새벽이라고 하는 것이 맞을 것 같다. 보통 6시에서 7시 사이에 일기를 쓴다.

감사일기 쓰기가 습관화되고 난 후부터는 일기를 쓰지 않고는 일을 할 수 없을 정도가 되었다. 감사일기를 쓰면서 어제의 일을 정리하고 그날의 일을 계획한다. 감사일기의 효과는 많은 작가가 이야기하고 있다. 저자도 감사일기 쓴 이후부터 완전 긍정의 마인드로 바뀌었다. 생각이 긍정으로 바뀌면서 몸도 건강해짐을 몸소 체험하면서 실감하고 있다. 생각이 건강해지면 몸도 건강해진다는 것을 느끼고 있다. 이렇듯 어떤 일이든 습관으로 만들게 되면 자기에게 많은 긍정의 효과를 가져다준다는 것을 체험하게 되었다.

미국의 백만장자 연구가인 토머스 콜리는 5년 동안 177명의 자수성가한 백만장자를 연구했다. 2017년 "성공은 매일의 습관이 좌우

한다"는 결론을 내렸다. 부자가 되는 것, 가난뱅이가 되는 것, 행복과 불행이 모두 습관이 좌우한다는 것이다. 콜리는 습관은 노력으로 바꿀 수 있다며 자수성가한 부자들의 습관 13가지를 소개했다. 콜리가 파악한 부자들의 13가지 습관을 소개하면 다음과 같다.

첫 번째, 독서이다. 자수성가한 부자들은 책을 읽는 습관을 가졌다. 부자들 가운데 80% 이상은 매일 30분 이상씩 책을 읽는다. 부자들이 독서를 좋아하는 이유는 즐거움을 얻기 위해서가 아니라 지식을 얻기 위해서이다. 독서를 통해 자기 계발과 교육을 게을리하지 않는다.

두 번째, 운동이다. 자수성가한 사람들은 운동하는 습관을 지니고 있다. 부자들 가운데 76%는 유산소 운동을 하루에 30분 이상씩 한다. 유산소 운동에는 달리기, 걷기, 자전거 타기 등의 심혈관 강화 운동이 포함된다.

세 번째, 유유상종한다는 것이다. 친구들을 보면 그 사람을 알 수 있다는 말은 부자들에게도 통용된다. 사람은 자신이 사귀는 사람들 수준만큼 성공할 수 있다. 부자들은 목표가 있고, 낙관적이고, 열정적이고, 긍정적인 세계관을 가진 사람들과 어울린다.

네 번째, 목표를 추구한다. 자신의 꿈과 목표를 추구하는 일은 장기적으로 가장 큰 행복을 선물해주고 부를 창출해준다. 자수성가한 사람들은 자기 자신의 꿈을 열정적으로 지칠 줄 모르게 추구한다.

다섯 번째, 아침 일찍 일어난다. 자수성가한 부자들의 50%는 일과가 시작되기보다 최소한 3시간 전에 기상한다. 아침 5시에 일어나 그날 할 일 가운데 3가지를 처리하면 일상을 통제할 수 있다. 그러면 자신감도 느끼게 된다.

여섯 번째, 수입의 다변화이다. 자수성가한 부자들의 수입원은 하나가 아니다. 여러 가지 수입원을 개발한다. 미국의 자수성가한 백만장자들 가운데 65%는 처음으로 1백만 달러를 모으기 전에 이미 3가지의 수입원을 확보하였다. 대표적인 수입원은 부동산 임대, 주식 투자, 파트타임으로 다른 업무하기 등이다.

일곱 번째, 멘토를 구하여 상담하기이다. 멘토를 찾는 일은 부자가 되는 지름길이다. 성공 멘토의 역할은 삶을 긍정적으로 만드는 것에 그치지 않는다. 성공 멘토는 해야 할 일과 하지 말아야 할 일들을 가르쳐 성공하도록 도움을 준다. 성공한 멘토는 삶을 통해서든, 독서를 통해서든, 교육을 통해서든 자신들이 체득한 인생 교훈을 공유해 준다.

여덟 번째, 긍정 마인드이다. "오직 긍정적인 세계관을 가진 사람들만이 장기적으로 성공할 수 있다"라고 콜리는 단언했다. 대부분 자수성가한 백만장자들은 공통적인 특징이 긍정 마인드를 갖고 있다는 사실이다.

아홉 번째, 군중을 따르지 않는다. 성공한 사람들은 새로운 자신만의 무리를 만들고 다른 사람들을 끌어 들인다. 자신이 무리를 따르지 않고, 새로운 무리를 만들어 나간다. 그 다음 다른 사람들을 자신이 만든 무리에 끌어 들여야 나간다.

열 번째, 에티켓을 갖고 있나. 사수성가한 백만장자들은 일정 수준의 에티켓 원칙을 파악하고 있다. 성공하려면 매너가 좋아야 한다. 감사의 편지나 이메일을 보낼 줄 알아야 하며, 다른 사람들의 중요한 경조사 등을 챙길 줄 알아야 한다.

열한 번째, 다른 사람의 성공을 돕는다. 성공하려는 다른 사람들이 꿈과 목표를 이루도록 돕다보면 자신도 성공할 수 있게 된다. 성공하려면 성공하려는 마인드를 가진 사람들로 구성된 팀의 구성이 필요하다. 이것이 없으면 절대 성공할 수 없다. 자신을 도울 팀을 만드는 가장 좋은 방법은 먼저 성공 마인드를 가진 다른 사람들을 도와주겠다고 나서는 일이다.

열두 번째, 성공의 열쇠는 생각하는 데 있다. 부자들은 매일 아침에 혼자서 최소한 15분씩 생각한다. 생각의 주체는 돈이나 경력 관리 등에서 건강이나 자선 등 다양하다.

열세 번째, 피드백을 파악한다. 남들의 비판이 두려우면 다른 사람들이 무슨 생각을 하든지 피드백을 파악하지 않는다. 그러나 피드백을 파악해야만 무엇이 작동하고 무엇이 작동하지 않는지를 알 수 있다. 피드백을 알아야만 자신이 제대로 된 길을 가고 있는지를 알 수 있게 된다.

성공한 사람들의 습관을 바라다보면 독서를 하는 습관을 많이 가졌다 한다. 독서하는 습관을 들이면 남다른 생각과 지혜를 얻을 수 있기 때문이라고 한다. 철학적인 생각이 남들과는 좀 더 다르게 생각하기도 하고 세상의 변화에서도 빠른 파악을 할 수 있다는 점이다. 우리가 어떤 것을 이룰 수 있는지 없는지 어떤 습관을 들이냐에 따라 달라지기 쉬운 데 성공하는 사람들의 경우 그 습관을 좋게 만들고 자신을 바꾸는 습관을 들이기 위하여 매일매일 독서를 하는 습관을 지녔다고 한다. 도서관에 가면 책 읽는 사람이 많다. 요즘은 백화점에 가거나 문고가 있는 곳이면 앉아서, 서서 책을 보는 사람이 많다. 문제는 책을 읽는 사람만 읽고, 나머지 많은 사람들은 책 읽기를 하지 않는다는 점이다. 사람들은 더 좋은 지혜와 지식을 얻기 위해서 책을 읽고 또 읽는다. 성공하기 위해서 필요한 것이 바로 독서라고 해도 과언이 아니다. 철학이나 지식을 책에서 얻는 것이다. 책을 읽을 수 있는 환경을 만들고 자신이 도서관에 다니는 횟수를 늘리면서 책을 읽는 것을 습관화한다.

성공하기 위해 필요한 책을 읽는 것을 습관으로 만들기 위해 책 읽는 시간을 정해야 한다. 그리고 책 읽는 시간을 늘려서 책에서 지식과 지혜를 배워야 한다. 책을 많이 읽다 보면 자신도 모르게 지식이 늘어나고 현명한 삶의 방식을 배우게 된다. 우리 국민 모두가 책 읽는 습관에 빠져들어 성공하는 기반을 쌓기를 기대해본다.

04 수불석권手不釋卷

《삼국지三國志》〈오지吳志〉의 '여몽전呂蒙傳'에 나오는 여몽의 고사로, 손권이 여몽에게 부지런히 공부하라고 권유하면서 말한 '수불석권'은 "손에서 책을 놓을 틈 없이 열심히 글을 읽어 학문을 닦는 것"을 의미한다.

어려운 환경에서도 배우기를 좋아하는 사람이 항상 책을 가까이 두고 독서하는 것을 가리킨다. 중국에서 후한後漢이 멸망한 뒤 위魏·오吳·촉한蜀漢 세 나라가 정립한 삼국시대에 오나라의 장수 여몽은 어려서 매우 가난하여 제대로 먹고 입지도 못하여 글을 읽고 공부할 형편이 되지 못했다. 초대 황제인 손권孫權의 장수 여몽呂蒙은 전쟁에 무공을 쌓아 세운 공로로 장군이 될 수 있었다. 손권은 학식이 부족한 여몽에게 공부를 하라고 권하였다. 독서할 겨를이 없다는 여몽에게 손권은 자신이 젊었을 때 글을 읽었던 경험과 역사와 병법에 관한 책을 계속 읽고 있다고 하면서 "후한의 황제 광무제光武帝는 변방일로 바쁜 가운데서도 손에서 책을 놓지 않았으며 手不釋卷, 위나라의 조조曹操는 늙어서도 배우기를 좋아하였다"라는 이야기를 들려주었다. 그래서 여몽은 싸움터에서도 학문에 정진하였다. 그 뒤 손권의 부하 노숙魯肅이 옛 친구인 여몽을 찾아가 대화를 나누다가 박식해진 여몽을 보고 놀랐다. 노숙이 여몽에게 언제 그만큼 많은 공부를 했는지 묻자, 여몽은 "선비가 만나서 헤어졌다가 사흘이 지난 뒤 다시 만날 때는 눈을 비비고 다시 볼 정도로 달라져야만 한다刮目相對"라고 말하였다.

지금은 아쉽게도 책보다는 지갑이 두툼한 사람이 더 인정받는 시대가 되었지만 그래도 역시 책을 읽어야 한다. "생전부귀生前富貴요, 사후문장死後文章이라"는 옛말이 있듯이 얼핏 보면 부귀와 공명이 전부인 것 같지만 지성知性을 키워야만 영원히 살 수 있음을 말한다. 당 태종 이세민은 역사의 성패를 거울 삼아 위징과 같은 현명한 신하를 옆에 두고 스승과 친구로 삼았다. 자신의 부족함을 알고 스스로 낮추면서 신하들과의 격의 없는 토론을 통해 정치철학을 실천했던 것이다. 군주는 배이며 백성은 물이다. 물은 배를 띄우지만 역으로 배를 능히 뒤엎을 수도 있다는 사실을 깊이 깨닫고 스스로 자만에 빠지는 것을 끊임없이 경계했다. 그 결과 당 태종은 정관지치라는 태평성세를 이룰 수 있었다.

서구의 전쟁터에서도 지휘봉보다 책을 손에 든 나폴레옹이 많은 승리를 하였었다. 나폴레옹은 전쟁터에 1,000여 권의 책을 싣고 다니며 말 위에서도 책을 읽었다고 한다. 역사·과학·종교·미술·시·

희곡 등 분야를 가리지 않은 독서는 나폴레옹에게 통찰력과 승리의 전술뿐 아니라, 유럽 재판소, 유럽 화폐, 나폴레옹 법전 등의 영감을 줌으로써 그를 근대 유럽의 상징으로 만들었다.

"하버드 졸업장보다 소중한 것이 독서습관이다"라고 한 세계 최고 부자인 빌 게이츠는 매일 밤 한 시간씩, 주말에는 두세 시간씩 책을 읽어 1년에 평균 50권의 책을 읽는 소문난 독서광으로 "나의 성공에는 독서가 절대적으로 큰 기여를 했다"고 고백했다. 빌 게이츠는 마이크로소프트 최고경영자로 있을 당시 자신의 휴가를 '생각 주간'이라고 명명하였다. 그는 생각 주간에는 여러 권의 책을 읽으며 미래를 도모하며 경영전략을 구상하였다.

26세에 만성간염 판정으로 5년 시한부 선고를 받았던 손정의 소프트뱅크 회장은 절망하지 않고 병원에 입원 중인 3년 반 남짓 기간에 4,000여 권의 책을 읽었다. 평생 먹고살 지식을 거기서 얻었다. 페이스북의 마크 저커버그 역시 2주에 적어도 1권의 책을 읽는다고 한다. 하워드 슐츠 스타벅스 창업자는 매일 오전 5시에 일어나 반드시 독서 시간을 갖는 것으로 알려져 있다. 책을 읽기 위하여 어포던스 전략으로 주변의 환경을 책으로 꾸며 자신의 삶에 항상 책이 노출되는 전략을 시행하고 있지만 책 읽기가 쉽지가 않다.

독서라고 해서 꼭 책만을 의미하는 것은 아니다. 신문도 좋고 잡지도 좋다. 읽는 사람에게 도움이 되는 독서습관이 모두 수불석권이라고 할 수 있다. 독서는 작가와 독자와의 대화이다. 독자는 독서과정 속에서 삶에 적용할 유용한 정보와 지식을 얻게 된다. 또한 독서과정에서 자신의 삶을 사유하고 삶의 방향을 정립하게 된다.

  항상 저자의 가방에는 책이 들어있다. 그것도 한 권이 아니라 3~4
권의 책을 넣고 다닌다. 빨리 읽고 싶은 책을 넣고 다니면서 시간의
짬이 생길 때마다 읽는다. 차 안에도 한 권의 책을 실어놓는다. 짧은
시간을 기다려야 할 경우가 생기면 차 안에 있는 책을 읽는 재미를
느끼기 위해서이다. 차 안에 두는 책은 가능하면 이어서 읽지 않아도
될 부담 없는 책을 둔다. 집에는 거실의 테이블 위에 책을 몇 권 올려
놓았다. 집에서 쉬면서 짬이 날 때 읽고, TV를 시청하다가도 광고시
간이 길어지면 잠깐의 여유시간을 이용하기도 한다. 이렇게 항상 책
을 보이는 곳에 두거나 가방에 넣고 다니면 잠깐 잠깐의 시간을 이용
하여 책을 읽을 수 있기에 습관으로 만들기 쉽다. 책을 많이 읽고 싶
지만, 여건이 그렇게 되지 않아서 한 달에 10권을 목표로 한다. 업무
와 연계되고, 학교 수업과 겹치기에 목표를 다 채우지 못하는 경우도
있다. 그럴 때면 항상 그다음 달에는 부족한 분량을 채워서 목표한
양만큼은 읽으려고 노력한다. 그래도 순서를 기다리고 있는 책을 볼
때면 빨리 읽어야 한다는 조급함이 생긴다. 많이 읽는다고 꼭 좋은
것만은 아닐지라도 읽기 위해 사놓은 책은 읽을 시기를 놓치면 의미
가 약해질 수 있기에 부담이 간다. 정독이 좋다, 다독이 좋다는 이야
기의 대립이 많다. 작가들 간의 생각에도 차이가 있다. 책을 읽고 책
을 쓰면서 느낀 것은 습관화되기 전까지는 다독이 필요할 것 같다는
생각을 한다. 책을 쓰기 위해서는 어느 정도의 기본적인 독서량이 필

요하기 때문이다. 깊은 의미를 파악하지는 못해도 낳이 나똑하고, 책 읽는 것이 습관으로 몸에 배면 자신의 스타일에 맞게 조정하면 된다.

성공의 습관으로 책을 읽는 습관은 어디에도 빠지지 않는 중요한 습관이다. 많은 사람이 목표에 성공하지 못한 이유는 목표까지 도달하는 방법을 모르거나 목표까지 도달하는 방법을 알더라도 실천하지 않기 때문이다. 책 읽는 습관을 자신의 삶에 습관화하라. 책을 읽는 습관이 쉽지만은 않다. 이것을 습관화하는 데 힘이 드는 것은 사실이다. 하지만 습관화되면 삶에 큰 힘이 된다. '독서습관'이라고 이름 붙이고 다음과 같이 시작하라.

독서습관은 우선 한 달에 4권은 읽겠다는 마음을 먹는 것부터 시작하자. 매월 말 또는 한 달에 자신이 지정한 날에 책을 4권 구입을 한다. 일주일에 한 권을 읽을 목표를 가지고 한 달 치의 책을 사는 것이다. 두 번째로 책을 구입했다면 먼저 읽을 책 맨 앞 페이지에는 읽기 시작하는 날짜와 자신의 사인을 한다. 기록함으로써 구입한 책을 내 것이라고 표시를 하는 것이다. 세 번째로 기록을 했다면 항상 손에 들거나 가방에 넣고 다닌다. 전철을 타거나, 출근을 일찍 하거나, 생활 속 여유시간이 생길 때마다 책을 읽는다. 그러면서 서서히 습관화 만들어간다.

습관은 지금부터가 시작이다. 매일매일 그렇게 읽기를 반복하면 된다. 처음에는 습관화 되지 않아 진도가 나가지 않을 수 있다. 일주일이 지났는데도 진도가 나가지 않았다면 미련을 갖지 말고 거기까지만 읽고 끝낸다. 하지만 반드시 해야 할 일은 들어가는 글과 목차는 읽어야 한다. 그 책이 무엇을 말하려고 하는지만 알았다면 책장에 꽂아 둔다. 두 번째 주에는 두 번째 책을 똑 같이 맨 앞 페이지에 사인과 날짜를 적고 읽기 시작한다. 그리고 들고 다니면서 첫 번째 주와 똑같이 틈날 때 책을 읽는다. 다 읽으면 좋고 다 읽지 못하더라도 머리글과 목차를 읽고 어떤 내용이 있는 책인지만 기억한다. 셋째 주, 넷째 주도 같은 방법으로 반복한다. 항상 손에 책을 들고 다니는 습관을 만드는 것이다. 한 달에 4권, 일 년이면 50권이다. 자신의 손때가 묻는 책을 일 년에 50권 가지게 되는 것이다. 딱 눈감고 1년만 해보자. 다 읽지 못하고 꽂아 두는 책이 점점 줄어들 것이다.

이제 손에 책이 없으면 불안해지면서 책을 항상 손에 놓지 않는 습관을 갖게 된다. 이런 습관을 만들고 나면 책을 읽는 속도는 남다르게 빨라지게 된다. 일주일에 한 권 읽는 것은 그렇게 어렵지 않다. 이런 독서 습관으로 1년, 2년, 3년, 시간이 지나면 자신의 책장에 500권 1,000권의 자신의 손때 묻은 책들로 채워지게 된다. 시간이 지나면 엄청난 보물이 되고 자산이 된다.

사람들은 책을 지식, 정보라는 단어를 연상한다. 사실 책만큼 좋은 지식의 보고도 없다. 책은 세상에 널린 다양한 지식을 일목요연하게 정리해 놓았다. 책을 열심히 보면 다양한 지식을 체계적으로 습득할 수 있다. 하지만 만약 책을 지식의 보고라고만 생각한다면, 그리고 책에서 얻은 지식을 갖고 세상에 대적하겠다고 마음먹는다면, 이는 자기 자신을 결코 이길 수 없는 전쟁터로 몰고 가는 꼴이 된다. 책에 담긴 지식과 정보는 수천만, 아니 수억 명이 쏟아내는 것늘 숭 극히 일부분에 불과하기 때문이다. 게다가 몇 백만, 몇 천만 권의 책 중에서 우리가 평생 볼 수 있는 책은 몇 천 권에 불과하다. 이런 얕은 지식을 갖고 세상의 지식, 정보와 싸움을 시작할 것인가. 그때 몇 권의 책이 자신을 얼마나 보호해주리라 기대하는 것은 무리가 아닐까?

저자는 그동안 책을 본 것은 지식을 얻고자 했던 것이었지만 실제 책이 저자에게 준 것은 지식보다 삶에 대한 호기심이었고, 더 나은 세상이 있다는 희망이었다. 저자는 그동안 책이 나를 자극해 어려움이 닥쳐도 이를 이겨낼 힘을 줬다는 것을 망각하고 있었다. 저자는 책이란 지식창고이기보다 정신을 일깨워주는 자극제라고 생각한다. 지식을 얻는다는 것은 컴퓨터 하드디스크에 정보를 입력하는 것과 다를 바 없다. 그건 굳이 책을 안 봐도 세상에 널린 정보만 잘 정리해두면 된다. 특히 요즘같이 인터넷이 발달한 상황에서는 말이다. 예전에 책을 봤던 이유는, 비록 당시에는 깨닫지 못했지만, 무엇엔가 호기심을 느끼고, 알고 싶게 만들고, 색다른 무언가를 찾아가게 만드는 그 힘 때문이었다. 책은 정신을 살아있게 해주는 에너지로, 오늘은 어떻게 살 것인지, 내일의 꿈은 무엇인지, 자신이 아는 것이 다인지, 사람들은 어떻게 살아가는지, 자신이 살아가는 방식이 올바른 것이지 등을 생각하고 고민하면서 알 수 없는 미래에 대한 호기심을 자극해준다. 꿈을 이루기 위해서는 스스로가 지치지 않고, 쓰러지지 않기 위해서 독서는 필수이다. 독서의 힘으로 세상의 험한 계곡을 넘어갈 힘을 길러야 한다.

05 자리이타와 메신저

강의를 하면서 사람들에게 "사는 목적이 무엇인지?" "왜 사는지?"
를 물어보는 경우가 있다. 대부분 돌아오는 답은 시원하지 않다. 그나
마 좀 생각해서 하는 답에는 "행복하기 위해서 산다"라는 답을 한다.
아리스토텔레스는 "사람의 사는 목적은 행복 극대화"라고 했다. 결
국 기업도 이익을 창출해야 하지만 그 기업을 둘러싸고 있는 이해관
계자들의 행복을 극대화하는 것으로 삼아야 한다는 것이다.

그 깨달음으로 휴넷의 조영탁 회장은 행복경영의 첫째 원칙을 "남
을 먼저 이롭게 하면서 내가 이롭게 된다"는 자리이타 정신을 선택
했다. 두 번째 핵심은 다양한 이해관계자 중에서 직원의 행복을 최
우선으로 고려해야 한다는 직원 최우선 원칙을 설정했다고 한다. 경
영학을 공부한 사람들에게는 충분하게 이해가 되는 사명이기는 하
지만, 사실 사명으로 설정한다는 것이 쉽지 않은 내용임에도 조영탁
사장은 행복경영원칙을 만들어 시행해 오고 있다.

자리이타는 스스로 이롭고 남도 이롭게 한다는 뜻으로 자신을 위할 뿐 아니라 남을 위하여 불도를 닦는 일을 말한다. 자리란 스스로를 이롭게 한다는 뜻으로 노력하고 정진하여 수도의 공덕을 쌓아 그로부터 생기는 복락과 지혜 등 과덕의 이익을 자기 자신만이 누리는 것을 가리킨다. 이에 대하여 이타란 다른 이의 이익을 위하여 행동하는 것을 뜻하며 자신의 이익뿐만 아니라 모든 중생의 구제를 위해 닦는 공덕을 말하는 것으로 대승불교에서 수행의 이상을 나타내는 말이다.

경영의 가장 기본적인 목적이 이익추구이다. 이익이 생기지 않으면 경영은 영속할 수 없게 된다. 그러기에 경영의 전략은 거창하게 설정을 했더라도 이익의 추구를 위하여 혈안이 될 수밖에 없다. 한마디로 말하자면 손해 보는 사업으로는 오랫동안 기업이 살아남을 수 없음을 말한다. 그런데도 휴넷은 '자리이타'라는 경영의 이념 아래에 지속적인 성장을 하고 있음에 많은 것을 배우게 한다.

한때 《시크릿》의 열풍이 불었던 적이 있다. 자신이 원하는 것에 좋은 의도를 가지면 온 우주가 자신의 에너지를 느끼고 원하는 것을 줄 것이라는 것이 요지이다. 이끌림의 법칙에 따라 생생하게, 그리고 간절하게 원하면 이루어진다고 적혀있다. 그러나 이 책에 빠진 것이 있다. 진정으로 성공에 이르려면 열심히 일해야 한다. 《시크릿》에서는 한 번도 이 내용을 언급하지 않았다. "구하라. 그러면 얻을 것이니"라는 신조를 바탕으로 살아가게 만드는 많은 자기계발서중의 하나일 뿐이다. 단언하건대 "구하라. 그러면 얻을 것이니"의 시대는 지났다. 오늘날 성공한 사람들은 "먼저 주어라. 그러면 얻을 것이니"라는 신조를 바탕으로 살고 있다. 메신저의 역할이 그것이다. 먼저 고객의 성공을 위해 도움을 주어라. 그리고 고객의 성공을 통하여 메신저도 함께 성장해가는 것이 메신저의 매력인 것이다. 꿈이 없는 고객에게 꿈을 심어주고, 꿈을 키워나가도록 먼저 도움을 주어라. 그렇게 고객이 성공에 이르게 만들어주고 반대급부로 메신저도 함께 성장과 발전을 해가는 것이다.

메신저란 강의, 코칭, 컨설팅, 작가, 워크숍, 온라인 마케터로서 고객의 성장을 먼저 도와주면서 함께 성장하는 사람을 말한다. 저자가 지금하고 있는 모든 일들이 메신저의 일들이기에 저자는 '백만장자 메신저'가 되기로 꿈을 정한 것이다. 그 첫 번째 단계로 지금까지 해오던 것들은 계속 해 가면서 꿈이 없는 사람에게 꿈을 전파해 나가는 미라클 꿈알을 전파하는 일에 앞장서고 있다. 꿈이 없는 사람들에게 꿈을 나누는 봉사를 하면서 저자도 함께 성장해 나갈 것이다.

엄격하게 따져보면 근본은 '자리自利'가 먼저다. '이타자리利他自利'라고 하지 않는다. "남을 도와서 나를 이롭게 해라"라고 안 한다. "자신을 이롭게 해서 남을 도와라"라고 한다. 왜 그런가 하면, 자신이 행복하지 않으면 남을 행복하게 할 수가 없다. 자신이 행복해야 다른 사람들도 행복하게 해줄 수 있는 여유가 생긴다. 이것이 기본이다. 자신이 양심적이지 않으면 남을 양심으로 인도할 수가 없다. 남들보다 자기 자신의 관리를 잘해야 한다. 그래야 자신을 통해서 남들을 도와줄 수 있기 때문이다. 왜냐하면, 자기 자신을 통해 남들을 노와줘야 하기 때문이다. 자기 자신의 몸과 마음이 최고의 수단이다. 자신이 바로잡혀 있지 않으면 자기 자신이 말로 아무리 좋은 말을 해도 남들이 절대 따라오지 않는다. 자기 자신은 신경 쓰지 않아도 남들이 알아본다. "너 요즘 뭔가 빛난다." 그것이 '자리自利'를 통해 '이타利他'를 한 것이다. '자리'를 신경 써야 한다. 자기 자신을 행복하게 하는 것이 먼저이다. 자기 자신이 양심적으로 마음을 먹음으로써 주변까지 밝게 만드는 것이 먼저이다. 어쩌다가 예외적으로 어떤 특수한 상황이 있을 수 있다. 불가피한 선택을 해야 하는 그럴 때는 전후 사정을 다 고려해서 하면 된다. 오로지 기준은 자기 자신의 양심에 타당한가만 보아야 한다. 양심이 잣대로 보았을 때 이해할 수 있고, 타당하다고 생각되면 그게 맞는 것이다.

남에게 베풀려는 마음 중에 '배려'도 빼놓을 수 없다. 사람들은 배려에 대해 쉽게 말한다. 배려는 온전히 그 사람이 되어야 할 수 있다. 상대의 입장에서 선다는 것, 상대의 입장에서 베푸는 것은 어렵다는 뜻이다. 나보다 남이 잘되도록 도와주는 것은 평범한 사람보다는 비범한 사람들이 할 수 있는 일이다. 배려는 아무나 할 수 있는 것이 아니라는 뜻이다. 깨달은 사람만이 할 수 있다. 남의 입장에서 자주 바라보면 봄의 싹이 트듯이 꽃이 피어나듯이 참 배려가 무엇인지를 시나브로 깨닫게 될 것이다. 좋은 일을 하면 결국은 돌고 돌아서 온다. 베푼 만큼 돌아오기를 바라서는 안 된다. 그 생각을 하는 순간 행복에서는 멀어진다. "세상을 밝게 변화시키는 힘은 내 안에 있다"는 것을 명심하라. 남의 입장에서 배려가 배려로 이어지고 다른 배려가 움직이고 그 배려는 보이지 않는 공간에서 춤을 추고 보이는 공간으로 살아 튀어나올 것이다. 중요한 것은 내가 먼저 배려가 무엇인지를 깨달아야 한다는 것이다. 자리이타는 삶의 건전한 참 지혜요, 올바른 삶의 방향이다. 평범함이 비범함이고 비범함이 평범함이 될 수 있는 하루가 되길 바란다. 자리이타는 "나를 이롭게 하는 일이 남에게도 이로운 일이 되게 한다"는 것이다.

기업가가 회사를 경영할 때에는 이기심과 이타심 사이에서 외줄타기를 할 수밖에 없다. 왜냐하면 이기심이 주로 발동하는 경우, 자신과 회사 직원들의 수익을 위해서 고객들의 입장을 무시한 채 가격을 비싸게 책정한다든지, AS를 엉망으로 한다면 결국엔 고객들이 등을 돌릴 것이다. 반대로 이타심에 치중하여 고객을 위한 최고의 품질의 제품과 서비스를 제공할 때, 가격을 너무 낮게 잡는다면 경영이익의 적자로 회사는 경영난에 허덕이다가 문을 닫게 될 것이다. 그렇다면 이기심과 이타심을 어떻게 고려해야 할까? 이기심에 기초한 시스템을 잘 설명한 예가 있다. 경제학자 애덤 스미스는 빵집 주인의 이기심에 의해서 우리가 빵을 먹게 되는 것처럼 오늘날의 경제 시스템은 이기심을 바탕으로 한 자본주의 시장이라고 설명하였다. 그러나 이 이론이 항상 옳을까? 장기적으로 봤을 때 이기심에 치중된 수익 활동은 위험하다. 위에서 설명했듯이 기업의 이익을 위해서 가격을 올리고 품질을 저하시킨다면 그로 인한 피해는 고스란히 소비자에게 오게 된다. 하지만 소비자가 떠난 제품과 서비스는 생존할 수 없다.

"지속가능한 혁신을 이루기 위해서는 기업과 기업의 외부가 서로 소통을 하면서 이기심이 승화되어야 한다." 여기에 이기심과 이타심을 모두 만족시키는 경제학적인 개념에 불교의 수행이론을 대입해 본다. '가치창출'이라는 '이기심'과 '가치분배'라는 '이타심'의 선순환 경영 마인드는 바로 수행자의 마음가짐 '자리이타'로 설명할 수 있다. 혁신경영의 기업가 정신Entrepreneurship이 불교의 자리이타自利利他라는 가르침으로 설명된다.

《화엄경》에 나오는 자리이타自利利他란 수행자라면 항시 지녀야 하는 기본적이면서도 중요한 마음가짐이다. 달라이라마는 '자리이타'에 대해 이렇게 설명해 주었다. "자리이타는 자기를 희생하면서 다른 사람을 돕는 것이 아니다. 보살이나 지혜로운 사람들은 궁극적 깨달음을 성취하는 목표에 전적으로 집중한다. 그 목표를 이타적인 마음인 자비심을 키워 이룩한다. 자신의 목표를 성취하는 최상의 길이 이타적인 사람이고, 그 행동이 자기에게 가장 큰 축복으로 돌아온다." 불가에서는 또한 이러한 자리이타의 가르침을 회향廻向이라는 덕목으로 설명한다. 자기가 닦은 선극공덕善根功德을 다른 사람이나 자기의 불과佛果: 수행의 결과로 돌려 함께하며 모든 중생에게 널리 이익이 되게 하는 것이다. 아울러 자리이타의 정신은 도산 안창호 선생의 애기애타, 기독교의 이웃사랑, 한민족 건국이념 홍익인간 등과 그 의미를 같이한다.

　기업은 가치창출과 가치분배를 통한 선순환을 통해 지속적인 성장을 이루고, 학교는 바람직한 기업가 정신을 가진 지도자를 양성하며 사회에서는 자기계발과 나눔을 실천하는 자리이타적인 사람들이 우후죽순처럼 나타나는 아름다운 세상을 꿈꾸어본다.

　자리이타와 메신저의 역할이 비슷하다. 메신저는 고객의 성공을 도와주며 함께 성장하는 것인 반면, 자리이타는 "자신을 이롭게 하는 일이 남에게도 이로운 일이 되게 하라"는 것은 함께 잘 살 수 있도록 도움을 주고받아서 발전시켜 나가라는 의미로 해석할 수 있다. 결국 우리의 꿈도 마찬가지이다. 자신을 이롭게 하는 꿈에서 그칠 것이 아니라, 자신을 뛰어넘어 세상을 이롭게 하는 꿈을 만드는 바탕이 된다. 꿈을 실행하면서 달성해가는 과정에서 너무 자신의 이익만을 챙기지 말라고 경고하는 것이다. 자신과 세상사람 모두가 다 잘될 수 있게 실행을 해야 한다. 그러면 장애물과 걸림돌을 피해서 달성이 가능해 지고 살기 좋은 세상에 일조를 하게 된다.

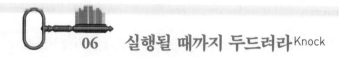

06 실행될 때까지 두드려라 Knock

　꿈을 이룰 가장 좋은 방법을 찾았다면 머뭇거리지 말고 '즉시' 그리고 '될 때까지' 두드려야 한다. 두드린다는 것은 실천하는 것을 의미한다. 비평가인 존 메이슨은 "성공이라는 못을 박으려면 끈질김이라는 망치가 필요하다"고 했다.

　꿈이 있고, 꿈을 이룰 가장 좋은 방법을 찾았다면 '즉시' 두드려야 한다. 모든 것이 '때'가 있다. 타이밍을 놓치면 아무 소용이 없다. 성공한 사람을 자세히 들여다보면 '타이밍'의 귀재들이다. 언제 투자하고 언제 일을 벌일 것인가를 잘 아는 사람들이다. 미국의 기업회생전문가인 데이비드 김은 이렇게 말한다. "행동하지 않으면 그 어떤 것도 이룰 수 없다. 아무리 많은 기름을 부어도 불꽃이 없이는 불이 붙지 않는다. 불꽃은 바로 액션이다." 그의 별명은 불을 붙이는 사람이라는 뜻의 이그나이터ignitor이다. 아무리 폭발력이 좋아도 불을 붙여야 다이너마이트가 터진다. 72:1의 법칙이 있다. 어떤 일을 시작할 때 72

시간(3일)이 지나버리면 그 성공확률이 1%도 안 된다고 하는 것이다. 벤저민 프랭클린은 "'언젠가'라는 말로 생각만 하면 실패한다. '지금' 말을 행동해야 성공한다"라고 했다.《인생의 버팀목이 되어주는 33 이야기》의 저자인 니시자와 마사오는 절대로 일을 미루지 말라 하면서 이렇게 충고를 했다. "대부분의 사람이 성공하지 못하는 공통 요소가 있다. 사람의 능력에는 큰 차이가 없으므로 이 점만 잘 극복하면 거의 모든 사람이 성공할 수 있다. 바로 미루는 습관이다. '언젠가 해 봐야지'라고 생각하는 사람에게 '언젠가'는 오는 법이 없다."

의도성체감의 법칙이 있다. 리더십의 거장 존 맥스웰이 말한 것이다. 의도성체감의 법칙은 지금 해야 할 일을 미룰수록 실천하지 않을 가능성이 커지는 것을 말한다. 그렇기 때문에 좋은 방법을 찾았으면 일단 시작해야 한다. '즉시'이다. 작동흥분이론Work Excitement Theory 이 있다. 일단 어떤 일을 시작하면 우리 뇌의 측좌핵 부위가 흥분하기 시작해 점점 그 일에 몰두할 수 있게 만들어준다고 하는 것이다. 그래서 싫던 일도 일단 시작만 하면 그것이 흥분을 유발시켜 그 일을 계속하게 만든다는 것이다. 아마 여러분도 이런 경험은 있을 것이다. 운동하기 싫어서 빈둥댈 때 일단 운동화를 신고 집 밖으로 나가면 처음에는 귀찮지만 조금 걷게 되면 그냥 한 시간이고 걸어지는 것이다. 첫발을 떼기가 힘들다. 그러니 일단 내 내디뎌야 한다. '즉시'라는 의미를 알아야 한다.

'5초 법칙'이라고 들어보았을 것이다. 아침에 일어나기 싫을 때 5초 만에 일어나는 법칙이다. 거꾸로 카운트다운을 세는 거다. "5, 4, 3, 2, 1" 그리고 이불을 확 걷어버리고 '벌떡' 일어나는 거다. 마치 로켓을 쏘아 올릴 때 거꾸로 카운트다운을 하는 것과 같다. 어떤 행동을 즉각적으로 하기 어려울 때 5초 법칙을 사용하면 좋다. 5초라는 시간은 뇌가 어떤 행동을 방해하기에 충분한 시간이다. 그래서 5초가 되기 전에 곧바로 행동하게 만드는 것이다. 누구에게 전화를 걸고 싶은데 망설여지면 "5, 4, 3, 2"를 세면서 "1" 할 때 곧바로 번호를 눌러라. 이런 식으로 어떤 행동을 해야 할 때 조금이라도 망설여지거나 게으름이 생겨날 때는 그냥 "5, 4, 3, 2, 1"을 세면서 자동반사적으로 행동하는 것이다. '즉시' 두드려야 할 때 '5초 법칙'은 큰 도움이 된다.

방법이 나왔으면 '즉시' 행동하고, '될 때까지' 두드려야 한다. 포기하지 말아야 한다. 일단 시작을 했으면 끝을 봐야 한다. 중간에 포기한 사람이 성공한 예는 없다. 물론 근본적으로 잘못되어 접어야 할 때가 있다. 그때는 잘 판단해서 현명하게 접어야 한다. 그러나 기본적으로는 최상의 방법이 나왔으면 그리고 될 때까지 두드려 나가는 것이다.

고 정주영 회장의 일화이다. 젊은 시절에 공장에서 잠을 자는데 빈대가 너무 몰려와서 도저히 잠을 잘 수가 없었다고 한다. 그래서 침대의 네 다리에 물을 담은 대야를 놓았다고 한다. 그런데 밤에 자다가 보니 이 빈대들이 벽을 타고 올라가서 천정에서 떨어져 몸에 달라

붙더라는 것이다. 그때 정주영 회장은 "빈대도 이렇게 끝까지 포기하지 않는데…"라고 생각하고 그다음부터는 어떤 어려운 일이 닥쳐와도 포기하지 않았다고 한다. 그가 남긴 유명한 말이 있다.

"해봤어?"

스타벅스의 창업자 하워드 슐츠는 초기에 투자를 받기 위해서 216번이나 퇴짜를 받았다. 65세의 커널 센드스는 수중에 달랑 120불을 가지고 무려 1,008번이나 퇴짜를 받아도 포기하지 않고 결국 1,009번째 투자자를 만나 오늘날의 KFC를 만들었다. 마침내 세계적 체인망을 갖춘 미국 최대의 프랜차이즈 업체로 성장한 KFC 제1호점이 탄생한 순간이었다. 이때 나이가 68세 때의 일이다. 고난과 역경 속에서도 마지막까지 좌절하지 않았던 노인은 훗날 이때를 생각하며 이렇게 말했다. "내 인생에서 신이 도움을 가장 간절히, 아주 절박하게 원하던 때가 있었다면 바로 그때였다." 그리고 이렇게 덧붙였다. "훌륭한 생각을 하는 사람은 많지만 그걸 행동으로 옮기는 사람은 드물다. 나는 포기하지 않았다. 무언가를 할 때마다 그 경험에서 배우고 다음번에는 더 잘할 방법을 찾아냈다." 청소기로 유명한 다이슨은 먼지봉투 없는 진공청소기를 만들기 위해 무려 5,127번이나 실패를 했다고 한다. 그렇지만 절대로 포기하지 않고 다시 도전해서 오늘날 세계적인 명품 진공청소기를 만들었다. 계속 두드리는 거다. 포기하지 않고 계속 두드릴 때 반드시 좋은 결과가 나오는 것이다. 포기하지 않으면 반드시 좋은 일이 생긴다. 아인슈타인의 말이 있다. "인

생에서 실패하는 대부분의 경우는 포기하는 바로 그 순간에 내가 성
공에 얼마나 가까이 있는지를 알지 못했기 때문이다"고. 고대디닷컴
을 창업한 미국의 억만장자인 밥 파슨스도 비슷한 말을 했다. "포기
해야겠다는 생각이 들 때야말로 성공에 가까워진 때이다." 99도에서
는 물이 끓지 않는다. 1도를 올려야 된다. 99도에서 포기하면 절대로
끓는 물을 볼 수 없다. 두드려라! 될 때까지!

세계적 기업 월마트를 창업한 새뮤얼 월턴은 이렇게 말했다. "돈
이 없는 게 문제가 아니다. 비전이 없는 것이 문제다. 자신을 믿는 사
람은 엄청난 것을 성취할 수 있다." 여기서 비전이란 단순히 목적이
나 목표만을 의미하지는 않는다. 반드시 '가치' 추구라는 열정이 수
반되어야 한다. 아울러 자기 자신에 대한 굳건한 믿음이 있어야 한
다. 목적이나 목표만 갖고 매진하는 사람은 실패를 두려워하고 실패
를 맞닥뜨렸을 때 쉽게 당황한다. 또 그 실패를 소중한 기회로 삼지
못하고 주저앉는 경향이 많다. 이는 목적이나 목표에 수반되어야 할
비전이 없기 때문이다. 반면 비전을 가진 사람은 실패를 두려워하지
않을뿐더러 그 실패를 기회로 삼는다, 자신을 믿고 가치를 추구할 줄
아는 지혜를 갖고 있기 때문이다. 영국 총리를 지낸 '철의 여인' 마거
릿 대처는 이렇게 말했다.

"실패는 단지 더 현명하게 시작할 기회일 뿐이다. 당신이 할 수 있
다고 생각하든 할 수 없다고 생각하든 상관없이 당신이 옳다. 인생은
확실한 것이 없고 오로지 기회만 있을 뿐이다."

우리는 '인생 역전의 주인공'이라는 말을 자주 한다. 그런데 이런 사람들의 인생을 자세히 들여다보면 그렇게 녹록하지만은 않았다는 것을 알 수 있다. 결코 운이 좋아서 성공한 것은 아니다. 폴 포츠 또한 마찬가지였다. 지독한 연습과 갈망이 없었다면 모든 이의 사랑을 받는 오페라 가수로 성공하지 못했을 것이다. 좌절을 딛고 일어선 사람들에겐 남다른 뭔가가 분명 있다. 남들처럼 실수하고 시행착오 또는 잘못을 저지르기도 한다. 그러나 성공한 사람들은 거기서 주저앉거나 두려움에 젖어 방황하지 않는다. 설령 방황하더라도 금세 기운을 차리고 일어선다. 그리곤 실수와 잘못을 거울삼아 끊임없이 도전한다. 실패 없는 성공은 없고, 잘못 없는 성공도 없다.

벤저민 플랭클린은 살아생전 시간 관리를 중요시 했다. 자기만의 시간관리 철학을 지니고 있었다. "오늘 할 수 있는 일을 내일로 미루지 말라"는 유명한 명언을 남겼을 정도로 1분 1초의 시간도 허비하지 않았다. 그는 자신의 저서에서 이렇게 썼다.

당신이 인생을 사랑하십니까?
그렇다면 시간을 낭비하지 마십시오.
인생이라는 것은 오직 시간으로 이루어져 있습니다.
세월이 흐른 뒤 보면 어떤 사람은 뛰어나고
어떤 사람은 낙오자가 되어 있습니다.
이 두 사람의 거리는 좀처럼 접근할 수 없습니다.
이것은 하루하루 주어진 시간을 잘 이용했느냐

이용하지 않고 허송세월을 보냈느냐에 달려 있습니다.

꿈을 이루기 위해서는 1분 1초라도 낭비하지 않고 철저하게 시간 관리를 해야 한다. 그리고 될 때까지 포기하지 않고 두드리는 끈기가 있어야 한다. 시간을 돈보다 더 중요하다고 생각하는 사람이 꿈을 이룬다.

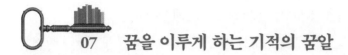

07 꿈을 이루게 하는 기적의 꿈알

　예일대학이 1952년 졸업생을 대상으로 인생의 목표와 구체적인 계획을 담은 목표 리스트를 작성하게 하고 20년 후인 1973년에 졸업생의 성공실태를 조사했다. 그 결과 인생의 목표를 자세하게 기록한 3%의 학생들의 재산 총액이 그렇지 못한 나머지 97% 학생들의 재산 총액보다 많았다는 사실을 발견했다. 그중 빈곤층 27%는 목표가 없는 사람들이었다. 1979년 하버드대학 경영대학원에서도 이와 비슷한 실험을 했다. 3%는 목표를 세워 기록했고, 13%는 머릿속으로만 목표를 세웠다. 84%는 구체적인 목표가 없었다. 10년 후에 다시 조사해보니 마음으로만 세웠던 13%는 목표가 없었던 84%보다 소득 평균이 두 배나 많았다. 목표를 글로 적었던 3%는 나머지 97%보다 소득이 평균 10배나 더 많았다. 결론적으로 보면 상위 3%의 비결은 목표를 글로 적어둔 사람이었다는 것이다.

강철왕 카네기는 성공비결을 이렇게 말했다.

"나는 평생 동안 목표를 종이에 적었다. 하루에 두 번(기상 후, 취침 전) 종이에 쓴 목표를 큰소리로 외쳤다. 그 결과 1주일에 1달러 2센트를 받던 면화공장 노동자에서 개인재산만 4억 달러 넘게 소유한 거부로 성장하게 되었다."

무일푼에서 시작해 4,000억 원의 기업체를 일군 인생 역전 드라마의 주인공인 김승호는 그의 책《생각의 비밀》에서 성공의 비결을 밝혔다. "나는 말의 힘을 믿는다. 한 번 말을 하고 나면 잊기 전까지 그 힘이 사라지지 않음을 믿는다. 그리고 그 말에 힘을 부여하기 위해 그에 알맞은 이미지, 글을 써놓고 매일 보고 또 보고 생각한다." 그리고 그는 지금도 여러 꿈을 적어놓고 수첩에 넣고 다닌다. 명함 크기 한쪽에는 꿈의 종류를 적고 다른 한쪽에는 그 목표들을 이미지화한 그림을 넣었다. 그는 말한다. "매일 100번씩 100일간 상상하고 외쳐라!"

2003년《USA TODAY》에 따르면 꿈을 글로 적는 사람들은 그렇지 않은 사람과 비교해서 무려 1,100%나 높은 확률로 꿈이 이루어진다고 한다. 성공한 사람이 말하는 공통점은 하나이다. 목표를 종이에 적으라는 것이다. 그래서 여러 나라, 여러 사람들이 종이에 적어서 보고 외치고 있다.

그런데 종이에 쓰고 보고 만질 수 있다면, 이보다 더 좋은 것은 없다. 꿈은 보이지 않기 때문에 잊어버린다. 쓰고, 보기만 하고 만지기도 한다면 절대로 잊어버릴 일이 없다. 꿈알이 바로 그런 것이다. 쓰고, 보고 만지는 꿈, 꿈알이다. 이런 개념은 지금까지 없었다. 그래서 세계 최초라고 하는 것이다. 세계 최초! 멋지지 않은가?

꿈알은 어린이뿐만 아니라 어른에 이르기까지 다 필요하다. 어린이는 꿈을 넣고 만지면서 꿈을 이루어나갈 수 있다. 어르신도 꿈을 넣고 만지면서 새로운 도전을 할 수 있다. 어르신들이 꿈이 있어야 한다. 무료하게 지내다보면 건강도 더 나빠진다. 꿈알에 노년의 꿈을 적어 넣는다. 어떻게 곱게 죽을 수 있을까를 적어도 좋다. 자손의 복을 비는 꿈을 넣어도 좋다. 꿈알을 손에 쥐고 늘 만지작거리면서 이런 꿈을 생각하면 아마 치매도 예방될 수 있을 것이다. 손 운동을 많이 하면 치매가 예방된다는 보고가 있다. 이렇게 어린이와 어른, 그리고 어르신에 이르기까지 꼭 필요한 것이 꿈알이다.

꿈알은 오뚝이다. 꿈이 있으면 비록 비틀거릴지라도 반드시 다시 일어난다. 회복 탄력성이다. 꿈알은 최고의 회복 탄력성이다. 꿈알을 보고 삼성의 개혁전도사로 불렸던 손욱 전 농심회장은 "이것은 혁명입니다!"라고 말했다. 세리 CEO를 오랫동안 이끌었던 모네상스의 강신장 대표는 "이것은 콜럼버스도 카네기도 생각하지 못했던 기적의 도구입니다!"라고 말했다.

4차산업혁명은 "가상세계와 현실 세계를 연결하고 융합해서 가장 빠르게, 가장 편리하게, 가장 효율적으로 인간의 욕구를 달성하고자 하는 혁명"이다. 4차산업혁명은 본질적으로 인간의 욕구를 달성하고자 하는 것이기 때문에 앞으로 어떤 방향으로 더 진화되어서 새로운 혁명이 일어날지 아무도 모른다. 결국에는 사람의 '생각' 안에 그 답이 있다는 것이다. 두뇌에서 일어나는 실제적인 현상이 생각이다. 그렇다면 4차산업혁명을 푸는 열쇠도 결국에는 '두뇌'에 달려 있다. 두뇌의 창의성을 높여야 한다. 창의성을 높이는 것은 '질문하는 것'이다. 질문할 때 뇌가 서로 연결되어 창의성이 높아진다. 그래서 우리는 꿈알의 뒷면에 적힌 'ASK'를 보면서 계속 질문을 던져야 한다. 4차산업혁명은 '연결과 융합'이 핵심이다. 그래서 질문을 하라. '연결'은 4차산업혁명의 주요한 키워드이다. 조금 더 생각해보면 좋은 교훈이 있다. 사람이 서로 연결되었다는 것은 보통 일이 아니다. 좋은 연결은 좋은 결과를 낳는다.

그리고 앞면을 볼 때마다 꿈알처럼 늘 웃어라. 웃는 사람에게 복이 따라온다. 웃으면 복이 와요! 웃는 사람을 싫어할 사람은 없다. 인간관계는 웃을 때 좋아진다. 좋은 인간관계를 가지게 되면 서로 도와서 꿈도 빨리 이루게 되고, 성공 인생도 빨라진다.

꿈알의 사용방법에 대해 알아보자. 꿈이 없는 달걀은 무정란이다. 그런데 꿈을 넣는 순간 유정란으로 변하므로 비로소 생명을 잉태하게 된다.

꿈알의 사용방법

1. 꿈알 상자를 개봉한다

꿈알상자를 개방한다. 안에는 꿈 종이가 들어 있다. 혹시 꿈알상자가 없을 때는 별도로 꿈 종이를 준비하면 된다. 포스트잇 제일 작은 것을 이용해도 좋다. 꿈알을 꺼내고 꿈 종이도 한 장 꺼낸다.

2. 종이 한장에 큰 꿈을 적는다

먼저 꿈 종이에 큰 꿈을 적는다. 큰 꿈은 일생을 두고 꼭 이루고 싶은 꿈을 말한다. 그꿈이 생각만 해도 가슴이 뛰는 것이면 좋다. 나아가 세상을 이롭게 하는 꿈이면 더좋다. 반드시 이름과 날짜, 그리고 자신의사인을 한다.

3. 다른 꿈 종이에 작은 꿈을 적는다

큰 꿈은 하루아침에 이룰 수 없다. 작은 꿈을 계속 이루어 나갈 때 언젠가 큰 꿈이 이뤄지는 것이다, 작은 꿈은 가능한 빠른 시일 내에 이루고 싶은 꿈이다. 작은 꿈은 여러 개를 하지 마라. 오로지 집중할 수 있는 단 한 가지만 적어라. 그리고 이름과 날짜, 사인을 한다.

4. 감사일기 앱에 꿈 종이를 저장한다

스마트폰에서 감사일기 앱을 미리 다운받는다. 큰 꿈과 작은 꿈을 사진으로 촬영을 한다. 촬영한 큰 꿈과 작은 꿈을 감사일기 앱에 저장을 한다.

5. 꿈 종이를 말아서 드림 홀에 넣는다

큰 꿈 종이를 돌돌 말아서 꿈알 안에 쏙 집어넣는다. 드림 홀이 작으니 꼭꼭 눌러 말아야 한다. 꿈이 들어가는 순간 유정란으로 변한다.
작은 꿈 종이를 같은 방법으로 말아서 넣는데, 다 밀어 넣지 않고 반만 밀어 넣은 다음

아래로 꺾어둔다. 작은 꿈은 달성되고 나면 빼서 꿈알 통에 보관하기 위함이다. 꿈알 통에 달성된 꿈이 쌓여 갈수록 큰 꿈이 달성되어 가는 것을 느끼게 된다.

6. 꿈알에 정성을 담은 기를 불어넣어 유정란으로 만든다

꿈을 넣은 꿈알의 귀에 자신의 간절한 마음을 담아 경건한 마음으로 혹하고 따뜻한 입김을 불어넣는다. 꿈이 이루어지기를 바라는 간절한 열망이 담겨 있어야 한다. 그러면 꿈알은 유정란이 되어 부화가 되기 시작을 한다.

무정란   유정란

꿈 종이에 큰 꿈과 작은 꿈을 함께 적는 것이 좋지만, 상황에 따라서 대상에 따라서 그냥 간절한 '꿈' 하나만 적어도 좋다. 시간이 없거나 아니면 아주 어린 아이들에게는 쉽게 할 수 있다.

어렵지 않다. 아주 간단한 꿈알 사용법이다. 간단해야 누구나 쉽게 할 수 있다. 간단해야 오랫동안 지속할 수 있다. 꿈이 없는 달걀은 무정란이다. 생명을 잉태할 수 없다. 그런데 그 안에 꿈을 집어넣으면 유정란이 된다. 생명으로 부화할 수 있다. 꿈알 귀에다 따뜻한 입김을 불어 넣으면 생기가 돌게 되어 생명으로 살아난다. 재미있지 않은가? 그래서 꿈이 참 중요하다. 꿈이 있으면 생명으로 다시 일어날 수 있지만 꿈이 없으면 그냥 죽는 것이다. 꿈알이 그래서 중요한 도구이다. 그리고 주의사항이 있다. 절대로 꿈알을 깨려고 하지 마라. 꿈알이 깨지면 꿈도 깨진다. 큰 꿈이 바뀔 때 다시 적어 넣어라. 작은 꿈이 이루어졌을 때도 똑같이 적어 넣어라. 그리고 항상 꿈알을 몸에 지니고 다녀라. 목에 걸고 다녀도 좋다.

자기가 원하는 꿈을 구하고, 꿈을 달성하는 방법을 찾고, 꿈이 달성될 때까지 두드리는 데 꿈알이 유용한 도구로 이용되기를 바란다. 꿈알을 통하여 자기의 꿈이 달성되기를 간절히 기도하며 마무리한다.